Württemberger Weingeschichten

Württemberger **Weingeschichten**

Herausgegeben von
Wolfgang Alber und Andreas Vogt

Mit einem Vorwort von Stuart Pigott

KLÖPFER&MEYER

Inhalt

Die Tücken der Ökonomie

WeinKulturLandschaft

Trollinger und Elender

Rausch und Nüchternheit

Die Wissenschaft vom Wein

Wein, Weib, Gesang

Stuart Pigott

Weinwunder Württemberg

Von außen gesehen handelt es sich ganz offensichtlich um eine Packhalle. In der Tat hat mir das junge Winzerpaar Heike und Christoph Ruck erklärt, dass die Halle, in der jetzt ihre Weine entstehen und verkauft werden, bis vor wenigen Jahren die Packhalle eines Gartenbaubetriebs war. Das passt zu den umliegenden Feldern hier auf dem Plateau oberhalb des Neckartals ein wenig nördlich von Stuttgart im Vorort Mühlhausen. Sie lassen mich wortwörtlich an Kraut und Rüben denken, keine einzige Rebe weit und breit in Sicht. Dafür muss man hinunter ins Tal fahren; dort gibt es allerdings nicht nur steile terrassierte Weinberge aus dem Mittelalter, sondern auch viel Industrie. Im Schwabenland prallen Welten aufeinander.

Die Inneneinrichtung der Halle ist sehr schlicht, mit geringen Mitteln hat das Paar einen ziemlich coolen Effekt erzielt – das Ergebnis sieht aus wie ein Startup, die Ironie des 21. Jahrhunderts inbegriffen –, was bei ihrer vorwiegend jungen Kundschaft sehr gut ankommt. Damit nennt diese aufstrebende Winzerei eine Weinhalle ihre Heimat, so wie jedes bedeutende Orchester eine Konzerthalle als Zuhause hat. Es ist eine ganz andere Situation als bei einem typischen Weingut, wo entweder mit einem historischen Gutshaus die Tradition unter Beweis gestellt wird oder ein glänzendes Stück moderne Architektur für selbstbewusste Modernität einsteht. Die Situation bei Rux – so heißen Firma und Marke – ist somit eine schräge für einen Weinbaubetrieb, vor allem hier im erzkonservativen Weinbaugebiet Württemberg.

Dazu passen die wunderbaren Rux-Weine, allen voran die wahrhaft »schrägen« Trollinger-Rotweine. Der traditionelle württembergische Trollinger war und ist ein dünnes und fades Getränk von eher schwacher Farbe, die ihn geradeso als Rotwein durchgehen lässt. Dagegen sind die Trollinger namens »Großer Nimbus« und »Kleiner Nimbus« von Rux überraschend kräftige Rotweine, in denen Wärme und Frische sich geschmacklich die Waage halten. Die sehr ansprechenden Fruchtnoten und eine faszinierende Würze ziehen mich immer wieder zum Glas zurück. Diese Weine stammen zwar von alten Reben, die auf den bereits erwähnten terrassierten Weinbergen im Neckartal wachsen, aber der Geschmack wurzelt eindeutig im Württemberg des 21. Jahrhunderts.

Immer wieder werde ich von Schwaben gefragt, warum die Welt noch nicht von solchen aufregenden Gewächsen erfahren hat. Um diese berechtigte Frage zu beantworten, muss ich weiter ausholen, zur Backstory der neuen Weine des Schwabenlandes. Nach einer langen dunklen Zeit für den württembergischen Wein während der 1970er und 1980er Jahre setzte Anfang der 1990er Jahre ein verhaltener, punktueller Aufschwung ein. In dieser Zeit kreierten Hans-Peter und Christin Wöhrwag vom Weingut Wöhrwag in Untertürkheim mit ihrem trockenen Riesling »Goldkapsel« einen völlig neuen Stil rassiger und fruchtbetonter Riesling-Weine. Dieser Wein war schnell erfolgreich und hat Schule gemacht, wie manche anderen bahnbrechenden Gewächse in den 1990ern. Dann breitete sich der Aufschwung durch den Ehrgeiz zahlreicher Jung- und mancher etwas älterer Winzer merklich aus. Seit der Jahrtausendwende kann man von den neuen Weinen Württembergs sprechen, und in den letzten Jahren zeigt sich in der schwäbischen Weinbranche endlich eine mit vielen anderen Industriezweigen im Schwabenland vergleichbare Dynamik. An sich war das eine echte Wein-Revolution.

Viele Schwaben bekamen das ziemlich schnell mit, darunter auch viele Weinfreunde, die bis zu diesem Zeitpunkt Trollinger, Schwarzriesling und Besenwirtschaften kategorisch abgelehnt hatten, weil ihnen die alten Weine so gar nicht schmeckten. Heute stürmen diese neuen Wein-Fans bei Weingütern wie Aldinger und Schnaitmann, beide in Fellbach im Remstal, förmlich die Verkostungsräume, wenn die neuen Weine in den Verkauf kommen. Aber auch bei führenden Winzergenossenschaften wie der Weinmanufaktur Untertürkheim oder Collegium Wirtemberg in Rotenberg und Uhlbach sieht es nicht viel anders aus, weil auch hier ein hohes Qualitätsniveau herrscht.

Die räumliche Nähe zu Stuttgart und die daraus resultierenden kurzen Fahrtzeiten zu solchen Winzern haben enorm viel zum Aufschwung im Remstal und seiner Umgebung beigetragen. Sicherlich sieht es nicht überall im Gebiet gleichmäßig gut aus. Umso weiter man aus Stuttgart hinaus fährt, desto schwächer beziehungsweise verstreuter und punktueller präsentiert sich der Aufschwung. Auf dem »platten Land« des Weinbaugebiets kann man nach wie vor banale, süße Rotweine in der Literflasche mit potthässlichem Etikett finden. Es soll vielleicht nicht überraschen, dass in dieser Ecke Deutschlands eine solche Entwicklung stark vom Automobil (und seinem Kofferraum!) abhängt. Nicht weniger auffällig ist, wie auch die erfolgreichsten Winzer Württembergs den Weinverkauf nach Berlin oder München nach wie vor als »Export« bezeichnen. Trotz der vielen zeitgemäßen Elemente ist die schwäbische Weinwelt immer noch sehr stark auf sich selbst bezogen, oft auf eine erstaunlich altmodische Weise. In diesem Punkt zeigt sich ein großer Kontrast zur Automobilindustrie.

Die Marktsituation des neuen württembergischen Weins unterscheidet sich außerhalb des Schwabenlandes derart grundlegend von jener innerhalb des Gebiets, dass ich selber diese zwei Welten des Weins nur sehr schwer zusammenbringen kann. »Draußen« gibt es bis heute nur wenige Insider, die das Weinwunder in Württemberg als solches erkannt haben und davon begeistert sind. Das mag wie eine schlechte

Nachricht klingen, aber es handelt sich dabei um Meinungsmacher wie mich oder um zumindest starke Multiplikatoren. Ganz allmählich bahnt sich so ein großer Umschwung in der allgemeinen Wahrnehmung des Gebiets und seiner Weine an. Ich erwarte während der nächsten Jahre ein neues Zeitalter des württembergischen Weins, das auch bei den »exportorientierten« Weinbaubetrieben für Verblüffung sorgen wird! Ich prophezeie, dass die »Wir-Schwaben-unter-uns«-Mentalität bald nicht mehr der entscheidende Faktor beim Wein sein wird. Im Moment sind Pfalz und Rheinhessen als deutsche Weinbaugebiete cool. Württemberg wird langsam aber stetig einen ähnlichen Status erlangen.

Das Schönste an dieser neuen Welt des schwäbischen Weins sind die vielen Überraschungen. Der Weinbau im Neuffener Tal etwa war an sich nicht viel mehr als Lokalkolorit. Die Winzer hier waren nicht Teil des Aufschwungs des württembergischen Weins, weil sie in einer extrem versteckten Ecke liegen. Dazu kommt die Tatsache, dass hier lange nur wenig (bis kein) Geld mit Weinbau zu verdienen war und daher nicht viel (bis gar nichts) in die Erneuerung der Weinberge investiert wurde. Dadurch blieben die Rebstöcke der Traubensorte Silvaner (trendmäßig mega-out) in den Weinbergen stehen und wurden alt, während sie in anderen, weitaus dynamischeren Teilen des Gebiets längst herausgerissen waren, um für modischere Sorten wie den roten Merlot oder den weißen Sauvignon Blanc Platz zu machen. Beide Sorten passen sehr gut zum Klima, Sauvignon Blanc kann sogar auf eine vergessene Tradition aus der Vor-NS-Zeit verweisen, und es gibt gute Gründe für beide.

So rutschten die Winzer im Neuffener Tal also weit hinter Mode und Zeitgeschehen und sahen extrem altmodisch, ja schlichtweg falsch aus. Dann kam eine überraschende Wende, die wie alle solche Wenden der Weinbranche durch den Innovationsdrang eines Pioniers eingeleitet wurde. 1982 begann der Gymnasiallehrer Helmut Dolde in Linsenhofen aus den Trauben der alten Silvaner-Reben des Neuffener Tals Wein zu machen. Anfangs waren die Ergebnisse ziemlich dürftig, aber mit zunehmender Übung und Erfahrung wurden seine trockenen Weißweine in großen Sprüngen immer besser; inzwischen gehören sie zu den originellsten Gewächsen des ganzen Gebiets. Gute württembergische Weine sind oft recht kräftig und können geschmacklich manchmal so breitschultrig und muskulös wie ein Bodybuilder wirken. Dank des kühlen Klimas des hochgelegenen Neuffener Tals direkt unterhalb der Schwäbischen Alb erhält sich in den Trauben viel Frische und Aroma, was durch das Alter der Reben nochmals gesteigert wird. Dolde hat das als Chance verstanden und diese Eigenschaften in seinen Weinen gefangen. Dadurch wurde der Nachteil des Neuffener Tals in einen Vorteil umgemünzt; nirgendwo anders im Gebiet oder in Deutschland gibt es solche Silvaner-Weine.

Es ist natürlich unmöglich, hier einen kompletten Überblick eines über 11.000 Hektar großen Weinbaugebiets zu geben. So viel Neues ist im Entstehen. Durch die Klimaerwärmung haben manche Nischen im Schwabenland, die vorher einen Zacken zu kühl waren für den Qualitätsweinbau, inzwischen wesentlich bessere klimatische Voraussetzungen. Viele sind dabei, diese Möglichkeiten auszuloten.

Ich habe versucht, einen Eindruck dieser Vielseitigkeit und Dynamik zu geben. Im Gegensatz zur Industrie sind Winzer von der Natur abhängig. Daher ist jeder unternehmerische Schritt eines Winzers weitaus gewagter als etwa der eines Automobilherstellers. Beim uralten Kulturprodukt Wein befindet sich alles im Fluss, vor allem im Neckartal und in seinen Seitentälern.

Wolfgang Alber und Andreas Vogt

»Wein ist Poesie in Flaschen.«

Dieser Satz von Stuart Pigotts britischem Landsmann Robert Louis Stevenson bildet so etwas wie das Leitmotiv unseres Buchs. Er schlägt die Brücke zwischen dem auf Flaschen gezogenen Wunder der württembergischen Rebzeilen und dem wunderbaren Bukett, mit dem Schriftsteller hierzulande ihre literarischen Zeilen vinifizieren.

Stuart Pigott nennt in seinem Vorwort exemplarische Beispiele für den Qualitätssprung der vergangenen Jahre. Weitere bemerkenswerte Weingüter und Weingärtnergenossenschaften finden sich aber ebenso in anderen württembergischen Weinbaugebieten vom Unterland bis an den Oberen Neckar, vom Enz- bis ins Remstal, vom Taubergrund bis an den Bodensee. Auch unsere Sammlung kann nur eine Auslese bieten und spiegelt natürlich die Vorlieben der Herausgeber. Freunde württembergischer Weine können wie Liebhaber württembergischer Weingeschichten noch jede Menge Funde machen. Wie der renommierte Weinjournalist Stuart Pigott etwa mit seinen vinologischen Kolumnen in der »Frankfurter Allgemeinen Sonntagszeitung« zu Entdeckungen abseits ausgetretener Pfade anregt, so soll die Lektüre zum Suchen nach verborgenen Schätzen im literarischen Weinberg animieren.

Im Weinland Württemberg zeigt sich regionale Vielfalt in Faktoren wie Bodenformation, Sortenpalette, Bearbeitungsweise und Herstellungsprozess, welche die geschmacklichen Nuancen der Weine prägen. Ähnlich ausgeprägt ist die literarische Landschaft: Da findet sich hymnische Poesie neben differenzierter Prosa, analytischer Sachtext neben kulturgeschichtlicher Impression. Sie alle verbindet die Geschichte vom Württemberger und seinem Wein, den Friedrich Schiller als eine Art Gründungsmythos des Weinlandes formuliert hat – dass nämlich ein Württemberger ohne Wein kein Württemberger sein könne.

Unsere literarische Weinlese spannt einen Bogen vom Minnesänger Gottfried von Neifen bis zum Meisterkoch Vincent Klink, sie umfasst promilleselige Trinklieder von Ludwig Uhland und Eduard Mörike ebenso wie Friedrich Hölderlins Hymnus auf das selige Land mit den weinbestockten Hügeln oder Walle Sayers lyrische Degustationsnotizen. Wissenschaftler, Kulturhistoriker und Feuilletonisten wie Hermann Bausinger, Johann Philipp Bronner, Carl Theodor Griesinger, Carlheinz Gräter und Michael Klett denken über das Weinland, die Weingärtner, Weinberge und Weinsprache nach, Thaddäus Troll lästert über vorgebliche Kenner, daneben geht es um Besenwirtschaften und Weiberzechen, Gôgenwitze und Rebenretter.

Die Anthologie versammelt neben Bekanntem viele Neu- und Wiederentdeckungen wie Friedrich Haug, Friedrich Christoph Weisser, Carl Philipp Conz, Friedrich von Matthisson und Gotthold Friedrich Stäudlin. Sie ist in sieben Kapitel gegliedert, die sich wie Achtele genießen lassen. Neben Originalbeiträgen für diesen Band stehen editorisch erschlossene Auszüge. Was die Texte und Gedichte der über 80 Autorinnen und Autoren in all ihrer Vielfalt eint, ist die Erkenntnis, dass der Wein über den nüchternen Alltag hinaus ein Beitrag zur Genussfähigkeit und zur Kultur sein kann. Denn für heimische Vierteleschlotzer und rei'gschmeckte Weinliebhaber gelten gleichermaßen die Verse aus Justinus Kerners »Wanderlied«: »Wohlauf! noch getrunken / Den funkelnden Wein!«

Brot ist der Erde Frucht, doch ist's vom Lichte gesegnet,
Und vom donnernden Gott kommet die Freude des Weins.
Friedrich Hölderlin

Ao'sre Wei' send wia mir Schwobe':
so ond so durnander gmischt.
Soll ma's schelte', soll ma's lobe'?
s konnt druf a', wia ma's vertwischt.
Sebastian Blau

Der Wein kommt in seiner Polarität von herber Säure und fruchtiger Süße dem Wesen des Schwaben entgegen.
Thaddäus Troll

Land der Dichter und Trinker

Eigenlob stinkt, sagen Schwaben, nur bei ihren Dichtern und Denkern machen sie eine Ausnahme: »Der Schelling und der Hegel, / der Schiller und der Hauff, / das ist bei uns die Regel, / das fällt hier gar nicht auf.« Dabei hatte Autor Eduard Paulus seinen Vierzeiler ironisch auf den Geistesgrößenwahn seiner Landsleute gemünzt, die sich heute von Werbestrategen bescheinigen lassen: »Wir können alles. Außer Hochdeutsch.« Die Dichter schrieben früher meist Hochdeutsch, Dialektdichtung kam erst später in Mode. Auffällig an Alt-Württemberg ist die hohe Dichterdichte – und die Dichte dichter Dichter, vor allem im Club der toten Dichter. Sie verzapften jede Menge Weinliteratur, an der sie sich dann selber berauschten.

Unsere Dichter hatten auch reale Räusche, in denen irdische Sucht und poetische Sehnsucht vergoren wurden. Das hatte viel mit der Gelehrsamkeit zu tun, die ihnen im Tübinger Stift und an der Landesuniversität eingetrichtert wurde; ein Chronist lästert über die »Pflanzschule des Saufgeistes«. So berichtet der Stiftler und spätere französische Diplomat Karl Friedrich Reinhard, im Stift bekämen Magister »täglich eine Kanne Wein« ausgeschenkt – das waren um die 1,3 Liter.

An der Stuttgarter Hohen Karlsschule stand den Zöglingen ein halber Liter zu. Friedrich Schiller, der bekannteste Schüler, war erblich vorbelastet. Seine Mutter Elisabeth Dorothea brachte Weinberge in die Ehe mit Vater Johann Kaspar ein, der auch über den Anbau von Rebsorten schrieb – »da ich lieber Wein als Wasser trinke«. Sohn Friedrich galt in Stuttgart als berüchtigter Zechpreller, er soll sich bisweilen betrunken auf Wirtshaustischen gewälzt haben. Mit Schillerwein hat der rotschopfige Dichter übrigens nichts gemein, denn der Name rührt von der schillernden Lachsfarbe dieser aus einem weiß-roten Traubengemisch erzeugten Württemberger Spezialität her.

Eine eigene Sorte ist dem Meistertrinker Georg Wilhelm Friedrich Hegel (tägliches Quantum: drei Liter) gewidmet, eine Kreuzung aus Helfensteiner (Frühburgunder x Trollinger) und Herold (Portugieser x Lemberger). Der Meisterdenker schrieb die Warnung seiner Stiftskommilitonen: »Du saufsch dr gwiß dei bißle Verschtand vollends ab« beherzt in den Wind und stattdessen diesen schwäbisch-dialektischen Lehrsatz nieder: »Im Wein liegt Wahrheit, und mit der Wahrheit stößt man überall an.«

Auch nach Justinus Kerner ist ein Wein benannt, eine süffige Kreuzung aus Trollinger und Riesling. Kerner, der am Fuße der Weinberge der Weinsberger Weibertreu wohnte, schüttete nach Angaben seines Sohnes Theobald täglich mithilfe eines von Nikolaus Lenau geschenkten Kristallglases mindestens zweieinhalb Liter Wein in seinen Zwei-Zentner-Leib hinein.

Selbst den nüchternen Ludwig Uhland dürstete es nach Wein. Über seinem Haus am Fuße des Tübinger Österbergs hatte er ein Weinspalier, er dichtete im Wengerthäusle und beteiligte sich an der Lese.

Am ehrlichsten mit seinem Alkoholkonsum ging Thaddäus Troll um. Er notierte am Ende seiner Bücher als »Kraftstoffverbrauch« 0,25 Liter pro Seite: »Zum Gelingen dieses Buches trugen folgende Weine bei: 1964er Brackenheimer Zweifelberg Auslese, Württ. Weingärtnergenossenschaft; 1964er Brüssele Muskattrollinger, Schloßkellerei Graf Adelmann Kleinbottwar (Die Liste ist sehr unvollständig).«

So bleibt dichterisch gesehen im Land der Riesling-Rhapsoden und Lemberger-Lyriker Schillers Frage »Ein Wirtemberger ohne Wein, / kann der ein Wirtemberger sein?« – rein rhetorisch.

Carl Philipp Conz

Neckarweinlied

Lobt immer den gehörnten Rhein
Und seine milden Gaben.
An diesen Ufern auch reift Wein,
Die Seele bass zu laben!
Gott Bacchus hat, als er die Welt
Durchzog, in deutschen Landen
An ihrer Ströme breitem Zelt
Verweilend auch gestanden.

Auch mit dem Neckar hat der Gott
Gar stattlich sich geletzet;
Die dürre Kehle hat der Gott
Aus seinen Strom genetzet.
Zum gastfreundlichen Danke ließ
Er mit des Segens Blicke
Ihm aus der Götter Paradies
Des Weins Geschenk zurücke.

Ein Rebenstängel war die Gab:
Des Gottes Hände pflanzten
Den Sprössling längs dem Strom hinab,
Indes die Nymphen tanzten,
Und aus der Urne sorglich ihn
Begossen, dass er blühte
Durch ferne Menschenalter hin,
An Fülle reich und Güte.

Nun starrt der braune Rebenwald
Herunter diese Hügel.
Sein Saft gibt liebliche Gestalt,

Und leiht der Seele Flügel,
Zerteilet die Melancholey,
Und hebt zu neuen Freuden
Den Sinn, und ist die Arzeney
Für der Bedrängten Leiden.

Drum trinkt und lasst uns fröhlich sein,
Mag euch das Ausland höhnen!
Trinkt echten deutschen Schwabenwein,
So ziemt's den Schwabensöhnen.
Für jedes Plätzchen gab Natur
Die angemessnen Gaben:
Drum Wein, gereift auf eigner Flur,
Gehöret nur für Schwaben. (…)

Hermann Bausinger

Zweierlei Lust – Badener und Württemberger

In der Zeit seiner großen Erfolge, um die Jahrtausendwende, wurde der Skispringer Sven Hannawald ins Studio des Südwestfunks eingeladen. Für die Bewirtung sorgte der leitende Redakteur mit einer Flasche chilenischem Wein. Das wäre vermutlich nicht weiter aufgefallen, hätte er nicht mit einem ungehemmten Loblied auf exotische Weine seine Weltoffenheit demonstriert. Das kam nun gar nicht gut an beim Fernsehpublikum; bei der Redaktion landeten mancherlei Proteste, darunter auch von einem Tourismusmanager ein »Überzeugungspaket« mit Remstäler Wein, was wiederum die Schwarzwälder auf den Plan rief – Hannawald lebte schließlich in Hinterzarten und nicht bei den Schwaben. Der Redakteur hatte zunächst die Entschuldigung präsentiert, ein Praktikant habe bei der Tankstelle (!) die falsche Flasche gekauft; jetzt schob er die Versicherung nach, er selbst hätte natürlich badischen Wein aufgetischt.

Diese kleine, gut verbürgte Geschichte ist ein Hinweis auf Faktoren der Geschmacksbildung, die nicht unmittelbar der Substanz von Speisen und Getränken entstammen, sondern externe Zuschreibungen sind. Man isst und trinkt oft auch immaterielle Geschmacksverstärker, die mentalen Überhöhungen zu verdanken sind – Partikel des Überbaus, die nur in bestimmten Situationen bewusst werden, die aber generell die Geschmacksorientierung mit bestimmen. Die Opposition von *badisch* und *schwäbisch* ist dafür ein gutes Beispiel. *Baden – von der Sonne verwöhnt!* ist ein gängiger Spruch, der nicht nur die eigene Region aufwertet, sondern der auch die Nachbarregion deklassiert, stillschweigend oder auch ausdrücklich: *Schwaben – von der Sonne verhöhnt!* Der Gedanke an den Wein liegt dabei nahe; aber es handelt sich um eine allgemeinere Frontstellung, wie sie in der Variation zum Ausdruck kommt: *Über Baden lacht die Sonne, über Schwaben die ganze Welt.*

Auffallend ist dabei, dass es sich fast nur um eine einseitige Angelegenheit handelt; die Stoßrichtung des Spotts zielt auf die Württemberger, die von Baden her, nicht selten mit negativer Einfärbung, als Schwaben bezeichnet werden. Dem alten Baden-Lied wurden nach der Vereinigung mit Württemberg Hunderte neuer Strophen angehängt, in denen oft irgendeine Überlegenheit gegenüber den Schwaben ausgespielt wird. Als Schwaben-Lied könnte man zwar das bekannte *Preisend mit viel schönen Reden* bezeichnen, aber dazu gibt es keine antibadischen Erweiterungen. Im Badischen machen auch Dutzende von Schwabenwitzen die Runde, während die Schwaben keine Badnerwitze erzählen, obwohl sie dazu nur die Akteure in den Geschichten austauschen müssten.

Man kann die These verfechten, dass Baden mit der – freilich meist spielerischen – Aggressivität historische Verletzungen und Benachteiligungen gegenüber dem Nachbarland kompensiert. Bei der Gründung der Länder in der napoleonischen Ära wurde Württemberg Königreich, Baden nur Großherzogtum. In der 48er-Revolution kämpften württembergische Truppen vereinzelt gegen die badischen Aufständischen. Die wirtschaftliche Überlegenheit (Baden war das *Musterland*, nicht Württemberg) ging in der langen Phase der Kriegsvorbereitungen, der Kriege und der Nachkriegszeiten aufgrund der exponierten geographischen Lage verloren. Und das neue Land Baden-Württemberg ist, wie man sagte, mit einem *Geburtsfehler* behaftet, weil nämlich das südbadische Nein nur durch einen fragwürdigen Auszählungstrick beiseite geschoben wurde. Wichtiger aber ist wohl das durch die Vereinigung entstandene Ungleichgewicht, das zwar durch mancherlei Ausgleichsmaßnahmen vermindert wurde, dank der Regierungszentrale in Stuttgart aber fortbesteht – und das in Baden manchmal gewaltig überschätzt wird.

Deshalb also die Betonung der anderen, besseren Lebensart im westlichen Landesteil. Aber auch Schwaben bestreiten im Allgemeinen nicht, dass an dieser Einschätzung viel Richtiges ist. Gegenüber dem badischen Spott haben sie sich einen heiteren Masochismus angeeignet, sie erzählen die Schwabenwitze auch selbst, und höchstens im ernsthafteren Kleinkrieg bei württembergisch-badischen Sportwettkämpfen gerät die Auseinandersetzung manchmal militanter. In vielen Punkten des Vergleichs schneiden die Schwaben schlechter ab. Hervorgehoben wird vor allem ihre Ordnungswut, eine bis zum Geiz gesteigerte Neigung zur Sparsamkeit und ihre häufig miesepetrige Gestimmtheit – Charakterzüge, die übertreibend ausgemalt werden. Das Stichwort *Kehrwoche* gehört hierher, die missgelaunte Bruddelei oder auch Exzesse der Sparwut. Scherzfrage: *Wann steht der Schwabe mit einer brennenden Kerze vor dem Spiegel?* Antwort: *Am zweiten Advent.* Im Stuttgarter Landesmuseum kann man ein *Schwäbisches Adventslicht* bewundern, bei dem dank dreier einsetzbarer Spiegelscheiben eine Flamme für alle Adventssonntage genügt; ob es dem Designer um den technischen Einfall ging, oder ob er damit die badische Unterstellung zitierte und akzeptierte, bleibt offen.

Zu den immer wieder herausgestellten Gegensätzen gehört auch der Umgang mit dem Wein. Vor einigen Jahren erschien ein freches, weder jugendfreies noch politisch korrektes Büchlein mit dem Titel: »*Welcher Wein zu welcher Frau?*« Darin werden Weinsorten bestimmten Frauentypen zugeordnet, durchaus global, aber neben Brasilianerinnen, Kalifornierinnen, Österreicherinnen usw. findet auch die Schwäbin ihren Platz: *Ein kulinarisch und auch lebensphilosophisch traumatisierter Menschenschlag mit gewöhnungsbedürftiger Aussprache, die unter Alkoholeinwirkung in ein schwer verständliches Zischlautstakkato entartet. Zunächst einmal stehlen Sie ihr die Zeit. Sie wird Sie nicht direkt darauf hinweisen, aber an ihrer inneren Unruhe ist es deutlich zu erkennen. Beginnen Sie deshalb mit Komplimenten (»Sie sehen aber abgearbeitet aus!«). Denken Sie daran, dass sie mit Spätzle und Trollinger aufwuchs; behalten Sie aber Ihr Mitleid für sich…* Die beiden Verfasser kommen nicht aus Baden, sondern aus Bayern; aber ihre ironische Skizze kommt dem Bild nicht nur der Schwäbin, sondern auch des Schwaben entgegen – dem Bild, das in Baden hochgehalten wird.

Wird nach dem Hintergrund, nach einer Erklärung für die angebliche Schwabenart gefragt, dann fällt schnell das Stichwort *Pietismus*. Als Richtungsangabe ist das nicht falsch; aber es darf nicht zu absolut genommen werden; dazu war der Anteil der praktizierenden Pietisten zu klein. Aber richtig ist, dass der württembergische Protestantismus ziemlich durchgängig eine puritanische Prägung erfuhr, die obrigkeitliche Bestimmungen ebenso beeinflusste wie das alltägliche Leben der Menschen. In vielen Häusern hing das Andachtsbild vom breiten und schmalen Weg; am breiten Weg, der in die Hölle führt, traf man auf das Theater und das Gasthaus. Der Wein tritt nicht direkt in Erscheinung; aber es ist klar, an welche Wegstrecke er gehörte.

Allerdings hatte eine betont christliche Gesinnung mit dem Wein ihre eigenen Schwierigkeiten. Die Pietisten zeichneten sich aus durch ihre wortgläubige Bibelorientierung, und in der Bibel gibt es etwa 300 Stellen, in denen Wein, Weinstock oder Weinberg erwähnt sind, und zwar generell ohne negative Konnotation. Außerdem ist Wein ja ein unverzichtbarer Bestandteil des liturgischen Rituals; der Wein hat potenziell sakralen Charakter. Die Gefährdung der Ordnung durch Weingenuss scheint aber präsenter gewesen zu sein als die positive Seite. Jedenfalls wird von einem schwäbischen Pietisten erzählt, dass er den biblischen Bericht über die Hochzeit von Kana, bei der Jesus Wasser in Wein verwandelte, so kommentierte: *Das ist auch nicht dem Heiland sein bestes Stückle gewesen!*

Aber nicht nur der geistliche Vorbehalt bremste die Lust am Wein. Diese Abkehr von einem Genuss war im Wortsinn ein Not-Behelf. In weiten Teilen des Landes waren die wirtschaftlichen Möglichkeiten der Weinbauern wie auch der Bauern allgemein so dürftig, dass sie der freie Genuss ruiniert hätte. Häufig war die Lage so angespannt, dass die Wengerter und ihre Familien vom eigenen Wein nichts trinken durften, weil sie sich vom Verkauf mühsam ernährten. Diese Einschränkung war es auch, welche die Sparsamkeit erzwang, die zunächst ja doch eigenen Verzicht bedeutete und erst sekundär eine gewisse Missgunst gegenüber Anderen.

Man sollte freilich den mentalen Impuls nicht unterschätzen, der in der geistlich-ethischen Begründung asketischen Verhaltens lag. Die angeführten Charakterzüge blieben ja nicht auf die ärmeren Schichten beschränkt, sondern prägten auch das Bürgertum – unterstützt durch die strenge Aufsicht der Obrigkeit, die auf die innere Ordnung der Stände bedacht war. Gerade in der gesellschaftlichen Mittelschicht entwickelten sich die Menschen in den beiden Ländern, in Baden und

Württemberg, auseinander. In Baden, wo man stolz war auf die im Land vorherrschenden liberalen Tendenzen, bildeten sich viele Gelegenheiten geselliger Lust und lustvoller Geselligkeit heraus, während man sich in Württemberg mit den einengenden Bedingungen abfand. Man kann sagen, dass sich hier eine eigene psychologische Ökonomie der Lust entwickelte: Lust am mäßigen Genuss, vielleicht auch Steigerung der Lust durch die Seltenheit und Besonderheit von Genüssen, manchmal auch durch die Heimlichkeit. All dies lässt sich mit positiven Vorzeichen versehen, nicht dagegen die Lust an der Kontrolle, am Aufpassen, die Friedrich Theodor Vischer charakterisierte als das *schielende, hämische Sichbekümmern um das Privatleben der Nebenmenschen, das Köpfezusammenstoßen, Einanderzupfen und Zusammenflüstern: »So recht! O je! Guck au! Der do!«* Vischer war überzeugt, dass sich solche Kontrolleure und Kontrolleurinnen *durch Erforschung fremder Sünden für eigene Entbehrungen entschädigen.*

Geschrieben vor bald 200 Jahren. Aber passé? Wohl doch nicht so ganz. Aber es wäre natürlich naiv, anzunehmen, dass sich nichts geändert habe und dass der badische Spott über die Schwaben immer noch ins Volle trifft. Festzuhalten ist zunächst, dass dieser Spott keine Dauererscheinung ist, dass er vielmehr nur in bestimmten Situationen aktiviert wird und dann meistens nicht mit verbissener Ernsthaftigkeit, sondern als spielerische Folklore.

Er ist auch nicht überall in Baden gleich ausgeprägt; im nördlichen Teil und vor allem in der Kurpfalz hat man sich sehr viel weniger von den schwäbischen Nachbarn abgesetzt, zumal es starke wirtschaftliche Brücken gab und gibt. Wichtiger ist vielleicht, dass der Spott an einem großen Teil der Schwaben (=Württemberger) vorbeizielt. Im schwäbischen Oberland stößt die Argumentation mit Pietismus und Puritanismus weithin ins Leere; dort war katholisches Klosterland wie in benachbarten badischen Regionen. Und im fränkischen

Hohenlohe lässt sich die Annahme ausgeprägter Lustfeindlichkeit auch nicht verankern. Hier kommen also noch einmal historische Befunde ins Spiel.

Blickt man auf den gegenwärtigen Zustand, dann stößt man auf viele Momente eines stärkeren Ausgleichs. Das gilt übrigens auch für die Weinproduktion und ihre Qualität. Die Abgrenzung im Sortiment hat sich stärker verwischt; galt zum Beispiel früher Baden als Weißwein- und Württemberg als Rotweingebiet, so haben sich inzwischen die Anteile bemerkenswert verschoben, und überhaupt tritt der Rekurs auf die alten Ländernamen zurück gegenüber kleinräumigeren Bestimmungen der jeweiligen Lagen und Terroirs. Geändert hat sich aber auch die Zusammensetzung der Bevölkerung, sodass andere Haltungen und Gefühle sichtbar werden – man darf sich nur vor Augen halten, dass viele Zuwanderer ein anderes Verhältnis zu alkoholischen Getränken haben, bis hin zum absoluten Verbot bei Muslimen. Aber auch die Einstellung der ›Alteinheimischen‹ hat sich geändert. Nicht nur, dass jetzt ständig der Konsum gepriesen wird statt aller Askese, ein kräftiger Säkularisationsschub hat auch dafür gesorgt, dass Lust und Spaß nicht mehr dicht an die Todsünden herangerückt werden. Und wohl auch dafür, dass die einmal von Lenau geprägte Formel *Sauerampfer* nicht mehr so gut an den Schwaben haften bleibt.

Die krassen Unterscheidungen zwischen Badenern und Schwaben funktionieren also nicht mehr richtig. Dass keinerlei Unterschiede vorhanden sind, lässt sich aber auch nicht behaupten. Vielleicht kann man sagen, dass die Schwaben etwas zurückhaltender sind auf den Feldern der Lust, etwas leichter gebremst auch in ihrem Verhältnis zum Weingenuss. Aber der Abstand ist nicht groß. Es gibt eine Anekdote, die das geradezu exakt mathematisch zum Ausdruck bringt:

In einem netten Weinlokal treffen ein Badener und ein Schwabe zusammen. Der Schwabe, der möglicherweise gerne einen Tisch für sich gehabt hätte, will nach einem Viertel aufbrechen; der Badener pocht fröhlich aufs Weitertrinken, worauf der Schwabe, überredet, noch ein Achtel bestellt. Das geht eine ganze Zeitlang so weiter; die Rollenverteilung bleibt. Als am Ende die Rechnungen präsentiert werden, sind beim Badener vier Viertel angeführt, beim Schwaben ein Viertel und fünf Achtel. Differenz: ein Achtel, gemessen am gesamten Umsatz des Badeners etwas mehr als zehn Prozent. Zweierlei Lust? Gerade noch.

Nikodemus Frischlin

Die württembergisch-badische Hochzeit 1575

Auch füllet man die Keller vol
Des besten Weins / der schmackt gar wol /
Die Geste thet mit frewd ergetzen /
Und alles Leid vom Hertzen flötzen.
Da führt man zu den allerbesten /
Den bruffnen / lieben werden Gesten/
So wächst im Würtemberger Land/
Die Wein seind mir nit all bekant.
Ja diser edel Rebensafft/
Gab edel und unedel krafft/
Und diser Wein waren sovil/
Der ettlich ich erzelen will.
Der Weidenberger gieng gern nein/
Von Lauffen gar köstlicher Wein.
Und dann der starcke Elfinger/
So müd Bein macht/ die Zungen schwer.
Auch fehlt kein Beutelspacher Wein:
Und den Heppacher schenckt man ein/
Den roten Felbacher geschlacht/
Der Münchberger bald Truncken macht.
Der frölichmachend Beinsteimer/
Der weiß und rote Wangheimer/
Die offt gut Vers helffen erdencken/
So mans Poeten thut einschencken/
Dergleichen noch vil ander Wein/
So zu Stuttgart gewachsen sein/
Und sunst auch Neckerwein gar kräfftig
Lieblich und sieß/ auch starck und hefftig/
Auch gut Trinckwein von Tübingen
Sah man gehn Stutgarten bringen.

Theodor Heuss

Schwäbischer Wein

Mit dem württembergischen Wein macht der unkundige Fremde leicht die gleiche Erfahrung wie mit dem schwäbischen Menschen. Er ist wohlwollend und nachsichtig zu ihm, ein bisschen von oben herab, lobt die Einfachheit, die er, aber nur er, »kernig« nennt – das lässt man so geschehen, man ist es halt gewöhnt, man wird mit dem Mann schon fertig werden. Das besorgt, auf seine Weise, wie der Mensch auch der schwäbische Wein. Die Art, wie er sich an freundwilligem Unverstand rächt, ist nicht frei von schadenfroher Tücke. Er geht in die Knie.

Natürlich nicht jeder. Der landesübliche »Schillerwein« ist ziemlich brav; vielleicht hat er kein ganz gutes Gewissen. Denn etwas mehr, als es sich schickt und rechtens ist, hat er sich so gemeinhin der Vorstellung bemächtigt, die für den »württembergischen Landwein« gilt. Es wäre undankbar, ihn zu schelten – seine saubere, gelegentlich säuerliche Frische ist oft genug eine kräftige Gabe nach staubiger Wanderung gewesen. Man mag ihn, man soll ihn gegen den Durst trinken. Aber dieser Rat ist schon bloß halbes Lob. Wer Wein aus Durst trinkt, hat Ansatz und Anlass falsch gewählt. Den Dilettanten nun muss man zwischendurch sagen, dass in dem Namen keine landsmännische Dichterehrung steckt, sie wäre auch unvollkommen – der Wein »schillert«, er ist blassrot, das heißt, rote und weiße Traubensorten werden gemeinsam gepflanzt, gelesen, gepresst. Im Ausgang dieser schwäbischen Eigentümlichkeit liegt eine gewisse ökonomische Risikoverteilung: Die einzelnen Sorten haben in Blüte und Entwicklung eine verschiedene Anfälligkeit, also gibt es in Ertrag und Güte je nachdem die Möglichkeit eines Ausgleichs. Auch ist natürlich das Herbstgeschäft einfacher und billiger. Den »Schiller« mag man dem schwäbischen »Brauchtum« zurechnen, wie auch den guten »Mooscht« aus Äpfeln und Birnen, er mag als Sonderart weiter gelten, und da er größtenteils im Lande selber seinen Absatz findet, wird's auch dabei bleiben. Aber in den Bezirken mit den guten Lagen ist man dahinter her, bei Neubestockungen auf die einheitliche Rebenauswahl zu drängen, denn es ist klar: In der Mischung von Weiß und Rot kommt die Individualität zu kurz. Diese fordert ihr Recht – es fehlt nicht an Eigenmächtigkeit in dem Land, weder bei den Menschen noch bei den Weinen.

Württemberg hat nämlich kein einheitliches Weinbaugebiet. Der untere Neckar mit einigen seiner Nebenflüsse, nicht mit allen, ist einigermaßen geschlossen – in manchem Tal sieht man an der Terrassierung der Hänge, dass auch dort einmal Reben standen. Stuttgart mit seinem östlichen Ausgang ins Remstal bildet eine Gruppe, im hinteren Kochertal, bei Ingelfingen, gibt's ein paar isolierte Weinorte, der Taubergrund bei Weikersheim hat ein paar berühmte Lagen, Maulbronn mit dem Eilfinger Berg und der Reichshälde baut sich besonders auf – und der Chronist müsste vermelden, dass auch in dem Vorgelände der Rauen Alb Hügel mit Reben bepflanzt sind. Sie lohnen auch dort den unendlichen Fleiß mit Wein. Aber es bleibt den Anwohnern nicht viel mehr übrig, als ihn selber wegzutrinken, denn mit allerhand herben und derben Witzen haben sie sich gegenseitig den Weg zum »Markt« etwas verstellt. Ist man dort zu Gast, wird wohl ein Krüglein aus dem Keller geholt, das erweisen muss, dass auch der Reutlinger besser sei als sein Ruf. Im Übrigen trinken ja auch sonst die Württemberger ihren Wein selber; sie müssen noch hinzukaufen, er reicht nicht ganz. Er ist auch kein »Ausfuhrartikel« geworden – der oder jener ließ sich wohl immer einmal ein Fässle kommen, und in ein paar deutschen Großstädten gibt es Württembergische Weinstuben, teils zur Fröhlichkeit und teils zur Sentimentalität. Man hat sich lang genug gar nicht darum gekümmert. Fast alles wurde offen ausgeschenkt. Ja, der König, das heißt das Hofkammergut, ließ die

Weine schon lange auf Flaschen ziehen, und auf dem »Eilfinger« lag denn auch in meiner Kindheit ein Glanz von unerreichbarer Vornehmheit. Seitdem hat sich manches geändert. Nicht als ob der Eilfinger schlechter und die anderen Lagen besser geworden wären. Aber in den letzten drei Jahrzehnten haben sich Auslese und Kellerkultur außerordentlich gehoben. Wenn ich jemand, den ich auszeichnen will, eine Flasche Heilbronner Trollinger von meinem Freunde Paul hinstelle, dann ist er erstaunt über die gehaltene Kraft und den fülligen Geschmack; das etwas alberne Wort von den »Landweinen« hat er verlernt. Er möchte das nächste Mal mehr davon.

Da man »draußen« den württembergischen Wein nicht leicht kriegt, muss man ihm schon einen Besuch machen. Solch eine Weinreise kann eine schöne und romantische Sache sein, war es gewiss früher, da man schließlich in einem Chaisle landete, und der gute Gaul den Heimweg fast von selber fand – das Auto passt, schmerzlicherweise, nicht recht zu solchen Unternehmungen. Dann hatte man wohl, wenn es den »Neuen« gab, erkundet, wo frischer Zwiebelkuchen zu finden sei; zu dem gehört freilich eine gewisse Entschlossenheit. Für alle Fälle führte man etwas alten Emmentaler Käs bei sich; der gibt eine feste Unterlage. Am schönsten war es wohl (und ist es noch heute), wenn einer »den Besen« herausreicht, das heißt, wenn ein Weingärtner sein eigenes Gewächs ausschenkt. Die Wirte haben diese Art von Straßenschmuck nicht gern und schimpfen, und auch dem »Besenwirt« wäre manchmal wohler, er hätte seinen Ertrag im Herbst an der Deichsel verkaufen können, aber wenn in den niederen und rauchigen Stuben die gestandenen Leute beisammensitzen, dann hat die Sache eine Art. Es wird gescheit und ernst geschwätzt, am meisten vom Wein, es wird auch geschimpft und politisiert, doch fängt man keine Händel an wie in einem Wirtshaus, halb bleibt man Gast – nichts für Frauensleute und Buben, auch nichts für Stammtischphilister, eine männliche Angelegenheit.

Wir wollen ehrlich bleiben: Man kann auch hereinfallen. Man kann an saure und unfrohe Weine geraten. Aber man braucht sie ja nicht zu trinken. Ein guter Rat in diesen Dingen ist Ehrensache. Und das hat sich herumgesprochen – man sagt es, damit der Vorrat nicht zu schnell weggeht, nicht jedem, dass der Glockenwirt mit einem Taubertäler »Schmecker« eingelegt hat und in der »Schwane« ein »Käsberger« zu kriegen ist – da bestehen ringsum im Lande alte Beziehungen; der hat immer einen Untertürkheimer Roten und einen Weinsberger Riesling, der führt Cannstatter »Zuckerle«, und wenn man sich etwas Exzellentes leisten will, weiß man, wo »Stettener Brotwasser« zu finden ist. Ein Katalog württembergischer »Spitzenweine«? Das geht nicht, schon weil diese Worterfindung so unschwäbisch wie möglich ist. Und ein Wörterbuch der großstädtischen Weinkarten: »würzig«, »blumig«, »süffig« und so weiter – es genügt, dass der Wein gut und sauber ist. Sein »Bodengfährtle«, das, was ihm Keuper und Mergel mitgegeben haben, wenn die Sonne die Feuchtigkeit in Trieb und Traube zog und Rebensaft daraus machte, das kann die Zunge in Worten doch nicht recht formen.

Kein Wunder, die Spannweite der schwäbischen Geistesgeschichte auch in diesem freundlichen Bereich zu sehen: Der Liedersänger Friedrich Silcher ist aus dem Weindorf Schnait hervorgegangen, in Lauffen aber lehnt Hölderlins Geburtshaus, draußen vor dem Städtchen, an einem wunderbar übersonnten Rebhang.

Friedrich Hölderlin

Der Neckar

In deinen Tälern wachte mein Herz mir auf
Zum Leben, deine Wellen umspielten mich,
Und all der holden Hügel, die dich
Wanderer! kennen, ist keiner fremd mir.

Auf ihren Gipfeln löste des Himmels Luft
Mir oft der Knechtschaft Schmerzen; und aus dem Tal,
Wie Leben aus dem Freudebecher,
Glänzte die bläuliche Silberwelle.

Der Berge Quellen eilten hinab zu dir,
Mit ihnen auch mein Herz und du nahmst uns mit,
Zum stillerhabnen Rhein, zu seinen
Städten hinunter und lustgen Inseln.

Noch dünkt die Welt mir schön, und das Aug entflieht
Verlangend nach den Reizen der Erde mir,
Zum goldenen Paktol, zu Smyrnas
Ufer, zu Ilions Wald. Auch möcht ich

Bei Sunium oft landen, den stummen Pfad
Nach deinen Säulen fragen, Olympion!
Noch eh der Sturmwind und das Alter
Hin in den Schutt der Athenertempel

Und ihrer Gottesbilder auch dich begräbt,
Denn lang schon einsam stehst du, o Stolz der Welt,
Die nicht mehr ist. Und o ihr schönen
Inseln Ioniens! wo die Meerluft

Die heißen Ufer kühlt und den Lorbeerwald
Durchsäuselt, wenn die Sonne den Weinstock wärmt,
Ach! wo ein goldner Herbst dem armen
Volk in Gesänge die Seufzer wandelt,

Wenn sein Granatbaum reift, wenn aus grüner Nacht
Die Pomeranze blinkt, und der Mastixbaum
Von Harze träuft und Pauk und Cymbel
Zum labyrinthischen Tanze klingen.

Zu euch, ihr Inseln! bringt mich vielleicht, zu euch
Mein Schutzgott einst; doch weicht mir aus treuem Sinn
Auch da mein Neckar nicht mit seinen
Lieblichen Wiesen und Uferweiden.

Thomas Knubben

Schiller und Kerner, Hölder und Hegel

Eine kleine Landesvinothek

Württemberg und Wein – das gehört zusammen wie Baden und Sonnenschein. Dessen war sich zumindest Schiller sicher, als er dichtete: »Der Name Wirtemberg/ Schreibt sich von Wirt am Berg –/ Ein Wirtemberger ohne Wein,/ Kann der ein Wirtemberger sein?« Wir können angesichts einer solchen, auf den ersten Blick plausiblen Philologie dahingestellt lassen, wie viel Promille der Dichter wohl schon im Blut hatte, als er diese Verse schmiedete. Sein Keller war jedenfalls gut gefüllt. Als er 1804 wieder einmal seinen Weinvorrat überprüfte, konnte er unter anderem 61 »ganze Bouteillen« Malaga, 35 Burgunder, 22 Champagner, 10 Weißen Portwein, 17 Ruster und 34 Flaschen Frankenwein notieren. Die Dessertweine scheinen es ihm dabei besonders angetan zu haben, wie ein Dankesbrief an seinen Verleger Cotta ausweist: »Von Bremen ist eine Kiste mit Porto und Malaga Wein an mich angekommen, woraus ich abermals Ihre liebe Sorgfalt für mich erkenne werthester Freund. Auch scheint der Himmel einen eigenen Segen darauf zu legen, denn, nachdem ich schon seit meiner lezten Krankheit im Julius den Wein nur mit Widerwillen getrunken obgleich meine Ärzte mir ihn verordneten und ich es mit allen möglichen Sorten, süßen und sauren, weißen und rothen, deutschen, französischen und spanischen umsonst versucht, so fange ich nun an den rothen Porto Wein den sie mir geschickt mit Vergnügen zu trinken.« Das Schreiben belegt nicht nur, was Verleger für ihre Autoren alles tun können, es zeigt auch, wie sehr sich Schiller für die Würdigung des Weines aufzuopfern bereit war. Kein Wunder, sollte man meinen, dass nach einem solch famosen Sänger und Trinker auch ein Wein, der Schiller nämlich, benannt sein sollte. Verdient hätte er es gehabt, gekommen aber ist es so nicht. Denn nicht der weinselige Dichter, sondern die oszillierende, die schillernde Farbe des Weines, seine Mischung aus roten und weißen Trauben gab dem Schiller seinen Namen: »der ist nit recht rot noch recht weys, darumb haisst er Schilher«, vermerkte bereits um 1500 der aus Ravensburg stammende Historiker und Geograph Ladislaus Suntheim. Heute mag der Verschnitt von roten und weißen Trauben zu einem Wein kaum die Zustimmung des Kenners finden, der bekanntlich Württemberger trinkt. Früher jedoch war er sehr geschätzt. Früher, das war die Zeit zwischen dem späten 16. Jahrhundert, als die ›Kleine Eiszeit‹ den Weinbau in die besseren Lagen zurückdrängte, und dem späten 19. Jahrhundert, als die Reblaus den Weinstöcken fast ganz den Garaus gemacht hätte. In den drei Jahrhunderten dazwischen aber mussten sich die Württemberger irgendwie durchlavieren, um ihren Durst einigermaßen befriedigend gestillt zu bekommen. Der Schiller brachte die (Er-)Lösung. Das Zusammenschütten der roten und weißen Trauben füllte nicht nur die Fässer, sondern glich auch die Unebenheiten der einzelnen Gewächse aus und machte sie bekömmlicher. Deshalb ersparte man sich im Weinberg auch die Mühe, Reben sortenrein anzupflanzen und pflegte bis weit ins 20. Jahrhundert hinein den gemischten Rebsatz. Die Bereitschaft zum ›Panschen‹ ging sogar so weit, dass man in einigen Gegenden, darunter Stadt und Amt Tübingen, ohne Bedenken selbst Wein und Apfelmost zusammenkippte, wie Friedrich August Köhler von seiner Albreise von Tübingen nach Ulm im Jahr 1790 berichtete: »Gewöhnlich wirft der Bauer seinen gewonnenen Wein unter den Zyder [vom französischen *cidre* abgeleitet, also Apfelmost], der sein gewöhnlicher Labetrank ist.« Friedrich Schiller wird angesichts solcher Praktiken womöglich ganz froh gewesen sein, dass er dafür nicht auch noch seinen guten Namen hat hergeben müssen.

Bei Justinus Kerner sieht die Sache hingegen ganz anders aus. Seine Gastfreundschaft war legendär und in seinem Verhältnis zum Wein konnte er sich dem schallenden Ruf seines Freundes Ludwig Uhland anschließen: »O schafft mir, schafft mir Wein«. Woher aber sollte er kommen und wie gut konnte er gelingen? Diese Fragen stellten sich im Jahr 1929 auch die Rebzüchter in der Staatlichen Lehr- und Versuchsanstalt für Wein- und Obstbau in Weinsberg. Sie hatten den Auftrag, eine Rebsorte zu schaffen (!), die robust war gegenüber Wind und Wetter und die sowohl in Geschmack wie im Mengenertrag überzeugte. Mit ihren Versuchen knüpften sie an die Erfolge des Herrn Müller aus dem schweizerischen Thurgau an, der in Geisenheim schon 1882 aus einer Kreuzung von Riesling und Silvaner, wie man lange Zeit meinte, den Müller-Thurgau in die Welt gebracht hatte. Neuere Analysen zeigten freilich, dass er nicht den Silvaner und auch nicht den Gutedel, sondern die Madeleine Royale, eine Kreuzung aus Pinot und Trollinger eingeschleust hatte. Der Irrtum tat dem Erfolg indes keinen Abbruch. Der Müller-Thurgau wurde in Deutschland binnen eines Jahrhunderts in Bezug auf Anbaufläche und Mengenertrag die wichtigste Rebsorte überhaupt. Erst kurz vor der Jahrtausendwende gelang es dem Riesling, nicht zuletzt aufgrund eifrigen Klonens und des spürbaren Klimawandels, verloren gegangenes Terrain zurückzuerobern und den lästigen Konkurrenten wieder zu übertrumpfen.

Erfolg gebiert Erfolg und alle Künstler stehen auf den Schultern anderer Künstler. Das gilt nicht nur für Stückeschreiber und Bildhauer, sondern auch für Rebzüchter. Die Weinsberger Pioniere wählten daher wie Herr Müller-Thurgau als einen Ausgangspunkt für ihre Neuzüchtung den alteingesessenen und erfolgreichen Riesling und nahmen als Partner und lokalen Star den Trollinger hinzu. Hier also erneut eine Mischung von weißen und roten Reben, diesmal allerdings nicht erst im Weinkeller, sondern bereits im Labor und anschließend im genetischen Code. Entstanden ist auf diese Art und Weise eine Rebsorte, die dem Riesling ähnelt, aber früher reift und bessere Erträge abwirft. Es dauerte volle vierzig Jahre, bis diese Neuzüchtung alle Prüfungen durchlaufen hatte und schließlich 1969 nach dem Weinsberger Oberamtsarzt, Dichter und Weinfreund Justinus Kerner bezeichnet wurde.

Was einmal gelingt, kann man getrost ein weiteres Mal versuchen. Wenn sich Trollinger und Riesling, ein Roter und ein Weißer so gut verstehen, warum dann nicht auch einen Württemberger mit einem Badener verheiraten? Zumal, wenn gerade mit dem Zusammenschluss von Baden und Württemberg zu einem neuen Bundesland eine politische Steilvorlage geboten worden ist. Im Jahr 1955 machte sich jedenfalls August Herold in Weinsberg daran, Reben des Rieslings mit solchen des Ruländers zu kreuzen. Alle Weinstöcke standen zwar in Weinsberg, mit dem Ruländer wurde aber ein kraftstrotzender Vater gewählt, der vor allem im Badischen zuhause ist. Bis freilich der Sprössling aus einer solchen Verbindung die Matura erreicht, dauert es glatte 16 Jahre. 1955 wurden die ersten Samen aus der Kreuzungsarbeit geerntet, im folgenden Frühjahr die pikierten Sämlinge im Zuchtgarten in Lauffen am Neckar gepflanzt, zwei Jahre später der Sämling mit den besten weinbaulichen Merkmalen für die nächste Zuchtstufe ausgewählt und 1966 schließlich ein Zuchtstamm mit zwölf Stöcken für die Vorprüfung gepflanzt. Erst als auch der sich befriedigend entwickelt hatte, wurde ab 1971 der Anbau im direkten Vergleich mit klassischen Weißweinsorten unter Praxisbedingungen getestet.

Noch hatte das Kind freilich keinen Namen. Den brauchte es aber spätestens für die Eintragung in die Sortenliste beim Bundessortenamt. Die stand im Jahre 1973 an. Die Züchter aus Weinsberg schlugen kurzerhand die Bezeichnung »Riesländer«, einen Neologismus aus Riesling und Ruländer, vor, was jedoch abgelehnt wurde. Die Sortenlistenführer befürchteten eine Verwechslung mit dem »Rieslaner«, den die Bayerische Landesanstalt für Wein-, Obst und Gartenbau in Würzburg bereits kreiert hatte. Da kam vom Leiter des Referats Rebenzüchtung Helmut Schleip die rettende Idee. Wenn mit Justinus Kerner schon einmal ein dem Wein verbundener schwäbischer Dichter Namenspatron wurde, warum nicht auch Hölderlin? Schließlich war die neue Traube in Lauffen, seinem Geburtsort, gezogen worden. Dem Bundessortenamt wurde als Bezeichnung der Neuzucht daher Hölder vorgeschlagen, so wie der Dichter von seinen engsten Freunden genannt wurde. Die Namensgebung wurde akzeptiert und nachdem auch die Anbauprüfungen in den Versuchsanlagen befriedigend verliefen, konnte der Hölder 1987 schließlich in die Sortenliste eingetragen werde und dem Land Baden-Württemberg Sortenschutz für die Neuzucht gewährt werden.

Nun fehlte dem Land nur noch ein passender Rotwein mit ähnlicher literarischer Qualität. Und auch da konnte geholfen werden. August Herold, der mit dem Kerner und dem Hölder schon zwei neue Weißweinsorten hervorgebracht hatte, experimentierte selbstverständlich auch mit Rotweinreben. So kreuzte er parallel zum Kerner schon 1929 aus dem Blauen Portugieser und dem Lemberger die nach ihm selbst benannte Heroldrebe und schuf zwei Jahre später aus dem Frühburgunder und dem Trollinger eine weitere Sorte, die unter dem Namen Helfensteiner eingetragen wurde. Richtig erfolgreich wurden beide Rebsorten nicht. Der Helfensteiner brachte es 2007 deutschlandweit gerade mal auf eine Anbaufläche von 25 Hektar und die Heroldsrebe auf 163 Hektar. Das war nichts im Vergleich zu den 3.848 Hektar beim Kerner oder gar gegen die 13.824 Hektar beim Müller-Thurgau. Die Enkel sollten es daher richten. Denn 1955 machte sich August Herold noch einmal daran, eine neue Rotweinsorte zu züchten. Sie sollte vor allem eine intensive, tiefrote Farbe besitzen und als Deckwein helfen, blasseren Gewächse visuelle Kraft zu verleihen. Mit dem Dornfelder, der aus dem Helfensteiner und der Heroldsrebe gekreuzt wurde, ist das am Ende gelungen. Der Dornfelder ist mit 8.185 Hektar Anbaufläche in Deutschland mittlerweile zur zweitwichtigsten Rotweinsorte nach dem Spätburgunder geworden. Bei all den vielen Versuchsreihen, die bei der Züchtung notwendig waren, ist so ganz nebenbei sogar noch eine weitere Rebsorte abgefallen, welche die Zuchtnummer Weinsberg S 342 trägt. Sie gilt als »vollmundig und feinfruchtig« und beansprucht qualitätvolle Lagen, wie sie auch der Spätburgunder benötigt. Ihre Verbreitung ist mit gerade mal 10 Hektar freilich nur etwas für besondere Liebhaber und ausgesprochene Spezialisten. Darin trifft sich die Rebe jedoch gut mit ihrem Namenspatron, denn seit 1994 darf sie die Bezeichnung Hegel tragen. Damit hat sich für Hölder und Hegel die seltene Chance eröffnet, wie weiland im Tübinger Stift wieder in einer Stube zusammenkommen zu können. Und sollte es die Stube des Verlegers sein, dann wird es gewiss auch eine Genienstube sein, denn wer zum Wein sich Gäste lädt, der achte auf beider Qualität.

Otto A. Böhmer

Hegel & Hegel

Die Ordnung, die er zur Feier der Welt errichtet hatte, war brüchig geworden. Mit einem Mal gab es Schlupflöcher, Verwinkelungen, Nischen. Seine Gedanken durften nun, ungestraft, umherziehen, sie schweiften ab, drehten sich im Kreise, der ein anderer Kreis war, dunkles, untergründiges Terrain, nicht der Kreisgang des Denkens, an dem seine ganze Philosophie hing. Er hatte einen insgesamt unguten Verdacht: Der Geist des Weines war schuld, jener allererste enthusiasmierende Beweger, der sein Leben anschob, ein unsichtbarer, unermüdlicher Brandbeschleuniger des Wissens, nichts hielt ihm stand, aber dann war er lastend geworden, das eigene Gewicht drückte ihn herunter, brachte ihn in träge Sesshaftigkeit; der Geist, frei gestelltes, Gott gleiches Medium, wurde wieder Geist des Weines, der hartnäckige Rückstände erkennen ließ, vom Weingeist blieb nur der Weinstein. Er setzte sich ab, an den Gläsern, in ihm, verknotete den Fluss der Gedanken und des Blutes. Konnte man sagen, unhöflich, dass er zuviel soff, so hatte es sein früherer Hausarzt Dr. Schulte-Langen, ein grober Westfale, ausgedrückt, dem er daraufhin den Laufpass gab. Für die Wahrheit war er selbst verantwortlich, der Philosoph, nicht ein rotwangiger, plumpschädeliger Medikus, der sich allerdings an die vermuteten Tatsachen hielt.

»Wenn ich Sie so anschaue«, hatte er gesagt, »wenn ich Sie so anschaue, Sie hochrühmlicher Mensch, sehe ich Bedenkliches. Ihre Augen stehen hervor, sind gallertartig und trübe. Ihre Hände zittern, auch wenn Sie sich nur an Ihrer ungepflegten Perücke kratzen. Ihr Atem geht unverhältnismäßig schwer, Sie haben Schorf an der Backe, der entweder von fortgesetzter Unreinlichkeit herrührt oder das Resultat einer schlecht verheilten Wunde ist, die Sie sich im täglichen Suff zugezogen haben. Sagen Sie nichts, es kann gegen Sie verwendet werden. Ich kenne Leute wie Sie, Herr Professor Hegel, sie verbergen sich hinter einer zweifelhaften Ruhmseligkeit, die dazu beiträgt, über offensichtliche Laster hinwegzusehen, was aber ein wachsamer Mediziner nicht durchgehen lässt. Unsereins sieht sehr viel genauer hin als ein Philosoph, der sich im Spekulativen herumtreibt. All Ihre sogenannten Beschwerden, Magendruck, Völlegefühl, saures Aufstoßen, Herzrasen, flagrante Nervosität, bis hin zu Haar- und Zahnausfall und Ihre verschiedenen, plötzlich auftretenden Absenzen, haben nur eine Ursache, das Saufen.«

»Ich saufe nicht«, hatte Hegel daraufhin kraftlos erklärt, dabei rumorte doch schon die Wut in ihm, »ich trinke ab und zu ein Glas Wein. Zu den Mahlzeiten, beispielsweise.«

»Zu den Mahlzeiten?«, höhnte der Arzt. »Dann darf Ihre Existenz wohl als eine einzige, langanhaltende Mahlzeit bezeichnet werden. Sie sind, wenn ich das so sagen darf, ein Drei-Liter-Philosoph.«

Hermann Hesse

Zu Johannes dem Täufer sprach Hermann der Säufer:

Alles ist mir ganz willkommen,
Laß uns weiter schlendern!
So hat's seinen Lauf genommen,
Nichts ist mehr zu ändern.
Schau, ich bin ein leeres Haus,
Tür und Fenster offen,
Geister taumeln ein und aus,
Alle sind besoffen.
Du hingegen hast noch Geld,
Zahle was zu trinken,
Voller Freuden ist die Welt,
Schade, daß sie stinken.

Andre Dichter trinken auch,
Dichten aber nüchtern,
Umgekehrt hab ich's im Brauch,
Nüchtern bin ich schüchtern.
Aber so beim zehnten Glas
Geht die Logik flöten,
Dann macht mir das Dichten Spaß.
Ohne zu erröten,
Preise ich des Daseins Frist,
Lobe aus dem Vollen,
Bin Bejahungsspezialist,
Wie's die Bürger wollen.

Wer des Lebens Wonnen kennt,
Mag das Maul sich lecken.
Außerdem ist uns vergönnt,
Morgen zu verrecken.

Hermann Kurz

Trinklied im Frühling

Nach einer italienischen Melodie

Der Himmel lacht und heit're Lüfte spielen,
Der Frühling kehrt zurück in seiner goldnen Pracht;
Mit lautem Jubelsang wird hier im Kühlen
Der schönen Zeit ein volles Glas gebracht.
Die Treu' verklärt die fröhlichen Gesichter,
Die Freude thronet hier in ihrem Königshaus,
Die Lieb' entflammt die hellen Frühlingslichter
Und spannt den blauen Bogen drüber aus.

In roter Glut die Goldpokale funkeln,
Die Sonne schaut mit Lust nach ihrem Kind, dem Wein,
Und Geistertöne klingen durch die dunkeln
Gewölbe dieser Blütenbäume drein:
O seht die Schar der kleinen Geister lauschen,
Die in der Tiefe sich mit holdem Feuer tränkt!
Wo ihres Meeres wildste Fluten rauschen,
Da sei die ganze Seele drein versenkt!

Der Strom des Lebens mag hinunterquellen,
Wenn nur die Trauben stets an seinem Ufer glüh'n,
Und süße Augen auf die dunkeln Wellen
Verklärend ihre Sonnenblicke sprüh'n:
Drum wenn am Himmel heit're Lüfte spielen,
Der Frühling wiederkehrt in seiner goldnen Pracht,
Wird unter hellem Jubelsang im Kühlen
Der schönen Zeit ein volles Glas gebracht.

Justinus Kerner

Trinklied im Juni

Was duftet von des Berges Haupt
So tief ins Tal hinab?
Die Rebe ist's, die neubelaubt
Sich blühend hebt am Stab.

Was regt sich in des Hauses Grund
In den Gewölben tief?
Der Wein ist's, der in Fasses Rund
Schon längst gebunden schlief.

Die Blüte hat ihn aufgeregt,
Der Duft im Heimatland,
Dass er von Sehnsucht tiefbewegt
Will sprengen jetzt sein Band.

Zwingherren, Freunde! sind wir nicht,
Bringt die Pokale her!
Und lasst den Armen jetzt ans Licht,
Wie er es wünscht so sehr.

Und singend hebt dem Berge zu
Den schäumenden Pokal:
»Befreier, siehst die Heimat du
In Duft und Sonnenstrahl?«

Seht, wie mit tausend Augen er
Die Heimat schaut entzückt,
Aus der die Rebe blütenschwer
Ihm in die Augen blickt!

Er braust, er singt: »Willkommen du,
O Heimat voller Licht!
Und jetzt, ihr Lieben! trinkt nur zu!
Ich bin der letzte nicht!«

Du edler Saft! du dringst mit Macht
Uns in das Herz hinein!
Wohlan! stoßt an! du sollst gebracht
Der teuren Heimat sein!

Und dem, der irrt am fremden Strand,
Und dem in Kerkernot,
Dass ihm erschein' sein Heimatland
Wie dir noch vor dem Tod.

Ludwig Uhland

Wein und Brot

Solche Düfte sind mein Leben,
Die verscheuchen all mein Leid:
Blühen auf dem Berg die Reben,
Blüht im Tale das Getreid'.

Donnern werden bald die Tennen,
Bald die Mühlen rauschend gehn,
Und wenn die sich müde rennen,
Werden sich die Keltern drehn.

Gute Wirtin vieler Zecher!
So gefällt mir's, flink und frisch;
Kommst du mit dem Wein im Becher,
Liegt das Brot schon auf dem Tisch.

Ludwig Uhland

Die Neige

Frage nicht, warum so rein
Ich die letzte Neige schlürfe?
Und warum kein Tropfen Wein
Mir im Glas verkümmern dürfe?

Frage den, der sterben soll
Mit dem lebendurst'gen Auge,
Ob nicht er noch ganz und voll
Jeden Strahl des Lebens sauge?

Darum zähl ich so genau
Jede Perle edler Reben:
Dieser süße Himmelstau
Ist ein Teil von meinem Leben.

Stefan Knödler

Wein und Leben

Zu Ludwig Uhlands Gedicht »Die Neige«

Ludwig Uhland kaufte seinen Wein jeden Herbst in Weinsberg, wo sein Freund Justinus Kerner wohnte, vom Verrenberg oder Lindelberg, und später auch an der Tauber bei Mergentheim. Alljährlich erwarb er drei Hektoliter Traubenmost – der Württemberger war damals weiß –, den er dann im heimischen Keller einlagerte, um ihn im Frühjahr zu genießen: »Einstweilen säuselt er im Keller, sanft und leise, wie deine Mundharmonika oder wie die Aeolsharfe deiner Burg«, schreibt er 1839 an Kerner, der ihm einen Weinsberger Wein besorgt hatte.

Obwohl Uhland im doppelten Sinne als nüchterner Mensch galt und es auch von übelwollenden Zeitgenossen keine Berichte über einen betrunkenen Uhland gibt – auch wenn er selbst etwa einen »trefflichen Wein, der nicht unwirksam blieb« in seinem Tagebuch festhält –, haben seine Gedichte einen festen Platz in der Literaturgeschichte des deutschen Alkoholrausches. Besonders sein *Trinklied* mit dem Refrain »Wir sind nicht mehr am ersten Glas,/ Drum denken wir gern an dies und das,/ Was rauschet und was brauset«, das gekonnt lautmalerisch das Rauschen und Brausen des Weins in den Gläsern und Köpfen der Trinkenden mit dem der besungenen männlichen Tätigkeiten verbindet – Jagd, Seefahrt, Schlacht, schließlich, als verstiegener Höhepunkt, das Jüngste Gericht. Mit der Melodie von Conradin Kreutzer fehlt es in kaum einem der zahlreichen Commersbücher; so sehr wurde es ein Teil der vor allem studentischen Trinkkultur, dass der Historiker Heinrich von Treitschke gar schrieb: »Wir wären die Deutschen nicht mehr, die wir sind, wenn je an der lauten Tafelrunde unserer Burschen die stürmische Weise nicht mehr erklänge«.

Uhlands Gedicht *Die Neige* hat mit seinen Trinkliedern zwar den Gegenstand gemein, aber mit den rauschseligen Selbstfeiern trinkwilliger Gesellschaften hat es nichts zu tun. Seine Schlichtheit erinnert eher an antike Epigramme als an die Lyrik seiner Zeit. *Die Neige* steht in keiner der 42 zu seinen Lebzeiten erschienen Auflagen von Uhlands *Gedichten*. Offenbar hat seine Frau verhindert, dass es darin aufgenommen wurde, und so ist es erst nach seinem Tod, 1895, erstmals gedruckt worden. Entstanden ist es wahrscheinlich 1818, zumindest steht es in einem Notizheft Uhlands zwischen anderen Gedichten aus diesem Jahr.

Das Gedicht erinnert in seiner Intensität indes an Uhlands späte Gedichte, von denen Uhlands Biograph Hermann Schneider sagt: »Edler Goldglanz und leise Kühle der Meisterschaft liegen darüber.« Was hier in der ersten Strophe noch die poetische Einkleidung des schwäbischen »bei uns verkommt nix« zu sein scheint, wendet sich in den folgenden Strophen in etwas wesentlich Existenzielleres. Im Leertrinken des Glases wird eine Einstellung zum Leben erkennbar, der Durst wird zum Lebensdurst, der Mund, der die Tropfen saugt, wird zum Auge, das den Strahl des Lebens schlürft. In der letzten Strophe wird die »Neige« des Weinrests im Glas in ihre Einzelteile zerlegt und damit kostbar: Die Tropfen werden zu »Perlen«, ihre Abfolge zu einer kostbaren Kette. Eine weitere Dimension öffnet das Wort »Himmelstau«, das einerseits der Name etwa des Frauenmantels und verschiedener Pflanzen- und Grasarten ist, die die Eigenschaft haben, Wassertropfen einzeln auf den Blättern zu halten – der berühmte Lotoseffekt. Besonders der Frauenmantel mit seinen kelchförmigen Blättern, in denen die Tropfen vereinzelt sitzen, lässt an das Weinglas in Uhlands Gedicht denken. Andererseits findet man das Wort, gerade mit dem Attribut »süß«, häufig in der geistlichen Literatur, sowohl in der protestantischen als auch in der katholischen. Dabei steht der Himmelstau allgemein für alles von Gott kommende Gute, aber auch für Jesus oder den heiligen Geist selbst, gar – in der katholischen Tradition – für die unbefleckte Empfängnis Mariens. Die Analogie ist klar: gut und fruchtbar für die Pflanzen – gut und fruchtbar für den Menschen.

Das Thema des Gedichts – der intensivierte Genuss des Lebens eingedenk des Todes – lässt an Gottfried Kellers Gedicht *Abendlied* denken, in dem sich ebenfalls die Analogien von Trinken und Sehen, von Durst und Lebensdurst, von Blindheit und Tod finden lassen; der Abend ist hier gleichzeitig der Lebensabend, das Gedicht endet mit dem berühmten Ausruf: »Trinkt, o Augen, was die Wimper hält,/ Von dem goldnen Ueberfluß der Welt!« Kellers Gedicht ist das eines Sterbenden, es feiert den Genuss des Lebens im Angesicht des drohenden Todes. Uhlands Gedicht ist dagegen das eines Sterblichen, es formuliert bekenntnishaft eine grundsätzliche Haltung zum Leben. An ein Leben nach dem Tode wird in beiden Gedichten nicht gedacht. Keller war ein Anhänger des Philosophen Ludwig Feuerbach, seine Lektüre von dessen religionskritischen Schriften war für ihn zu einem Erweckungserlebnis geworden: »Die Welt ist mir unendlich schöner und tiefer, der Tod ernster, bedenklicher und fordert mich nun erst mit aller Macht auf, meine Aufgabe zu erfüllen und mein Bewußtsein zu reinigen und zu befriedigen, da ich keine Aussicht habe, das Versäumte in irgendeinem Winkel der Welt nachzuholen«, schreibt er am 27. März 1851 an den Freund Wilhelm Baumgartner nach seinem »Anschluß an Feuerbach«.

Die Neige ist, ohne dass Uhland Feuerbach hätte kennen können, ebenfalls ganz am diesseitigen Leben orientiert; der Gedanke, im Leben möglichst alles restlos zu genießen, ist sogar durchaus unchristlich. – Vielleicht war das der Grund, warum Emilie Uhland die Veröffentlichung des Gedichts verhindert hat. Uhland und die Religion – das ist ein Problem, das sich heute noch so stellt wie für Friedrich Notter, der sich in seinem Buch über Uhland fragt, ob die »Gebräuche der Kirche … bei ihm wirkliches *Gemütsbedürfnis* oder nur liebevolles Fortwirkenlassen kindlicher Eindrücke, vielleicht auch zarte Rücksicht auf Andre gewesen, für deren Gemüt jene Gebräuche eine Notwendigkeit waren«. Uhlands Gedichte sind selten im engen Sinne christlich, aber ein religiöses Gefühl kommt in ihnen oft zum Ausdruck (man denke etwa an *Die Kapelle*). Josef Mühlberger hat diese spezielle Religiosität eine »Daseinsfrömmigkeit« genannt: »Uhland ist diesseitsandächtig. So, wie es Mörike, wie es Hölderlin ist. Uhlands Diesseitsandacht, die noch dem geringsten Hausgerät gilt, hat mit ›bürgerlich‹ nichts zu tun; sie ist fromm, indem sie doch das alltäglichste Ding an ein Fernes bindet und dadurch weiht und heiligt; darin steckt ein gut Stück antiker Daseinsfrömmigkeit; auch in der umschlossenen Form und bildhaften Aussage.« Ob Mühlberger bei diesen Sätzen an *Die Neige* gedacht hat? Alles passt: die bildhafte Aussage, die schlichte Form, die Hinwendung zu den alltäglichen Dingen – hier mit den einzelnen Tropfen des letzten Rests Wein im Glas – sowie die Bindung an ein »Fernes« bzw. »Höheres« – hier: das »Leben«. Dieses »Leben« kommt derart emphatisch bei Uhland nicht nur in *Die Neige* vor, sondern auch am Beginn seines Gedichts *Wein und Brot*: »Solche Düfte sind mein Leben,/ Die verscheuchen all mein Leid:/ Blühen auf dem Berg die Reben,/ Blüht im Tale das Getreid'.« Das Leben, um das es Uhland hier wie dort geht, ist das diesseitige, das an den Zyklus der Jahreszeiten, an das Wachsen, Blühen, Früchtetragen und Vergehen in der Natur gebunden ist – das Korn wird reif, das Brot wird gebacken, die Trauben werden reif, der Wein wird gekeltert. Man findet eine solche Hinwendung zu den Dingen der Natur nicht nur in Uhlands Gedichten: Auch etwa dann, wenn er seiner Frau die Fortschritte der Äpfel, Birnen und Trauben im eigenen Garten am Tübinger Österberg schildert, wenn er Jahr für Jahr das Datum des Beginns der Weinlese vermerkt oder gar selbst den Winzern bei der Ernte hilft. Auch seine Interpretationen der Volkssagen sind übrigens nicht selten eine Rückführung der mythologischen Gestalten und Geschichten auf die elementarsten Naturvorgänge.

Wie aus den knappen poetischen Miniaturen Uhlands beim Leser eine Ahnung vom großen Leben entstehen kann, das haben zwei Dichter des Jungen Deutschlands, Heinrich Laube und Karl Gutzkow, schon zu Uhlands Lebzeiten beschrieben. Laube schreibt (er redet die »Philister« an, die Uhlands Gedichte nicht verstehen): »Daß das Gedicht mitten im Klange aufhören und darum den höchsten Wert haben könne, wenn es auf eine schöne Weise die Saiten des Lesers tönend angeschlagen habe, begreift Ihr nicht. Wie es bebt und rauscht und klingt, nachdem Ihr das Gedicht zu Ende gelesen und seinen Flügelschlägen nachlauscht – das ist Euch unbefriedigend, Ihr wollt die Flügel so lange sehen, bis sie am Boden liegen.« Und bei Gutzkow heißt es in einer Rezension von Uhlands Gedichten, dass diese aus »zwei Teilen« bestünden: »aus einem sichtbaren Gerüste und aus einem Nachklange, der so mächtig ist, daß er den Hörer zwingt, ein zweites Gedicht, die Erklärung eines Gesehenen oder Gehörten, in sich nachzuschaffen«. Dieses Gedicht müsse man »gleichsam erst machen«, wenn man das eigentliche Gedicht gehört oder gelesen habe.

Die Ahnung vom »Leben« entsteht erst im Leser. Dies kann allerdings nur funktionieren, wenn die Dinge, aus denen diese Ahnung entstehen soll, so gewählt sind, dass jeder Leser etwas damit anzufangen weiß, wie also etwa Wein und Brot – deshalb sind uns auch noch so viele Gedichte aus der Antike unmittelbar verständlich. Das allein reicht aber noch nicht: Erst die Kunst des Dichters kann, wie Laube schreibt, die »Saiten des Lesers« zum Schwingen bringen, die Dinge darin zum Leben erwecken.

Wilhelm Hauff

Trinklied

Wer seines Leibes Alter zählet
Nach Nächten, die er froh durchwacht,
Wer, ob ihm auch der Taler fehlet,
Sich um den Groschen lustig macht,
Der findet in uns seine Leute,
Der sei uns brüderlich gegrüßt,
Weil ihn, wie uns, der Gott der Freude
In seine sanften Arme schließt.

Wenn von dem Tanze sanft gewieget,
Von Flötentönen sanft berauscht,
Fein Liebchen sich im Arme schmieget,
Und Blick um Liebesblick sich tauscht;
Da haben wir im Flug genossen
Und schnell den Augenblick erhascht,
Und Herz an Herzen festgeschlossen
Der Lippen süßen Gruß genascht.

Den Wein kannst du mit Gold bezahlen,
Doch ist sein Feuer bald verraucht,
Wenn nicht der Gott in seine Strahlen,
In seine Geisterglut dich taucht;
Uns, die wir seine Hymnen singen,
Uns leuchtet seine Flamme vor,
Und auf der Töne freien Schwingen
steigt unser Geist zum Geist empor.

Drum, die ihr frohe Freundesworte
Zum würdigen Gesang erhebt,
Euch grüß' ich, wogende Akkorde,

Dass ihr zu uns hernieder schwebt!
Sie tauchen auf – sie schweben nieder,
Im Vollton rauschet der Gesang,
Und lieblich hallt in unsre Lieder
Der vollen Gläser Feierklang.

So haben's immer wir gehalten
Und bleiben fürder auch dabei,
Und mag die Welt um uns veralten,
Wir bleiben ewig jung und neu.
Denn, wird einmal der Geist uns trübe,
Wir baden ihn im alten Wein,
Und ziehen mit Gesang und Liebe
In unsern Freudenhimmel ein.

Gustav Schwab

Midas

Einst schweifte der mächtige Weingott Dionysos mit seinen Bacchantinnen und Satyrn hinüber nach Kleinasien. Dort lustwandelte er an den rebenumrankten Höhen des Tmolosgebirges, von seinem Gefolge begleitet. Nur Silenos, der greise Zecher, ward vermisst. Dieser war, vom Weinrausch überwältigt, eingeschlafen und so zurückgeblieben. Den schlummernden Alten fanden phrygische Bauern; da fesselten sie ihn mit Blumenkränzen und führten ihn zu ihrem Könige Midas. Ehrfürchtig begrüßte derselbe den Freund des heiligen Gottes, nahm ihn wohl auf und bewirtete ihn mit fröhlichen Gelagen zehn Tage und Nächte lang. Am elften Morgen aber brachte der König seinen Gast auf die lydischen Gefilde, wo er ihn dem Bakchos übergab. Erfreut, seinen alten Genossen wiederzuhaben, forderte der Gott den König auf, sich eine Gabe von ihm zu erbitten. Da sprach Midas: »Darf ich wählen, großer Bakchos, so schaffe, dass alles, was mein Leib berührt, sich in glänzendes Gold verwandle.« Der Gott bedauerte, dass jener keine bessere Wahl getroffen, doch winkte er dem Wunsche Erfüllung. Des schlimmen Geschenkes froh, eilte Midas hinweg und versuchte sogleich, ob die Verheißung sich auch bewähre; und siehe, der grünende Zweig, den er von einer Eiche brach, verwandelte sich in Gold. Rasch erhob er einen Stein vom Boden, der Stein ward zum funkelnden Goldklumpen. Er brach die reifen Ähren vom Halm und erntete Gold; das Obst, das er vom Baume pflückte, strahlte wie die Äpfel der Hesperiden. Ganz entzückt lief er hinein in seinen Palast. Kaum berührte sein Finger die Pfosten der Tür, so leuchteten die Pfosten wie Feuer; ja selbst das Wasser, in das er seine Hände tauchte, verwandelte sich in Gold. Außer sich vor Freude, befahl er den Dienern, ihm ein leckeres Mahl zu richten. Bald stand der Tisch bereit, mit köstlichem Braten und weißem Brote belastet. Jetzt griff er nach dem Brote, – die heilige Gabe der Demeter ward zu steinhartem Metall; er steckte das Fleisch in den Mund, schimmerndes Blech klirrte ihm zwischen den Zähnen; er nahm den Pokal, den duftenden Wein zu schlürfen, – flüssiges Gold schien die Kehle hinabzugleiten. Nun ward es ihm doch klar, welch ein schreckliches Gut er sich erbeten hatte; so reich und doch so arm, verwünschte er seine Torheit; denn nicht einmal Hunger und Durst konnte er stillen, ein entsetzlicher Tod war ihm gewiss. Verzweifelnd schlug er die Stirn mit der Faust, – o Schrecken, auch sein Antlitz strahlte und funkelte wie Gold. Da erhob er angstvoll die Hände zum Himmel empor und flehte: »O Gnade, Gnade, Vater Dionysos! Verzeih mir schwachsinnigem Sünder und nimm das gleißende Übel von mir!« Bakchos, der freundliche Gott, erhörte die Bitte des reuigen Toren, er löste den Zauber und sprach: »Gehe hin zum Fluss Paktolos, bis du seine Quelle im Gebirge findest. Dort, wo das schäumende Wasser dem Felsen entsprudelt, dort tauche das Haupt in die kühle Flut, dass dich der glänzende Firnis verlasse. So spüle zugleich mit dem Golde die Schuld ab.« Midas gehorchte dem göttlichen Befehl, und siehe, zur selbigen Stunde wich der Zauber von ihm; aber die goldschaffende Kraft ging auf den Strom über, welcher seitdem das kostbare Metall in reichem Maße mit sich führt.

Eduard Mörike

Trinklied

Wir sind guter Dinge: trinket!
Trinkt und singt den Gott der Reben!

Er hat uns den Tanz erfunden,
Er liebt volle Kraftgesänge!
Eros gleich ist er geartet,
Ist der Liebling Kythereas.

Bakchos hat den Rausch geboren,
Bakchos ist der Freude Vater;
Er ist's, der den Kummer dämpfet,
Der den Schmerz in Schlaf versenket.

Denn, wird uns der wohlgemischte
Trunk gereicht von zarten Knaben,
Flugs entweicht der Gram, im Wirbel
Fort mit allen Winden treibend.

Lasst uns denn zum Becher greifen
Und den Grillen Abschied geben!
Wozu mag es dir doch helfen,
Dich mit Sorgen abzuquälen?

Was da künftig ist, wer sagt es?
Jedem ist sein Ziel verborgen.
Drum will ich, vom Gott beseligt,
Salbeglänzend, scherzen, tanzen;

Bald mit allerliebsten Mädchen,
Bald mit Jünglingen voll Anmut.
Mag, wer will, indes nur immer
Sich mit seinen Sorgen plagen.

Wir sind guter Dinge: trinket,
Trinkt und singt den Gott der Reben!

Friedrich Haug

Zecher-Commando

Heda! Rheinwein!
Mosler! Steinwein!
Himmel, welche
Kleine Kelche!
Wirtsverweser!
Große Gläser
Oder Becher
Für uns Zecher!
Nicht doch! Römer
Sind bequemer.
Nein! Am klügsten
Und gefügsten
Wär's, aus Humpen
Wein zu pumpen!

Ich bin der Weinstock, ihr seid die Reben.
Wer in mir bleibt und ich in ihm, der bringt viel Frucht;
Denn ohne mich könnt ihr nichts tun.
Johannes 15,5

Die Arbeit des Weingärtners ist des liebevollen Fleißes
zweifelhaft Gelingen.
Johann Wolfgang von Goethe

Der Weinbau ist ein hart Problem,
beim Hacken, Spritzen unbequem.
Doch bei dem Trunk, das muss ich sagen,
lässt sich das Fachgebiet ertragen.
Fritz Ulrich

Die Tücken der Ökonomie

Sisyphos könnte Schwabe gewesen sein. So wie der griechische Sagenheld seinen Felsblock unermüdlich bergan rollt, mühen sich schwäbische Wengerter jahraus, jahrein auf einen grünen Rebenzweig zu kommen. Und man kann sie sich wie Sisyphos in Albert Camus' Mythos als glückliche Menschen vorstellen, weil sie der Natur ein hochwertiges Produkt abringen.

Heute erleichtert die Mechanisierung mit Schleppereinsatz die Weinbergsarbeit, die Kellertechnik wurde durch Chemie und Mikrobiologie revolutioniert. Der Wengerter hat sich vom knorrigen Schwerarbeiter zum ausgebildeten Önologen entwickelt. Dennoch sind die Tätigkeiten im Jahreslauf nahezu unverändert geblieben: Neupflanzung, Reberziehung, Schneiden, Biegen, Binden, Bodenbearbeitung, Düngung, Laubarbeit, Pflanzenschutz, Weinlese, Kellerarbeit.

Die Handarbeit war im 19. Jahrhundert Knochenarbeit: Durch die traditionelle württembergische »Kopferziehung« in Dreischenkeltechnik mussten die Pfähle vor dem Winter aus dem Boden gezogen, die Reben niedergelegt und mit den Pfählen oder Erde bedeckt werden – und im Frühjahr wurde die Prozedur umgekehrt wiederholt. Hinzu kam das »Erdentragen« als schweißtreibende Schinderei: Gegen Bodenabschwemmung und zur Bodenerneuerung wurden die Hänge ständig aufgeschüttet, Erdgruben zur Vorratshaltung angelegt. Der Weinbaupionier Johann Philipp Bronner kritisiert das als eine Art schwäbische Manie, die zu steigenden Betriebskosten führe. Dabei übersieht er, dass die Erfahrung von Naturkatastrophen und Notzeiten die Menschen vorsichtig und vorsorglich handeln ließ, indem sie ihr »Sach« zusammenklaubten und zusammenhielten.

Wengerter galten als schollenverwurzelt, konservativ, fortschrittsfeindlich. Bronner hatte Hochachtung vor der Identifikation der Weingärtner mit ihrer Arbeit und Verständnis für ihre Bürden, »gegen die nur die Gewohnheit sie unempfindlich macht«. Erklärbar ist diese Einstellung ebenso wie der Stolz, einem besonderen »Stand« anzugehören, durch die »Tücken der Ökonomie«, wie es der Kulturwissenschaftler Martin Scharfe nennt. Er hat auch darauf hingewiesen, dass die Weingärtner etwa in Tübingen eine subkulturelle »Kontrastmentalität« entwickelt, sich mit speziellen Formen des Dialekts und Humors von anderen abgegrenzt, aber zugleich solidarische Verhaltensweisen untereinander ausgebildet haben – die sich später auch bei der Gründung von Genossenschaften zeigen sollten.

In Tübingen spiegelte die Topographie die Sozialordnung wider: Die Oberen am Schloss- und Österberg machten sich lustig über die in der Unteren Stadt, die ihnen die Aborte leerten und die Exkremente in die Weinberge trugen. Die akademisch-hochmütige Skatologie der Gôgenwitze assoziiert vielfach Gülle und Scheißwein, wobei sie letztlich auf die Erzeuger der Gülle zurückfällt.

Wahrhaft poetisches Volksvermögen spricht dagegen aus einem Satz von Laura Schradin bei einer Diskussion im Stuttgarter Landtag zur Lage des Weinbaus im Jahr 1920. Die Wengerterstochter und erste weibliche SPD-Abgeordnete aus Reutlingen veranschaulicht das Beharrungsvermögen der Weingärtner und den Zusammenhang zwischen Sein und Bewusstsein: »Ich habe meinem Vater oft erklärt, daß er mit demselben Eigensinn am Georgenberg Orangen und Zitronen pflanzen könne.«

Angesichts des Klimawandels könnte sich das langfristig bewahrheiten. Aber zugleich könnte die Erderwärmung auch eine Chance für höhere Lagen sein: So gedeihen am Albtrauf durch die verlängerte Reifephase »Cool Climate«-Weine mit intensiven Aromen und frischer Säure.

Carl Theodor Griesinger

Der Wingerter, zu Deutsch: Weingärtner

Der Wingerter hat schlechte Waden, breite Füße, eine braune Gesichtsfarbe und einen gekrümmten Rücken, Kopf und Brust nach vorwärts gebeugt. Er ist sehr mager und sieht etwas herabgekommen aus. Rote Wangen hat er gar nie.

Es gibt auch keinen geplagteren Menschen als einen schwäbischen Weingärtner. Die Weinberge liegen meist sehr steil an den Bergen des Neckar-, Rems- und anderer Flusstäler und machen außerordentlich viel zu schaffen. Ein Ungar würde lieber keinen Wein pflanzen als mit solcher Mühseligkeit. Im Herbste, wo der Wein kaum gekeltert ist, fängt der Wingerter an zu arbeiten auf das künftige Jahr. Da müssen die Reben gelegt und mit Mist bedeckt werden, und das dauert bis in den tiefen Winter hinein. Nun werden zu Hause Pfähle geschnitzelt, damit man im Frühling die Reben daran knüpfe; sobald aber die erste Lerche erscheint, ist der Herr des Weinbergs schon wieder auf seinem Eigentum und arbeitet und mühet sich ab auf den Herbstsegen hin. Stets sieht man ihn die Hacke in der Hand, oder den Butten mit schwerer Last auf dem Rücken, Erde aufhackend oder von einer Stelle zur andern tragend; dann versieht er wieder die Stelle des Maurers und verbessert die kleinen Mauern, deren es auf seinem Weinberge ganze Reihen gibt, terrassenförmig aufsteigend; und alle Tage beginnt er von neuem wieder am frühen Morgen, und manch heißer Schweißtropfen rinnt von seiner gefurchten Stirne in den heißen Sand, denn an den steilen Bergen glüht die Sonne des Sommers noch einmal so heiß, weil ihre Strahlen senkrecht auffallen. Wie oft aber ist all' dieser Schweiß vergebens, wenn ein Reifen im Mai oder ein rauer Wind im Juni alle Hoffnungen auf diesjährige Ernte zunichte gemacht hat! Und doch darf er nicht aufhören zu arbeiten. Er muss schaffen, wie wenn er im Herbst ernten würde, damit der Weinstock doch wenigstens im nächsten Jahre seinen Ertrag leisten könne. Ein Weingärtner in Württemberg ist daher stets ein Muster von Geduld. Wer könnte auch Geduld besser erlernen, als wer schaffen muss, wo er voraussichtlich keinen Genuss davon hat? Und wenn er auch einen hat, wie groß ist er? Gibt's viel Wein, so gilt er wenig, und gilt er etwas, so gibt's umso weniger. Und hat er nicht das ganze Jahr hindurch auf den Erlös im Herbste hin zehren müssen? Hat er nicht Schulden gemacht, die er mit dem nun gewonnenen Gelde kaum wieder berichtigen kann? Ach! und wenn er nun nichts erlöst im Herbste, was ist dann sein Los? Das Wenige, was er besitzt, hat er verpfändet, sein letztes Eigentum muss er verkaufen, und darben ein ganzes Jahr lang. Darf er ja sogar im glücklichsten Falle, in gesegneten Jahrgängen nichts kosten von dem, was er selbst gepflanzt und geerntet! Muss er doch allen Wein verkaufen, um wieder Kredit zu bekommen, und sich begnügen mit schlechtem Moste, oder noch weniger mundendem Wasser, während andere an seinem edlen Gewächse sich erlaben dürfen! Ein trauriges Los! (…)

Vermögen ist nie viel da. Denn ein Mann kann nur wenige Weinberge zur Genüge besorgen, weil sie zu viel zu schaffen machen. Seine Wohnung ist eine kleine Hütte, ein Zimmer mit einer Kammer daneben, und in diesen beiden ein Tisch, ein paar Stühle und ein Himmelbett, worin zur Not die ganze Familie Platz hat. Im Stall meckert eine Gaise, und ist vollends noch eine Kuh da, so ist der Reichtum nicht gering.

Sein Charakter verrät viel Verschmitztheit, was vom Handeln und Mäckeln im Herbste herkommt.

Kathrin Haasis

Aufstand der Wengerter

Sie sind schon ein spezielles Völkchen, die württembergischen Weingärtner. Wengerter lautet ihre korrekte Berufsbezeichnung, und darauf legen so manche Schwaben offensichtlich noch viel Wert. Denn statt Weinberg sagen die Württemberger eben Wengert, ihre Art das Wort Weingarten auszusprechen. Als das Stuttgarter Mineralbad Leuze 2010 einen neuen Schwitzkasten eröffnete und ihn Winzer-Sauna nannte wegen der Aussicht durch ein Panoramafenster bis hinüber zu den Weinbergen bei Untertürkheim und Rotenberg, gingen prompt Beschwerden beim Stuttgarter Stadtrat und Wengerter Konrad Zaiß ein. »Ob man den Begriff Wengerter oder Winzer verwendet, ist für mich eine Frage der Identität«, kritisierte er im Gemeinderat den neuen Sauna-Namen in dem städtischen Betrieb. Mit der lapidaren deutschen Bezeichnung Winzer übernehme das Leuze einen Allerweltsbegriff, anstatt das Einmalige und Charakteristische in Stuttgart hervorzuheben, betonte Konrad Zaiß.

Die städtischen Marketing-Spezialisten ließen sich aber nicht beirren. Mit dem Namen Wengerter-Sauna könne man nicht werben, lautete ihre Antwort auf die Kritik, das Wort gehe einem nicht über die Lippen. Und ein Norddeutscher könne damit erst recht nichts anfangen. Tatsächlich ist es wohl auch so, dass die meisten Wengerter sich nicht als spezifisch schwäbische Weingärtner fühlen, sondern als Winzer wie alle anderen Kollegen im restlichen Deutschland auch. Das gilt besonders für die nächste Generation, die in Weinsberg gelernt, an der Fachhochschule in Geisenheim studiert und weltweit Praktika absolviert hat. Wengerter? Klingt viel zu verstaubt und passt gar nicht mehr zu dem in den vergangenen zwanzig Jahren so dynamischen Anbaugebiet Württemberg.

Der Wandel muss eben hart erkämpft werden.

Sophie von La Roche

Wein und Winzer

Man setzte sich, und sah die kleine Weinleser mit den herrschaftlichen Kindern zu der Arbeit anweisen. Frau von Wahren sagte zu Ehrenwerth und Louisen: Es ist eine Art Kinderei, was ich da machte: aber als ich meinen Zöglingen die Geschichte des Weins erzählte, so zeigten sie eine so große Begierde, eine Weinlese zu sehen, dass ich meine Liebe zu den Johannisbeeren, von denen ich schon viele gepflanzt halte, zu dem kleinen Entwurf dieser Weinlese gebrauchte. Zwei Jahre lang mussten meine gute Kinder darauf warten, und nun habe ich das Schulfest damit verbunden. Urteilen Sie selbst, (indem sie auf die kleine Leser zeigte), ob es mich reuen kann, der Unschuld einen Festtag bereitet zu haben.

Es war ein wirkliches Fest, denn die Freude, das Staunen und die reizende Emsigkeit der Kinder waren allerliebst anzusehen, besonders da keine erwachsenen Personen unter sie durften. Eine einfache Musik wechselte mit dem Singen folgender, noch mehr einfachen Verse ab, welche der liebreiche Pfarrherr für die Weinleser gemacht hatte:

Brüder! pflückt die kleinen Trauben
Munter ab in diesen Lauben,
        Heut zum ersten Mal.
Sehet, wie in allen Gängen
Rot und weiße Beere hängen,
        Schön, und ohne Zahl.

Weit von uns entfernet leben
Leute bei den großen Reben,
        Nah bei Sonnenglut –
Müssen Erd auf Berge tragen,

Stöck anbinden, Pfähl einschlagen,
Haben's gar nicht gut.

Man sagt auch, der Winzer müsse
Frost und Hagel, Regengüsse
Fürchten, wie der Baur.
Würmer töten ihre Reben,
Und sie sollen Zehend geben
Trotz dem Reif und Schaur. –

Haben öfters Wein im Keller,
Aber bei dem Käse-Teller
Keinen Bissen Brot –
Müssen Geld und Korn sich borgen,
Und des Rückbezahlens Sorgen
Mehren ihre Not.

Brüder! liebet Feld und Wiesen!
Könnt' ich heut ein Los mir kiesen,
Ich blieb Ackersmann.
Denn auf unsern Weizenfluren
Seh ich meines Fleißes Spuren
Mit Vergnügen an.

Lasset bei Johannisbeeren
Euch der Winzer Arbeit lehren.
Jeder Mensch hat Müh.
Herren, Könige und Fürsten
Müssen hungern, müssen dürsten,
Sterben müssen sie.

Wenig Bauren ist gegeben,
Unter Wahrens Stamm zu leben
Glücklich, wie wir sind.

Zeiget Redlichkeit und Treue,
Dank und Segen auf das neue –
Alte, Jung und Kind. –

Auf der Wiese war eine Kelter aufgeschlagen, und dort stunden auch Bütten, wohin die Träger die Träubgen bringen mussten. Ihre Namen und die Zahl der Bütten wurden aufgeschrieben, und im Ganzen nichts ausgelassen, was den guten Kindern einen völligen Begriff von der wahren Weinlese geben konnte. Einige Jungen wurden auch etwas gepritscht: – die Mädchen aber bogen am Ende des Lesens artige Johannistraubenzweige als Laubkränze um die Hüte der Buben und um ihre eigene. Ruhmthal, Ehrenwerth und die Damen verlangten auf ihre Hüte nur einen Laubstrauß, weil die Kränze, sagten sie, allein den Arbeitern gehörten. Alsdann zogen sie miteinander nach der Wiese, und sahen dort, weil wirklich Träubchen genug gesammelt waren, um zwei flache Bütten zu füllen, auch bei einer Traubenlage das Eintreten, wo ein schöner Knabe von sechs Jahren mit weißen Strümpfen in der Bütte herumtrippelte: – nachdem wurde der ganze Vorrat gekeltert, und der Most zu versuchen gegeben, welcher sehr gut und angenehm war, weil der Hausmeister, welcher sich bei dem Ausschütten der Trauben zu tun machte, indem er die Jungen anwiese, unvermerkt Zucker dazu getan hatte. Während der Most ausgepresst wurde, tanzten alle junge Leute in einem Reihen um die Kelter, die Bütten, und die dabei sitzende Herrschaft herum. (...) Mit allen wurde freundlich gesprochen, den Alten ein Glas Wein gereicht, während die Kinder noch in Reihen tanzten. Als der Abend kam, gingen sie fröhlich nach Hause. – Sie konnten es wohl beide, die das Fest gaben, und die, welche es genossen. Denn gewiss der offene Himmel über ihnen konnte nirgend kein schöners Fest sehen, als dieses war.

Johann Philipp Bronner

Der Weingärtner

Wer je Gelegenheit hatte, das Geschäftsleben des württembergischen Weingärtners kennen zu lernen, der wird mit mir übereinstimmen, dass nicht wohl jemand anderst mit so vieler Ausdauer und Hingebung sich dem edlen Weinstocke widmet als der Württemberger. Der Gedanke an seinen Beruf begleitet ihn morgens beim Aufstehen und abends beim Niederlegen. Der Weinbau ist die Achse, um welche sich alle seine Lebensverhältnisse drehen. Nach seinem Gott ist er allein seine Sonne, um die sich die Welt seines Berufes dreht, und nur Planeten sind ihm alle anderen Arbeiten. Keine Hitze an den brennenden Mauern, keine Kälte, keine schneidenden Winde auf den Berghöhen scheuet der Weingärtner, wenn es gilt, seine Lieblinge zu pflegen, unverdrossen steigt er Tag für Tag seine Berge himmelan, und nur zu oft wankt er mit zitternden Knien des Abends seinem Lager zu, um den künftigen Tag mit gleicher Ausdauer das gestrige Werk wieder zu beginnen. Weder Sommer noch Winter verlässt er seine Weinberge, sie sind seine Welt, der Tummelplatz seines Lebens und seiner Gewohnheiten. Nur die unerbittlichen Elemente können ihn abhalten, die Stätte seines Wirkens zu besuchen. Keinen Tag kennt er, im Laufe des ganzen Jahres, wenn es nur möglichst die Witterung erlaubt, wo er nicht eine Beschäftigung im Weinberge fände. Was könnte sachgemäß mit einem solchen Fleiß erreicht werden!

Wenn sich die ganze Natur zur Ruhe begibt, so kann er nicht ruhen, seine Sorge umfasst alle Lebensperioden seiner Schützlinge. Gestattet diesen das große Gesetz – die Natur – ihre Ruhe, so kommt der Weingärtner wie eine sorgliche Mutter, die ihre Kinder im Schlafe zudeckt, damit sie sich nicht verkälten, er befreit seine Rebstöcke von ihren Banden, legt sie um, und deckt sie mit Erde, mit Mist, mit Pfählen, mit Steinen, oder Rasen, je nachdem es üblich ist, damit nicht ein harter Winter ihnen Schaden bringe. (…)

Überhaupt hat der fleißige Weingärtner den ganzen Sommer hindurch so viel nebenher zu tun, mit aufzuheften, aufzubinden, auszubrechen, den Boden aufzuräumen, da wo sich die Trauben dem Boden zu nahe hängen, und noch so viele Kleinigkeiten, die hier nicht verzeichnet sind, dass kein Tag unbeschäftigt vorübergehen darf. Der Weingärtner von Profession ist auch schon so daran gewöhnt, dass er, wenn er auch keine bestimmte Beschäftigung hat, dennoch nie ohne ein Arbeitswerkzeug in den Weinberg geht, wenn er auch nur etwas mit Stroh aufbindet, oder sonst ein leichtes Geschäft hat, er muss, wo nicht seine Butte, wenigstens seine Felghaue auf dem Rücken haben. Er kann sich schon selbst nicht ohne ein Werkzeug sehen, und hält es für eine Schande, ohne ein solches sein Haus zu verlassen, weil er die Meinung hat, man halte ihn für einen Müßiggänger. (…)

Die einzige Zeit, die der Weingärtner als Ruhe genießt, und die eigentlich seine Ferien sind, das ist der Zeitraum von der Lese-Beendigung bis zum Tage des Verkaufes seines Mostes. Dies sind seine glücklichsten Tage im Laufe des ganzen Jahres, und hier ruht er gleichsam auf seinen Lorbeeren. Sind die Trauben einmal in der Bütte, und die Lese ist vorbei, dann ist er glücklicher als ein König; an Dinge, die da kommen werden, denkt er jetzt nicht, er lebt nur in der Gegenwart. Wenn man das ganze Wesen eines solchen Verhältnisses kennt, so kann man sich leicht denken, mit welchem Selbstgefühle in der ersten Zeit der Weingärtner bei seiner gefüllten Bütte steht; er macht sich selbst die Berechnung seines Glückes, gibt dem Weine einen ihm konvenablen Preis, und bringt eine ihm wohlgefällige Zahlenreihe heraus, die ihn auf eine höhere Lebensstufe bringt, wie jeder, den irdische Güter beglücken können. Er hält sich gewöhnlich in der Nähe des Weinmarktes auf, plaudert mit seinen Nachbarn, und lässt sich wohl auch einen Schoppen heiter schmecken. Erscheint der erste Kaufmann, so wird ihm mit einem eigenen Stolze begegnet, jeder lobt seine Ware als die beste und die Hoffnung auf einen höheren Gewinn erlaubt selten so vielen Mut, einen Kauf abzuschließen. Der Wein muss so und so viel gelten, dies ist die allgemeine Sprache der Verkäufer. Wenn aber einmal 8 bis 10 Tage vorüber gehen, und die Käufer bleiben aus, oder es kommen nur wenige, (was anderseits wieder Spekulation der Käufer ist, die dies zu ihrem Vorteil, aber auch zu ihrem Nachteil tun), dann wird emsige Erkundigung eingezogen, wie da oder dort der Wein verkauft worden sei. Somit sinkt der Glücksbarometer etwas herunter, der so gutes Wetter prophezeite, der frühere Stolz wandelt sich allmählig in Geschmeidigkeit um, und mit begierigen Blicken frägt man sich, ob heute noch keine Käufer angekommen seien. Ist dies aber der Fall, und ein oder mehrere Akkorde kommen zu Stande, dann findet sich gewöhnlich der Weingärtner in seiner Rechnung betrogen, denn er erhält gewöhnlich weniger, als er gehofft, er wird also schon in etwas enttäuscht.

Gestalten sich aber gar noch die Umstände so, dass die Käufer über die Zeit ausbleiben, oder nicht wieder kommen, dann beengt die Sorge sein Herz, ihm, der weder Fass noch Keller hat, möge der Most liegen bleiben, es ergreift ihn eine Art Verzweiflung, sein mit sauerem Schweiße erzieltes Gut ohne Wert zu sehen, und er fügt sich dann gerne in die Umstände, mögen sie sich günstig oder ungünstig zeigen, denn ihm bleibt keine Wahl mehr übrig als ja zu sagen. (…)

Dies sind so die Umrisse der Lebensverhältnisse eines gewöhnlichen Weingärtners, er schlägt sich, wie man sich auszudrücken pflegt, auf diese Art ordentlich durch, wenn er auch nicht viel erübrigt, so bleibt er in leidlichen Verhältnissen, und sein Anker, der Kredit, bleibt seine Stütze, bis zum künftigen Jahre, wo er wieder auf Abrechnung zählt, die er mit seinem anerkannten Ehrlichkeitsgefühl gerne vornimmt. Tritt aber der unglückliche Fall ein, dass darauf ein oder zwei Fehljahre folgen, und er nicht im Stande ist, abrechnen zu können, dann häufen sich Missverhältnisse oft zu ungeheuerer Größe. Nicht genug, dass er das ganze Jahr hindurch vergeblich gearbeitet hat, es verdopplen sich alle Abgaben, alle Schulden zu einer ihm schauderhaften Größe, und nur die Hoffnung auf einen guten Herbst hält doch sein Gemüt aufrecht, dass es nicht erkalte für kommende Arbeit.

Sebastian Blau

E' guater Johrgang

»Send er zfriede', Hurlebaus,
dees Johr mit em Wengert?« –
»Jo, s geit deesmol«, sait r, »aus,
s hot en d Lese grenget.«

Sebastian Blau

Dr Wengerter

Hot r gschafft johraus, johrei'
ond r macht en guate' Wei' –
muaß r n glei verkaufe'.
Aber geits e'mol en saure',
noh hoaßts für de-n-arme' Baure':
selber saufe'!

Martin Scharfe

Der Wein im Volksleben

»Und Trotz der Abstinetzler schreien / Lässt Gott den Weinstock doch gedeihen« – diesen Vers (samt Schreibfehler) ließ ein Weingärtner zu Grunbach im Remstal 1929 an seinem Haus anbringen mit einem Verweis auf das alttestamentliche Gleichnis vom Weinberg (Jesaja 5,1–5).

Der Spruch deutet darauf hin, welch ehrwürdige Tradition die Weinkultur hat und welch eminente Rolle sie bis in die Gegenwart im Volksleben spielt – speziell auch in Württemberg. Zwar gab es in der Zeit um die Jahrhundertwende einerseits die Mäßigkeitsvereine, andererseits ist jedoch zu bedenken, dass Württemberg zur nämlichen Zeit die höchste Wirtshausdichte unter allen deutschen Staaten hatte: Hier kam auf 128 Einwohner eine Wirtschaft.

Sicher wäre es falsch, die württembergische Wirtshausdichte allein mit dem Weinanbau in Verbindung zu bringen, war doch damals, vor dem Ersten Weltkrieg, das Bier mit 66 % an der Gesamtmenge der verbrauchten alkoholischen Getränke beteiligt, der Most mit 17 % und der Wein mit 9 %. Aber schon wertmäßig verschiebt sich das Verhältnis kräftig: Das Bier rutscht auf 54 %, der Wein auf 23 %, Branntwein auf 11 % und Most auf 10 %. Die Weinkultur war also, so wird man folgern dürfen, maßgeblich beteiligt an der Herausbildung des im Hinblick auf eine besondere Art der Kommunikation und der Feierabend- und Festtagsgestaltung wichtigen Brauchs, kleine Wirtschaften zu besuchen.

Zweifellos wird man der generalisierenden Statistik kräftige Differenzierungen abverlangen müssen. Sie unterschlägt einmal die regionalen Unterschiede; in Gegenden mit geringem oder gar keinem Weinbau wird man auch geringeren Weinkonsum erwarten dürfen: »Wein wird auf dem Land wenig und nur bei besonderen Anlässen getrunken«, wird 1886 aus dem Oberamt Ellwangen berichtet. Die Statistik nivelliert indessen auch die sozialen Unterschiede. Auf einem der im Stuttgarter Verlag von Gustav Weise um 1870 erschienenen »Deutschen Bilderbogen für Jung und Alt« sind »Die Trinker« in Holzstichen und Reimen stilisiert dargestellt: Die Bauern trinken Bier, die Arbeiter Schnaps, die Bürger Wein. Dass diese vorsoziologische Charakteristik so falsch nicht ist, ersieht man an einem 1899 publizierten Satz über die Trinkgewohnheiten im Oberamt Rottenburg (das ja durchaus eigene Weine hatte): »Wein bekommt der mittlere und ärmere Mann höchstens bei besonderen Veranstaltungen zu sehen« – ja selbst in dem (nach Stuttgart mit 17%) prozentual-flächenmäßig am stärksten mit Weinbergen versehenen Oberamtsbezirk Cannstatt (14% der Gesamtfläche) war es im Grunde nicht viel anders; hier tranken sogar die Weingärtner Most: »Das Hauptgetränke in den Häusern ist der Most; der Wein wird soviel wie möglich an der Kelter verkauft. Nur der Wohlhabende erlaubt sich Wein einzulegen« (1895). Ähnlich wurde es um 1900 in den Weinbauorten des Oberamts Heilbronn gehalten.

Das sind unbezweifelbar Reflexe auf die Besitzverhältnisse; diese wiederum waren abhängig von der im Weinbau möglichen überaus intensiven Bewirtschaftung des Bodens und vom Doppelcharakter des Weines als Nahrungsmittel auf der einen und als Luxus-, Rechts- und Kultmittel auf der anderen Seite. Die besondere Wirtschaftsweise hat eine Kulturlandschaft mit stärkster Parzellierung der Grundstücke, mit dicht zusammengerückten Haufendörfern, bestehend aus Häusern ohne große Wirtschaftsgebäude, hervorgebracht. Der Luxuscharakter des Weines hinwiederum hat schon früh große Lasten auf die Güter und ihre Bearbeiter geworfen. Das spiegelt sich in der Bauart der Weingärtnerhäuser, die bei weitem nicht so oft wie landläufig angenommen über den repräsentativen Keller mit dem Rundbogeneingang verfügen: Den besaßen in den

Städten Kaufleute und andere Angehörige der Ehrbarkeit. Seltener verfügten mehrere Weingärtner zusammen über einen gemeinsamen Keller. Mancherorts, vor allem wohl in denjenigen Städten, wo die Weingärtner in eigenen Siedlungen lebten – so etwa in Waiblingen in der »Weingärtner Vorstadt« vor den Mauern –, glichen die Behausungen eher unansehnlichen Seldnerhäuschen.

Das Interesse an der kostbaren Ware wird des Weiteren sichtbar im jahrhundertelangen Kampf um die Qualität des Weines. Vor der sich über Jahrzehnte hinziehenden Grund-»Entlastung« des 19. Jahrhunderts hatten die Weingärtner als die eigentlichen Produzenten – im Gegensatz zu ihren Herrschaften, die den Zehnten einzogen, und den Besitzern, denen es um die Konkurrenzfähigkeit des Erzeugnisses vor allem auch auf dem außerwürttembergischen Markt ging – kein großes Interesse an besonderer Qualität des Getränks; ihnen kam es auf die Produktion großer Mengen an. Zahllos daher die obrigkeitlichen Mandate, die sich mit der Einschränkung der ungeeigneten Anbauflächen, mit den Mischkulturen und mit der Einführung qualitativ besserer Rebsorten befassen.

Die Bedeutung des Weines im Volksleben darstellen heißt also (und vor allem): Kultur und Lebensweise der Weingärtner wenigstens ansatzweise zu beschreiben und zu erklären versuchen; dies hinwiederum lässt sich nur tun unter Ansehung der Besitz- und Arbeitsverhältnisse, wie es schon angedeutet wurde. Die Intensität der Bodenbearbeitung z. B. bewirkte eine starke Ballung der den Weinbau betreibenden Bevölkerung. Dies führte in den Städten, wo die Weingärtner mit anderen sozialen Schichten konfrontiert waren, nicht selten zur Herausbildung einer eigenen Subkultur, die sich durch eine besondere Mentalität ihrer Angehörigen auszeichnete. Tübingen mit seinen in der »Unteren Stadt« eng zusammenwohnenden »Gôgen« ist ein bekanntes Beispiel hierfür; diese haben den Angehörigen der Ehrbarkeit und besonders der Universität gegenüber eine regelrechte Kontrastmentalität ausgebildet, gekennzeichnet etwa durch betont derben Dialekt und Humor. Aber auch spezielle Formen des Verhaltens waren diesen Subkulturen eigen; erinnert sei an die Nachbarschaftshilfe der Reutlinger Weingärtner: Diese zogen, sehr zum Verdruss der Geistlichkeit, noch im späten 19. Jahrhundert sonntags in der Frühe in die Weinberge erkrankter oder gerade verstorbener Kollegen und verrichteten dort gemeinsam notwendig gewordene Arbeiten.

Zu beachten ist des Weiteren, dass die technischen Hilfsmittel zur Produktion des Weines, soweit sie in den Händen der Großzahl der Weingärtner waren, über Jahrhunderte hinweg nur wenig weiterentwickelt wurden. Als Arbeitsmittel genügten Holzgefäße, Messer, Pfähle oder Bodenlockerungsgeräte usw. – einfache Geräte also, die auch die Ärmeren besaßen. Dazu kam der Boden, über den man verfügen konnte, kurz: Es herrschte selbst in den Zeiten starker Feudallasten eine relative Produktionsmittel-Autarkie.

Diese mag ein gewisses Unabhängigkeitsgefühl vermittelt haben. Jedenfalls stößt man in älteren Beschreibungen der Mentalität der Weingärtner immer wieder auf Züge wie Derbheit, Eigenwilligkeit und Trotz. Von den Tübinger Gôgen war schon die Rede; sie leisteten sich 1831 eine eigene demokratische Revolte. Die benachbarten Reutlinger Weingärtner gestatteten sich in der zweiten Hälfte des 19. Jahrhunderts, was sich keiner der verschrieenen Proletarier traute: Sie pflegten am hellen Sonntagmorgen in Arbeitskleidern demonstrativ durch die Stadt zu flanieren. In politischer Hinsicht bedeutete die Eigenwilligkeit in der Regel wohl eher eine konservative Haltung, was sich an den Geschehnissen von 1848 gut beobachten lässt: In Heilbronn wurde die relativ heftige 48er Revolution von Arbeitern und Soldaten getragen; in Stuttgart wird ausdrücklich vermerkt, die Weingärtner stünden auf Seiten der »Ordnungspartei«: Bei nächtlichen Unruhen hätten sie gerufen, sie arbeiteten von früh bis spät, nachts wollten sie schlafen.

Konservative, von Ort zu Ort verschiedene Eigenbrötelei, im 19. Jahrhundert oft beklagt und gemessen am Desinteresse für weinbautechnische Neuerungen, dürfte erklärbar sein durch die Besonderheiten und Tücken der Ökonomie: Wer von den »Neuerern« konnte denn beweisen, welche der Qualitätsnuancen auf die Faktoren Boden, Rebsorte, Rebenerziehung, Bodenbearbeitung, Düngung, Fröste, Niederschläge oder Sonneneinstrahlung zurückzuführen waren? Die schwer vergleichbaren, jedenfalls kaum durchschaubaren Produktionsbedingungen legten es offenbar vielfach nahe, so zu verfahren, wie man seit jeher verfahren war. (...)

Ausdruck des Einflusses, den vor allem städtische Weinproduzenten hatten, und zugleich Ausdruck des Sonderbewusstseins waren die Zünfte, in denen ein Teil der Weingärtner organisiert war. Sie verfügten über ähnlich komplizierte Riten und ähnlich prachtvolle Insignien wie andere Zünfte; erst 1822 wurde die (freilich längst nicht überall realisierte) Zünftigkeit der Weingärtner aufgehoben. Die den Zünften zumindest verwandte Organisationsform der Urbansbruderschaften führt schon hinüber in den mächtigen Bereich sakraler und anderer symbolischer Traditionen, der, wie das Eingangszitat zeigt, bis in die Gegenwart seine Wirkung tut. Altäre, selbst moderne, zeigen die eucharistischen Symbole Ähre und Traube. Trauben gehören auch zum herbstlichen Schmuck der Altäre am Erntedankfest. Die beiden Kundschafter Josua und Kaleb, die mit der Riesentraube aus dem Gelobten Land zurückkehren, treten bis heute in Umzügen auf; einst waren sie ein ebenso beliebtes Bildmotiv auf württembergischen Ofenwandplättchen wie das Rebengeranke auf anderen Erzeugnissen der ornamentalen Volkskunst des 18. Jahrhunderts. (...)

Möglicherweise war es zunächst wirklich die existentielle Unsicherheit in der Auseinandersetzung mit der Natur, die bewirkt hat, dass gerade ein Weinheiliger (Urban ist ja nur einer neben anderen) im Protestantismus unter allen Heiligen die größte Überlebenschance hatte: Im Weinort Ingelfingen bei Künzelsau wurde er mit dem Attribut der Weinrebe noch zu Beginn des 17. Jahrhunderts an die Kirchenwand gemalt. Freilich hat dann Urban einen am Wechsel der Attribute erkennbaren Verweltlichungsprozess durchgemacht; aus dem Papst wurde ein Prinz und schließlich ein gekrönter Weingärtner – in dieser Gestalt ist er seit dem 18. und 19. Jahrhundert erhalten geblieben als repräsentatives Buttenmännlein und in bunten Prägedrucken, die an besondere Weinjahre erinnern. Ungeniert konnte er, der Verweltlichte, zum Standessymbol Gewordene, nun genannt werden: »Schutzpatron der Weingärtner«; sein ehemaliger Heiligentag war indessen zum weltlich-fröhlichen Festtag geworden.

An Bedeutung war dieser Tag freilich längst überholt worden von der – im Vergleich zur sonstigen Jahresarbeit – relativ mühelosen Lese mit ihren Attraktionen: Schießen, Knallen, Feuerwerk, Essen und vor allem: Trinken. Bürgerliche Maler des 19. Jahrhunderts – wie etwa der seinerzeit hoch geschätzte Theodor Schüz mit seiner »Weinernte am Neckar« von 1864, deren Beliebtheit sich an den zahlreich verbreiteten Reproduktionen ablesen lässt – und Fotografen haben das Ereignis festgehalten, bezeichnenderweise meist ohne die Arbeiter im Weinberg. In der Regel sieht man eine vermögende, im Freien tafelnde Runde – Selbstdarstellungen des Bürgertums. »Privatherbste« nannte man das in Heilbronn, und die Stadt war ihretwegen berühmt. Sie wurden, beginnend in den vierziger Jahren, verstärkt dann gegen Ende des 19. Jahrhunderts, von den großen »Gesellschaftsherbsten« abgelöst – Vorläufer des heutigen Heilbronner Herbstes. Auch an anderen Orten ist es gelungen, die alten, traditionellen Weinherbste zu organisieren und mit besonderen Attraktionen überregional anziehend zu gestalten (…).

Hans Flach

Mitteldìng zwischen Europäer und Waldmensch

Gewissermaßen getrennt von der eigentlichen zentralen Stadt, die wir auf zwei Plätze und drei Straßen fixieren können, ist nun die Altstadt, bestehend aus dem Haag, der Langgasse und allen ihren Nebenstraßen, welche gegen viertausend Einwohner einer Bevölkerung bergen, die in keiner andern Gegend Deutschlands oder auch des kultivierten Europas in ähnlicher Weise wieder angetroffen wird. Sie selbst nennen sich »Weingärtner«, denn diesen Beruf verbunden mit der Tätigkeit des Holzspaltens haben fast alle, werden aber von andern Mitbürgern auch mit dem Kosenamen »Raupen« oder »Gôgen« bedacht, und gehören wohl zu den am schwersten zu schildernden Elementen menschlicher Gesellschaft. Von keiner Kultur beleckt und an alten Vorurteilen und Aberglauben hängend, für alle Reformen unzugänglich, dabei sehr hartnäckig und die württembergische Eigenheit der Rechthaberei und des Eigensinns in der höchsten Potenzierung besitzend, daneben von Natur fleißig und arbeitsam, aber unreinlich und vielleicht nicht selten dem Trinken ergeben, machen manche aus dieser Bevölkerungsklasse sogar den Eindruck eines Mittteldings zwischen Europäer und Waldmensch, der noch verstärkt wird durch eine gewöhnliche, ganz unverständische Sprache, welche für jedermann berechtigte Zweifel erregen muss, ob diese Männer jemals in der Schule unterrichtet worden sind. Diejenige Eigenschaft, die bei ihnen am meisten in die Augen fällt, ist ein vermutlich durch den Alkoholismus gesteigerter und vor keiner Unbesonnenheit zurückschreckender Jähzorn, der manches Mal eine angeborene Feigheit verdeckt. Wenn diese Familien nichts zu arbeiten haben, was nicht selten in einem Teil des Jahres der Fall ist, werden sie von den reicheren Bürgern und Beamten unterhalten (…). Uns ist aber nicht zur Kenntnis gekommen, dass der württembergische Staat schon das Geringste unternommen oder nur vorgeschlagen hätte, um dieser fragwürdigen und doch bei den mangelhaften Weinernten der letzten Dezennien zweifellos dem Ruin entgegengehenden Bevölkerungsklasse irgendeine andere Existenz zuzuweisen, welche diese Leute aus dem unvermeidlichen Zustand eines materiellen und physischen Untergangs herausreißen könnte.

Fritz Holder

Aus dem »Diebenger Raupekalender«

Mai

Dr Raup hôt nôch sei'm oigne Brauch
noh d' Leib-ond-Seel-Hos' überm Bauch,
duet-se erst 'ra wenn Urban ischt,
ett dass-an d' Sophie kalt verdwischt.
Dui hôt jo oft a' Herz aus Eis,
lôht d' Stöck verfriere grad mit Fleiß,
dr Wei' verreckt, dr Raup isch g'sond –
dees hoißt mr nô da Wonnemond.

August

Isch dees a' Hitz ond Dampf em Haus,
as Gsälz kocht übern Hafe 'naus,
am Raup' sei' Luisle rührt ond rührt,
se köt ett sage, dass se's friert.
Dr Wengertschütz macht iatzt a' Hatz
mit Pulver gege Stôr ond Spatz,
obwohl dia gar ett g'lüstig send,
weil d'Traube z'wenig Öchsla hend.

Oktober

Dr Raup em Wengert trocke schluckt,
steil isch dr Weag, dr Butte druckt,
Botrytis ond dr meahlig Tau
hend gnädig ebbes übrig glao.
Send d' Zetter klei' ond noh so kromm,
mr führt se stolz en d' Kelter 'nomm,
lauft's dort ao mager durch da Schlauch,
so langt's doch für da Hausgebrauch.

Johannes Scherr

Die wütendste Bierfeindschaft

Als der verderbliche Kriegssturm, welcher allein in Württemberg über 40.000 Morgen Weinberge verwüstet hatte, vorüber war, griff auch der Winzer wieder zu Hacke und Messer, und es wurden sogar Weingärten in Gegenden angelegt, wo sie jetzt längst wieder verschwunden sind. Neben den Rhein-, Mosel- und Pfälzerweinen hatte zu dieser Zeit besonders der Neckarwein Ruf. Nikodemus Frischlin hat die Vorzüge der verschiedenen Sorten desselben 1575 in einem lateinischen Gedichte besungen, welches beweist, dass man schon damals die Tugenden des Eilfingers, Heppachers, Beutelbachers, Fellbachers und Beinsteiners zu würdigen wusste. (…) Der Mittelpunkt des süddeutschen Weinhandels war Ulm, wo im 16. Jahrhundert oft 300 Weinwagen zugleich auf den Markt gekommen sind und zu Anfang des 17. oft an einem Tage 800 Fässer verkauft wurden. Mit der Weinverbesserung ging aber auch die Weinverfälschung Hand in Hand (…); allein im südlichen Deutschland wurde die Mischung des Weines mit Obstmost so unverschämt getrieben, dass das Obstmosten mehrmals ganz untersagt ward. Eine noch gefährlichere Konkurrenz, als der deutschen Weinproduktion aus der Einfuhr fremder, namentlich italischer und ungarischer Weine entstand, kam ihr von Seiten der einheimischen Bierbrauerei, gegen welche die Bevölkerung von Weingegenden ungemein erbittert war. Mehr als einmal wurden daher im südwestlichen Deutschland Edikte erlassen, welche das Bierbrauen auf gewisse Orte beschränkten. Die wütendste Bierfeindschaft hegte man natürlicherweise da, wo zwar emsig Wein gebaut wurde, aber nicht eben guter. So zum Beispiel in der Reichsstadt Reutlingen, deren Rat 1697 beschloss, »die Sudelei des Bierbrauens in allweg abzutun«.

Immanuel Dornfeld

Statt geleert wird nur noch genippt

Bei der großen Weinkonsumtion und bei den bedeutenden Weinvorräten, welche sich überall vorfanden, entsteht daher die Frage, ob denn der Ertrag der Weinberge abgenommen habe und ob unser Weinerzeugnis überhaupt ein geringeres geworden seie? (…)

Früher war, wie bereits bemerkt, der Wein fast einziges Getränke, ja sogar Arzneimittel, während neuerer Zeit neben dem Wein eine Menge Obstmost, Bier, Branntwein und Kaffee konsumiert wird, welcher Verbrauch den Weinverbrauch bedeutend übersteigen dürfte.

Die angebaute Weinbergfläche war früher nicht geringer als gegenwärtig, sondern viel größer, obgleich die Bevölkerung geringer war. Zwar ließ man die Weinberge, um feinere Weine zu erzeugen, viel älter als in neuerer Zeit werden, dagegen war nicht wie gegenwärtig durchschnittlich der vierte Teil derselben ausgereutet und als Kleefeld unbestockt, man verlegte sich weit mehr auf sukzessive Erneuerung der Weinberge durch Einlegen und Vergruben einzelner Reben, auch waren die Weinberge enger als neuerlich bestockt, was alles dazu beitrug, dass auf der Gesamtweinbaufläche nach Verhältnis mehr Wein erzeugt wurde als gegenwärtig.

Der weniger geteilte Weinbergbesitz brachte größere Vorräte in eine Hand, man konnte und wollte die neuen Vorräte nicht sogleich absetzen, die Konsumtion alter Weine war daher weit größer als neuerlich, wo in vielen öffentlichen Weinschenken wenig alter Wein mehr getrunken wird, und weil der alte Wein auch dem starken Trinker weniger schadete, so konnte ein solcher auch mehr Wein konsumieren, ohne dass dadurch Nachteile für seine Gesundheit entstanden,

Auch die Ein- und Ausfuhr an Wein stellte sich günstiger

für Württemberg als neuerer Zeit. Die Ausfuhr war früher weit beträchtlicher, indem Württemberg einen großen Teil von Oberschwaben und Altbayern mit Wein versorgte, während gegenwärtig der Absatz des Weins fast ganz auf die innere Konsumtion beschränkt ist. Die Einfuhr dagegen war geringer, indem man sich auch bei festlichen Gelegenheiten doch weit mehr als neuerlich an das eigene Gewächs hielt, und selbst an fürstlichen Höfen begnügte man sich in der Regel mit dem selbstgewonnenen Landweine.

Fassen wir nun das Ganze zusammen, so lässt sich die aufgeworfene Frage dahin beantworten, dass gegenwärtig bei der baldigen Verjüngung älterer Weinberge und bei der ausgiebigen Bestockung zwar per Morgen mehr Wein erzeugt werden mag als früher, dass dagegen in ältern Zeiten das Gesamterzeugnis nach Verhältnis größer, feiner und edler und daher auch die Weinkonsumtion stärker war, d. h. der Weinbau und die Weinkonsumtion wurden nach rationelleren Grundsätzen als neuerlich betrieben.

Mit der Zunahme der Gesittung und der Einführung anderer Genüsse, namentlich des Kaffee- und Biertrinkens, verlor sich nach und nach auch das häufige, übermäßige, zum Teil erzwungene Trinken und fast nur noch auf den Universitäten ist das Vor- und Nachtrinken, jedoch statt Wein, gewöhnlich nur noch in Bier eingeführt. Auch das Zutrinken hat sich unter den höhern Ständen ganz verloren und kommt nur noch bei feierlichen Gelegenheiten der Landbewohner vor (das Bringen und Bescheidtun); statt dass aber früher der Becher geleert wurde, wird gegenwärtig nur noch genippt, so dass in dieser Beziehung nicht mehr nötig ist, Verbote zu erlassen, vielmehr scheint, dass, was früher zu viel geschehen ist, jetzt zu wenig geschieht, indem durch den Kaffee und das Bier die Weinkonsumtion sich bedeutend vermindert hat und der Weingärtner bei dem Mangel an Käufern nicht selten mit dem Absatz seines Weines in Verlegenheit kommt.

Überhaupt scheint, besonders durch den häufigen Genuss des Kaffees und das viele Tabakrauchen unser Nervensystem nach und nach so geschwächt zu werden, dass manche den regelmäßigen Genuss des Weins gar nicht mehr ertragen können, und durch das viele nicht aufheiternde, sondern mehr betäubende Biertrinken will sich auch unser geselliger, fröhlich und heiterer schwäbischer Charakter verändern, indem es wirklich eine auffallende Erscheinung ist, dass in Städten und Dörfern über den Zerfall der früheren Geselligkeit, wodurch unser Schwaben unter allen deutschen Stämmen sich besonders auszeichnete, immer mehr geklagt wird, und der Niedere wie der Hohe mit der Pfeife oder Zigarre im Mund sich in stolzer Selbstzufriedenheit hinter sein Bierglas zurückzieht.

Otto Linsenmaier

Des Landes größtes Vermögen

Urkundlich nachgewiesen wird bei uns der Rebenanbau erstmals in der zweiten Hälfte des 8. Jahrhunderts. Nach dem Lorscher Codex schenkten Witroz und seine Ehefrau am 25. Juli 767 dem Kloster Lorsch alles, was sie in Böckingen, Frankenbach, Schluchtern und Biberach besaßen, einschließlich ihrer Weingärten. 775 ist Weinbau in Obereisesheim und Untereisesheim bezeugt. Westlich von Heilbronn hat sich offensichtlich das erste geschlossene württembergische Weinbaugebiet entwickelt. 777 ist Esslingen als ältester Weinbauort im Stuttgarter Raum verbürgt.

Propter vini copiam – wegen der Menge des Weines erhielt Ludwig der Deutsche 843 im Vertrag von Verdun zu seinem rechtsrheinischen Gebiet auf der linken Seite des Rheines noch die Gaue Mainz, Worms und Speyer, woraus erhellt, dass damals die Rebe ihren Siegeszug in Württemberg noch nicht angetreten hatte. Um dem wachsenden Weindurst der weltlichen und geistlichen Herren, denen schließlich auch die Bürger und Bauern nacheiferten, abzuhelfen, kletterte die Rebe schon im 10. Jahrhundert aus den Talauen an den Hängen empor: Der Terrassenweinbau entstand! In den folgenden Jahrhunderten erreichte sie alle heutigen Weinbaugemeinden und nahm im 16. Jahrhundert und Anfang des 17. Jahrhunderts, der Zeit ihrer größten Ausdehnung, sozusagen von ganz Württemberg einschließlich der Rauen Alb Besitz.

Mit 45.000 Hektar veranschlagt August Lämmle die württembergische Rebfläche im 16. Jahrhundert, der »Hauptzechperiode des deutschen Volkes«, in der alljährlich 130 bis 150 Liter ausbündig guter, mittelmäßiger oder saurer Wein durch jede landeseigene Gurgel floss. Er war oft auch gar wohlfeil. »Die Maß des besten Weines kostete einen Pfennig, vom geringeren gab man die Maß um ein Ei«, heißt es von Stuttgart 1484. »Wenn eine Zeche gehalten wurde, hat man sie nicht zahlen können, sondern stehen lassen müssen, bis man noch einmal gezecht hatte oder zahlte abwechselnd einer für alle.« Was man beim besten Willen nicht verkraften konnte, ließ man eben auslaufen oder machte damit Mörtel an.

Es ist daher verständlich, dass damals der Weinbau als »des Landes größtes Vermögen« galt, weil er »einig und allein dieß … Herzogtumbs … undertonen fürnembste nahrung« lieferte, wie es in einer Erklärung des Landtages aus dem Jahre 1599 heißt, und in einem Generalreskript aus dem Jahre 1650 der Weinhandel als »das höchst nöthig edle Kleinoth« gepriesen wird. (…)

Der Neckarwein, der in seinen Glanzzeiten vorzugsweise aus den auch heute noch hoch geschätzten Qualitätsrebsorten Muskateller, Traminer, Clevner und Ruländer stammte, von Fischart als »göttlicher Trank Leidvergeß« hoch gelobt, stand an den Fürstenhöfen Europas in hoher Gunst, weil er vor allem zur Sommerzeit »gar vil bass« schmeckte, und wurde nach allen Himmelsrichtungen, nach Oberschwaben, Bayern und Österreich »verfahren«. Um den Weinhandel in die Niederlande und nach England zu erleichtern, wollte Herzog Christoph den Neckar schiffbar machen lassen. (…)

Der wichtigste Grund für die zeitweise »unbotmäßige Ausdehnung« der württembergischen Rebflächen war: der wachsende Weinbedarf im Lande. Wein stand nicht nur wegen seiner stärkenden und berauschenden Wirkung, sondern auch wegen seiner diätetischen Bedeutung und »arzneylichen Tugend« hoch im Kurs. Die Herstellung von Most aus Obst steckte noch in den Kinderschuhen und das Bierbrauen war zeitweise verboten. Der Wein, ein hochwertiges, nicht sperriges, leicht transportables Handelsgut, war auch der wichtigste württembergische Exportartikel.

Die nur noch zu einem kleinen Teil erhaltenen, für Württemberg charakteristischen Keltern dienten der Erfassung des ganzen Herbstertrages. Auf jedem zehntpflichtigen Weinberg lag der Kelterbann, der bestimmte, in welcher Kelter die Trauben zu verarbeiten waren. Nach der Herbstordnung von Herzog Friedrich aus dem Jahre 1607 durfte niemand »bey Straff zehn Gulden gantze oder getrettne Trauben in sein Haus, Scheuren oder andre Argwöhnsche Orth tragen«. »Bey … Straff zweyntzig Gulden soll jeder sein schuldig Zehntwein an Vorlass und Truck trewlich und redlich reichen«, heißt es in einem Generalausschreiben von Herzog Eberhard aus dem Jahre 1642. Erst nach Sicherstellung des herrschaftlichen Weinzehnten durften die Weingärtner über ihren Wein verfügen. Sie verkauften ihn dann »unter der Kelter«. Dabei blieb es meist bis zum Zweiten Weltkrieg.

Wie im ehrbaren Handwerk, so schlossen sich in den Städten vom 13. Jahrhundert an auch die Weingärtner zur Wahrung ihrer wirtschaftlichen, sozialen, kulturellen und religiösen Interessen, aber auch zur Pflege der Geselligkeit zu Zünften oder Bruderschaften zusammen. Ihre meist autonom verfassten, zum Teil landesherrlicher Genehmigung unterliegenden Zunftordnungen regelten insbesondere Ausbildung, Arbeitszeit, Entlohnung und Altersversorgung. Die bekanntesten Weingärtnerzünfte waren Rottenburg, Tübingen, Reutlingen, Esslingen, Stuttgart und Heilbronn. 1828 wurde die »Zünftigkeit der Weingärtner« durch das »Zusatzgesetz zu der allgemeinen Gewerbeordnung« aufgehoben.

Die Blütezeit des württembergischen Weinbaus im Mittelalter fand durch den Dreißigjährigen Krieg ein jähes Ende. 1652 lagen 13.000 Hektar Rebland brach oder »flogen wieder dem Walde zu«. Ganze Dörfer waren ausgelöscht. Von dieser Schreckenszeit und den späteren Einfällen der Franzosen Ende des 17. Jahrhunderts und Anfang des 18. Jahrhunderts hat sich der württembergische Weinbau nur langsam erholt. Es ging nicht nur die Rebfläche zurück, sondern es verschlechterte sich auch die Weinqualität durch den Anbau von Massenträgern.

Erst als sich die Wogen der französischen Revolution geglättet hatten und die Wunden der napoleonischen Kriege vernarbt waren, gewannen die schon Ende des 18. Jahrhunderts erkennbaren Versuche zur Verbesserung der Weinqualität Anfang des vorigen Jahrhunderts breiteren Boden, und seither steht über der Entwicklung des württembergischen Weinbaus als Generalziel: Verbesserung der Weinqualität. König Wilhelm I. ließ seine Weingüter vorbildlich anlegen und mit edlen Sorten bestocken. An die Weingärtner wurden kostenlos edle Reben abgegeben und Edelreben im reinen Satz waren zeitweise vom Zehnten und vom Kelterbann befreit.

Die 1824 gegründete »Gesellschaft für die Weinverbesserung«, der sich 1828 der »Württembergische Weinbauverein« anschloss – Rechtsnachfolger ist der heutige »Weinbauverband Württemberg« –, bemühte sich, durch die Anlage von Musterweinbergen, die Verteilung von »mehr als 20 Millionen edler

Rebschnittlinge und Stöcke« – es ging vor allem um Clevner, Burgunder, Riesling und Traminer – und die Aussetzung von Preisen für mustergültig angelegte Weinberge zur Verbesserung des Weinbaus und der Weinqualität beizutragen.

1868 wurde die Weinbauschule Weinsberg ins Leben gerufen mit dem Zweck, »junge Männer, vornehmlich aus dem Stande der Weingärtner, durch passenden Unterricht und durch Einübung beim Betrieb der mit der Anstalt verbundenen Weinberge, teils zu einer besseren Bewirtschaftung ihres eigenen Grundbesitzes zu befähigen, teils zu künftigen tüchtigen Aufsehern und Vorarbeitern für derartige Betriebe heranzuziehen«. Weinsberg ist die älteste deutsche Weinbau-, Lehr- und Versuchsanstalt und hat auch heute noch einen ausgezeichneten Ruf.

Um die Mitte des letzten Jahrhunderts entstanden in Württemberg die ersten Weingärtnergenossenschaften. Wegbereiter waren die nach Auflösung der Weingärtnerzünfte entstandenen Weingärtnervereine oder Weingärtnergesellschaften und die nach Aufhebung des Kelterbannes und Ablösung des Zehnten entstandenen Keltergemeinschaften. Entscheidend waren jedoch Absatzschwierigkeiten. Kamen die württembergischen Weingärtner in die Verlegenheit, bei vollen Bütten vergeblich auf Käufer zu warten, dann wussten sie nicht wohin mit ihrem Wein; denn auf eigene Einlagerung waren sie nicht eingerichtet und mussten um jeden Preis absetzen. Durch Notverkäufe wurden allgemein die Weinpreise gedrückt und es kam nicht nur der unmittelbar Betroffene, sondern der ganze Weingärtnerstand um den Lohn seiner beschwerlichen Arbeit. Um diesen Notstand zu beheben, schlossen sich die Weingärtner auf genossenschaftlicher Grundlage zusammen. Als älteste württembergische Weingärtnergenossenschaften gelten Neckarsulm, Fellbach, Weinsberg, Heilbronn, um nur die ersten zu nennen, die 1855, 1857, 1868 und 1888 gegründet wurden.

Johannes Nefflen

Glücklicher Einfall in der Not

Im Leben begegnet uns oft etwas ganz unerwartet, an das man gar nicht denkt, und man kann dabei recht in Schaden kommen, wenn nicht gleich das rechte Mittel in die Hand fällt oder wenn nicht Kopf und Herz einander Beistand leisten. So kann es dem General gehen, wenn er mit seinen Soldaten durch ein enges Tal marschiert oder durch einen Wald, und der Feind feuert auf ihn von beiden Seiten, und von hinten, versteht sich, auch von vornen; da muss er sich entweder gefangen geben oder sich durchschlagen dahin, wo er hergekommen ist. Aber nicht allein dem General, auch dem gemeinen Mann kann etwas Überzwerches in den Weg kommen, dass ihm's oft wird, wie den Ochsen am Berg. Und da hängt oft alles von einem schnellen Entschluss ab, der den Nagel gleich auf den Kopf trifft, und trifft er ihn nicht recht, so ist's schlimmer, als wenn er den Nagel gar nicht trifft. So war's einmal der Fall in Klumphausen. Da kommt der Kameralverwalter, er will den Bodenwein verkaufen, und verlangt ein Weinmüsterlein von dem Keltermeister. Der schickt seinen Kelternknecht fort mit einem Kübel, er soll aus dem Sammelfass Wein herausklopfen. Das tut der Kelternknecht, er klopft an dem kleinen Zäpflein, denn an solchen Fässern soll kein Hahnen sein, man trinkt sonst etwas über den Überschuss; er klopft recht, das Zäpflein geht nicht, es muss innen geschwollen sein, und als er ärger klopft, bricht es außen ab, hart am Bodenstück. Der Kelternknecht wird nicht verlegen, er stellt ein ovales Züberlein unter das Fass und denkt, jetzt klopf ich am großen Zapfen, am Schlauchzapfen, der bricht nicht. War der Schlauchzapfen dicker als das kleine Zäpflein, so klopfte der Kelternknecht auch um so vieles kräftiger, einen Streich auf die rechte Seite, einen auf die linke, und, – beim dritten oben an – fliegt der

Zapfen hinaus, kein Mensch weiß, wie weit. Jetzt steht das Züberlein am rechten Ort, und der Kelternknecht sucht seinen Zapfen. Er findet ihn nicht, sieht aber, dass das Züberlein überlaufen will. Jetzt gilt's ein Meisterstück, oder der Schaden kann groß werden. Der Mut unsers Kelternknechts kommt arg ins Gedränge. In diesem greift er nach dem Kübel, *und schöpft eiligst aus dem Züberlein auf den Boden, damit ja nichts überlaufe.* Dem Kameralverwalter und dem Kelternmeister wird die Zeit lang, sie wollen nachsehen, wo es fehlt und spazieren hin zu dem Weinfass. Voll Erstaunen und Schrecken sehen sie das Weinausschütten, und mit allerlei unschicklichen und groben Redensarten schimpfen sie den Kelternknecht wegen des Weinausschüttens, der immer noch mit bestem Wissen und Gewissen herausschöpft auf den Boden und nur kurz zur Antwort gibt: Da schöpfet! Ich will suchen den Zapfen. Schöpfet! Den Zapfen! Aber der Keltermeister weiß noch ein anderes Mittel, er nimmt schnell seine baumwollene Kappe aus der Tasche, denn vor dem Kameralverwalter mochte er sie nicht aufsetzen, wickelt sie zusammen zu einem Zapfen und drückt sie in das Zapfenloch, und mit der andern Hand gibt er dem Kelternknecht eine Ohrfeige und sagt: Hol den Küfer mit einem Zapfen! Und weil der nicht gleich kommt, muss der Kelternmeister seine Kappe lang im Zapfenloch halten, und der Kameralverwalter springt nach einem andern Geschirr und schöpft das erste Mal Wein hinein. Wie es nun mit dem verlorenen Wein gegangen ist beim Verkauf und in der Rechnung, das weiß nur der Kameralverwalter, der Kelternmeister und sein Knecht. Der Rechnungsrevisor hat nichts davon erfahren. Man kann da schon noch helfen, besser als der Kelternknecht, der es doch auch gut gemeint hat.

Gustav Adolf Heinrich

Die Hape

Seit über 2.000 Jahren gibt es vermutlich schon dieses sichelförmige Werkzeug in verschiedenen abgewandelten Variationen oder Formen. Es diente schon immer zum Schneiden, Hacken und Spalten von Gehölzen und speziell zum Beschneiden von Rebstöcken. Bei der Weinlese war es ebenfalls das wichtigste Werkzeug. In südlichen Weinbauländern wird heute noch die Hape und nicht die Schere zum Traubenlesen verwendet. Bei den Heilbronner Wengertern gehörte die Hape schon immer zur Ausrüstung. In der Manchester-Arbeitshose der Wengerter war deshalb am rechten Hosenbein über dem Knie der Hapensack, in welchem die Hape stets dabei war. Sie war universell verwendbar bei vielen Arbeiten im Weinberg. Zum Beispiel wurden die grünen Triebe bei der Laubarbeit mit der Hape eingekürzt. Bei den Arbeiten mit Bindeweiden war die Hape das Schneidwerkzeug. Beim Feuermachen wurden dünne Späne zum Anzünden damit vom Pfahl abgespalten. Nach der Lese wurde das Bandaufschneiden nur mit der Hape ausgeführt. Mit der stumpfen Rückseite wurde während der Arbeit das Hauengeschirr (Hacke, Schaufel, usw.) immer wieder blank geputzt. Selbst beim Vespern im Wengert benützte so mancher die blanke Hape. Ein Wengerter ohne Hape war kein echter Wengerter. In den 30er Jahren kamen die zusammenklappbaren Hapen im Gegensatz zu den alten feststehenden immer mehr zum Einsatz. Die Feststehenden wurden nur noch für spezielle Arbeiten verwendet. Die klappbare Hape konnte in der Hosentasche getragen werden, hatte aber nicht mehr die robuste Stabilität. Zur Traubenlese wird sie in Heilbronn schon lange nicht mehr verwendet. Sie wurde durch die praktische Reb- und Traubenschere ersetzt. (…) Aber für gewisse Arbeiten ist die feststehende Hape immer noch das ideale Werkzeug.

Gôgenwitze

Vater und Sohn gehen zusammen in den Weinberg und da fragt letzterer nach dem Grund der Benennung »Raup«. Der Vater gibt eine oberflächliche Erklärung und schließt mit der Ermahnung: Dass du mer fei nie »Raup« saischt. Während der Arbeit kriecht eine Raupe am Ärmel des Vaters herauf, da ruft der Sohn: Luag Vatter! An dir lauft »a Wengerter« nuff.

Ein Vorübergehender nimmt von der am Weg stehenden gefüllten Traubenbutte eine Traube zum Kosten heraus. Der wachhabende Bube ruft: Luag Vatter! Däar frißt von onserm Clevner! Der Vater: Laß en no fresse – däar wurd scho da »Lochschnatterer« kriega.

Vater und Sohn gehen zur Arbeit in den Österberg. Beim Hinweg bemerkt Letzterer im Nachbargrundstück einen herrenlosen Schubkarren und macht den Vater darauf aufmerksam. Der Vater: »Schau gseha, em Raa!«

Seliges Land! kein Hügel in dir wächst ohne den Weinstock,
Nieder ins schwellende Gras regnet im Herbste das Obst.
Fröhlich baden im Strome den Fuß die glühenden Berge,
Kränze von Zweigen und Moos kühlen ihr sonniges Haupt.
Und, wie die Kinder hinauf zur Schulter des herrlichen Ahnherrn,
Steigen am dunkeln Gebirg Festen und Hütten hinauf.
Friedrich Hölderlin

Drunten im Unterland, da ist's halt fein.
Schlehen im Oberland, Trauben im Unterland;
Drunten im Unterland möcht' i wohl sein.
Gottfried Weigle

Nichts macht mit der Landschaft vertrauter als der Genuss der Weine,
die auf ihrer Erde gewachsen und von ihrer Sonne durchleuchtet sind.
Ernst Jünger

WeinKulturLandschaft

»Was bleibet aber, stiften die Dichter«, dichtete der Stiftler Hölderlin, der nach Bordeaux stiften ging, statt dünnem Trollinger dichtere Weine genoss. Bleibend ist seine Zeile: »Seliges Land! kein Hügel in dir wächst ohne den Weinstock« – im Gedicht »Der Wanderer« zunächst aufs Rheintal gemünzt. Wie im Rheintal, brachten die Römer den Wein nach Württemberg. Den Weinbau förderten vom 8. Jahrhundert an die Klöster, Maulbronner Zisterzienser kultivierten die berühmte Lage »Eilfingerberg« – »eilf«, weil sich die Mönche einen elften Finger zum Weinschlecken wünschten.

Im 16. Jahrhundert hatte die Anbaufläche mit 40.000 Hektar ihre größte Ausdehnung, selbst auf der Alb wuchsen Reben. Heute sind 11.300 Hektar in den Bereichen Unterland, Remstal-Stuttgart, Kocher-Jagst-Tauber, Oberer Neckar und Württembergischer Bodensee bestockt. Württemberg ist viertgrößtes deutsches Anbaugebiet, im globalen Weinmeer aber kaum mehr als eine regionale Insel.

Spektakulär sind die Terrassenweinberge. Sie türmen sich wie die Rosswager »Halde« über dem Enztal auf, schmiegen sich wie die »Felsengärten« bei Hessigheim als Amphitheater in die Neckarwindung. Goethe sah »horizontale Kalkfelsen, mit Mauerwerk artig zu Terrassen verbunden und mit Wein bepflanzt«. Der Umweltexperte Claus-Peter Hutter schwärmt vom »Machu Picchu im Neckartal«, er beziffert die Mauerlänge von Plochingen bis Gundelsheim auf 2.000 Kilometer.

Die Terrassen entstanden im 13. und 14. Jahrhundert, als flache Lagen vermehrt für Ackerbau genutzt, »Weingärten« in höhere Bereiche verlegt, zu »Weinbergen« wurden. Gegen Erosion und zur Abgrenzung wurden Mauern gezogen. Wie ein

Kachelofen speichern sie Wärme, tragen so zum »Terroir« bei, dem kleinklimatischen Zusammenspiel von Gestein, Boden, Wachstum, Reife, Sonneneinstrahlung, Rebsorte, Bearbeitung. Das Mosaik aus Reihen und Ritzen bietet Lebensraum für eine nahezu mediterrane Pflanzen- und Tierwelt. Die rhythmisierte Schraffur der Parzellierung hat ästhetischen Reiz: Mauern teilen die Hänge horizontal durch ein Zickzack-Fischgrätmuster, Staffeln durchschneiden das Liniengeflecht vertikal – Harmonie von Natur und Kultur.

Nun gibt es Befürchtungen, dass durch die neue EU-Pflanzregelung Steillagen mit ihrem fünffach höheren Arbeitsaufwand gefährdet sind, weil sie unrentabel sein könnten. Auch die Flurbereinigung der 1950er und 60er Jahre hat das Rebland verändert, maschinell bearbeitbar und damit wirtschaftlicher, Kritiker sagen: auch monotoner gemacht.

Weinbau formt die Landschaft, prägt die Menschen, spiegelt sich in Siedlungs- und Hausformen, ist in Städtenamen wie Weinstadt präsent, wird in Museen wie in Uhlbach präsentiert. Lagennamen wie Cannstatter »Zuckerle«, Untertürkheimer »Gips«, Löwensteiner »Wohlfahrtsberg«, Weinsberger »Ranzenberg« sind nicht nur anschauliche Sprachbilder, sie geben auch Hinweise auf geologisch-geografische Formationen, auf Sozial- und Herrschaftsverhältnisse.

Zum Kulturerbe gehören Ensembles wie die Metzinger Keltern, Unterstände für Wengertschützen, »Gruhbänke« zum Absetzen der Rückenlast, Weinberghäuschen bis hin zur kleinen Villa. Und künstlerische Zeugnisse: das Genrebild von der Lese, die Steinplastik des Weingärtners in der Tübinger Stiftskirche, der Skulpturenpfad der Künstlerfamilie Nuss in Strümpfelbach.

Achim von Arnim und Clemens Brentano

Trinklied

Im Wirtenberger Lande
Ist weit und breit bekannte,
Das edle Nekarthal,
Da wächst ein gesunder Safte,
Der giebt uns gute Kräfte,
Mit Freuden oftermal.
Jung! schenk mir ein
Ein Gläslein Wein,
Und bring mir's her,
Wie ichs begehr.
Mein lieber Herr!
Ich bitt ihr wöllt mit Freude
Fein redlich thun Bescheide.
Frisch auf ihr Herren! her und dran,
Das Fäßlein hat kein'n Panzer an.

Mark Twain

Hornberg

Below Hassmersheim we passed Hornberg, Goetz von Berlichingen's old castle. It stands on a bold elevation two hundred feet above the surface of the river; it has high vine-clad walls enclosing trees, and a peaked tower about seventy-five feet high. The steep hillside, from the castle clear down to the water's edge, is terraced, and clothed thick with grape vines. This is like farming a mansard roof. All the steeps along that part of the river which furnish the proper exposure, are given up to the grape. That region is a great producer of Rhine wines. The Germans are exceedingly fond of Rhine wines; they are put up in tall, slender bottles, and are considered a pleasant beverage. One tells them from vinegar by the label.

Willibald Alexis

Schattenrisse aus Süddeutschland

Es ist in Württemberg alles bebaut mit Reben, Saaten, Obstbäumen; selbst die kleinsten Wege sind Alleen von Kirsch-, Äpfel- und Birnbäumen; man rodet die Wälder an den steilsten Berghängen aus, reinigt sie von Steinen und pflanzt Rebstöcke, wo nur Grund für die Wurzeln ist und ein wenig Mittagssonne; und doch sieht es überall ländlich aus und die Natur herrscht vor, ohne schaurig kahle Felsmassen und Schneefirnen. Es ist der grüne deutsche Charakter, von dem ich an einem andern Orte sprach. (…)

Ich rede mehr von jenem hügeligen Flachlande in der Mitte Schwabens, wo alle Höhen im Rebenkleide grünen, wo sich die Sonnenwärme fängt in den sanften Kesseln und in guten Jahren einen Wein reift, freilich an gärender Kraft jenem nicht gleich, wo der Sonnenstrahl von ausgedörrten Felswänden abprallt, aber voll Farbe, Würze und gesunder Kraft. Auch die Weinkultur macht bedeutende Fortschritte. Rheinische Reben gedeihen und bringen den würzigen Ryßlinger hervor. Um Stuttgart und Weinsberg fand ich ein besonders wohlschmeckendes Gewächs. Von wem aber mag es aufgekommen sein, dass Weinberge eine Gegend nicht zieren? Es ist ein gewöhnlicher Satz bei uns. Mit Ausnahme der Zeit, wo gar keine Blätter an den Stöcken, fand ich die Rebenbekleidung noch immer die lieblichste einer bergigen Gegend; sei es im saftigen Grün des ersten Frühlings, im Vollgrün des Sommers, oder im Rotgelb des Herbstes; sei es, dass deutsche Sorgfalt die Ranken um Stöcke, Gitter und Dächer windet oder italienische Faulheit die Reben sich selbst einen Weg suchen lässt am Boden, an Bäumen, am Gestrüpp. Auch dass Weinberge fast allein ohne Schattierungen von Wald und Feld sich vorteilhaft dem Auge präsentieren können, bemerke ich hier.

Wie der Lombarde seinen Wein zieht, oder besser sich selbst erziehen lässt, möchte ich lieber den Zustand der Verwilderung als der Natur nennen. Ist der Wein das Edelste, was aus dem mütterlichen Schoß der Erde uns zuwächst, so ist auch die Sorge darum die edelste Gattung des Landbaues; und will man hiernach den Wert seiner Bebauer abschätzen, wie tief steht da der Italiener unter dem Deutschen! Ihm gilt der ökonomische Satz: Der Mehrertrag ist dem Besserertrag vorzuziehen; demnach ist ihm alle Veredelung gleichgültig. So viel freudige Weinlieder der Deutsche hat, so viel Schmerzenslieder könnte er singen, was unter anderer Pflege aus dem italienischen werden müsste. Um den Wert des Fleißes zu schätzen, muss man den milden deutschen gekelterten Wein dieser Gegenden kosten, nachdem man von dem schweren, roten, süßen Saft, der aus den lombardischen Trauben gestampft wird, zum Überdruss genoss. Die Zunge fühlt erst wieder, dass sie Wein trinkt, der das Gemüt erheitert, und dass er ein Nektar sein kann, während er in Italien nur ein Getränk ist, mit dem man die Speisen herunterspült.

Otto Linck

Das Weinland

Der Weinbau des Neckarlandes wird erstmals in einer Urkunde vom Jahr 766 erwähnt. Die in den Urkunden des 8. Jahrhunderts genannten Anbauten waren aber noch keine »Weinberge«, sondern lagen als wirkliche »Weingärten« in der Ebene, im Ackerland. Erst gegen Ende des 10. Jahrhunderts beginnt sich die Eroberung der Hänge durch die Rebe in der geschichtlichen Überlieferung abzuzeichnen. Voraussetzung war die Erfindung der Stützmauern, der Terrassierung, durch die die Anbaufläche waagerechter gelegt und die Abschwemmung des mit der Hacke bloß gehaltenen Bodens verhindert wurde. Die ganzen Mauerzüge dieser kunstvollen Terrassenlandschaft sind in Trockenmauerwerk aufgeführt und mit feinstem Gefühl so gegen den Berg gestellt, dass sie dem Bergdruck widerstehen; darauf beruht ihre harmonische Einfügung in die Landschaft. Von der Ferne gesehen zeichnen die durchlaufenden Mauerzüge graphisch den Bau der Landschaft nach. Sie folgen aber nicht den Höhenlinien, sondern bestehen aus lauter kurzen Geraden, die sich mit Winkeln um die Flanken der Berge ziehen. Die weicher fallenden Rebhänge der Keuperhügel sind mehr in rhombisch verschobene oder rechteckige Stücke aufgeteilt, die in gebrochenen Reihen über den Hängen liegen. Schon Goethe ist das Mauerwerk der Weinbaulandschaft am Neckar als Besonderheit aufgefallen, als er 1797 in das Tagebuch seiner Reise in die Schweiz schrieb, die Weinberge seien hier »mit Mauerwerk artig zu Terrassen verbunden«. Ebenso wie die Mauern gehen auch die für viele Muschelkalkhänge bezeichnenden »Steinriegel« bis in die Anfangszeit des Rebbaus am Neckar zurück. Riesenhaften Schnecken vergleichbar kriechen sie als nackte oder begrünte Steinwälle senkrecht die Rebhänge herab, aufgehäuft aus Steinen, die unendlicher Weingärtnerfleiß zwischen den Rebzeilen ausgelesen hat.

Mit der Eroberung der Hänge durch die Rebe entstand das vertraute Bild der Weinlandschaft um den mittleren Neckar. Etwa seit dem 12. Jahrhundert stockt der Weinbau des Neckarlandes im Gegensatz zu anderen deutschen Weinbaugebieten fast ausschließlich auf Hängen; das Wort Virgils »Bacchus arnat colles« hat hier exemplarische Geltung. Seitdem beschränkt sich der Weinbau des Neckarlands auf die beiden schmalen Gürtel an den Stufenrändern des Muschelkalks und Keupers. Dies ist biologisch günstig, wird dadurch doch die Ungunst zu großer Monokulturflächen vermieden; auch landschaftlich verliert sich der Weinbau im Neckarraum auf diese Weise kaum einmal ins Unbegrenzte, Formlose. Ausgangs des Mittelalters haben die Grafen von Wirtemberg, die Bürger von Esslingen und Heilbronn, der Hochmeister des Deutschordens von seinem Schloss Horneck schon auf denselben (freilich damals ausgedehnteren) Kranz grüner Weinberge mit Weinbergmauern, Treppenstaffeln und Steinriegeln gesehen wie wir. (…)

Aus den verschiedensten politischen und wirtschaftlichen Ursachen setzte mit dem Dreißigjährigen Krieg der bis in die Gegenwart reichende Rückgang des Weinbaus ein. Die Rebkultur zog sich dabei in einem natürlichen Ausleseprozess auf ihr klimagünstiges Ausgangsgebiet, das warme Neckarland, zurück, und auch in diesem wurden die geringen Lagen aufgegeben. So ist auch das Neckarland heute in vielen Teilen, zunehmend mit der Entfernung vom Neckar, ein »ausgestocktes« Weinland; doch gehören die verlassenen, längst von Steppenheidgebüsch, Rosen, Schlehen und Liguster wildüberwachsenen Stützmauern und Terrassen zum Bild des historischen Weinlands. Allenthalben bestimmt aber der tausendjährige Weinbau heute noch das Siedlungs- und Ortsbild des Neckarlands.

Vincent Klink

Doller Dolde

In Württemberg wollte man schon immer gerecht sein, und die Realteilung sollte diese Gerechtigkeit herbeiführen. Alles wurde gleich verteilt. Das ging so weit, dass selbst eine Bibel zerrissen wurde, um sie in gleichen Teilen unter den Geschwistern zu verteilen. Mit dem Land war es genauso und mit den Weinbergen erst recht.

Kein Wunder, dass dieses Land als Grundrauschen den Diminutiv hat. Was nicht schon klein ist, wird kleingeredet, die Millionärsvilla beispielsweise gerne Häusle genannt, und man trinkt auch nicht Wein dergestalt, dass man die Flasche auf den Tisch stellt, sondern bestellt im Gasthaus viertelesweise, vielleicht sogar nur Achtele, und davon dann so viele, dass sich möglichst sogar die Bedienung verrechnet.

Mit Helmut Dolde stehe ich auf dem Weinberg von Linsenhofen bei Nürtingen. Er ist sicher einer der bekanntesten Nebenerwerbswinzer der Welt und bewirtschaftet obendrein am nahen Neuffen, einem steilen Berg mit fetter Burg darauf, den höchsten Weinberg Deutschlands. Der Mann ist das klassische Ergebnis der Realteilung. Von seinen Weinbergen kann der Biologielehrer nicht leben. Aber mit dem Wissen des Biopaukers hat er ein wissenschaftliches Unterfutter, das manchen Profiwinzer zum Grübeln bringen könnte. Er weiß, wie Natur funktioniert, und seine Kameraden, die mit ihm den Linsenhofer Berg teilen, sind auch nicht von Pappe. Hier wird nicht von ausgeklügelter Kellertechnik geredet, die könnte man sich sowieso nicht leisten. Was bleibt? Genau das, von dem die meisten Winzer viel reden, aber es nicht wirklich ernst nehmen: Es geht ums Hacken, Hacken, Hacken, Rebenschneiden, um die Arbeit im Weinberg. Dazu braucht es eine gute Kondition und vor allem Starrsinn. Die Verführungen der

Giftfirmen Monsanto, BASF usw. sind groß, aber schon der Gedanke an chemische Manipulation kommt am Linsenhofer Berg erst gar nicht auf.

Für mich gibt es eigentlich nur noch eine Weinsorte: Das ist die von gehackten Weinstöcken, da wird das Unkraut nicht »weggespritzt«, sondern mit der Hacke entfernt. Ganz klar, solche Arbeit muss bezahlt werden, deshalb sind Weine, die wirklich im Weinberg natürlich und möglichst ökologisch gepflegt werden, einfach wertvoller als die Tropfen, die von sogenannten »Maschinen- bzw. Mechanikerwinzern« designt werden.

Doldes Weine stammen aus einem Grenzklima. Am Fuße der Schwäbischen Alb pfeift der Wind, aber gerade herbes Wetter lässt charaktervolle Weine entstehen. Nicht hoher Alkoholgehalt ist bestimmend, sondern Kraft und Finesse, die dem Vulkanboden entnommen sind.

Auf dem Vulkankegel findet gerade das jährliche Vereinsfest statt. Salzkuchen gibt es, und eine liebenswerte Frau merkt, dass ich schon ein von Auszehrung ganz spitzes Gesicht habe. Salzkuchen ist quasi eine dicke, fette Pizza mit nichts drauf. So richtig schwäbisch, aber frisch aus dem Ofen eine Köstlichkeit. Die ideale Begleitung zum »Silvaner Vulkan«. Dann geht es Schlag auf Schlag. Tische und Bänke sind aufgestellt, und wir hocken uns hin. Einen weiß gekelterten Spätburgunder nehme ich mit Genuss – ex und hopp –, dann kommt vom Neuffen der Silvaner »Alte Reben«. Die Weinstöcke wurden in den fünfziger Jahren des letzten Jahrhunderts gepflanzt und geben nur wenig Ertrag, aber die Kraft und Reduziertheit, die von diesen mittlerweile bedächtig wachsenden Pflanzen ausgeht, ist beträchtlich. (…) Ich bin beschwingt, die Weine haben nicht mehr als 12 Prozent Alkohol und wirken erfrischend. Ein idealer Frühstücks-Vormittagswein. In der Tat, mit dem Salzkuchen habe ich hier das beste Frühstück aller Zeiten. Halt, stimmt nicht. An den Tischen steigt die Stimmung, bei mir auch, es wird Mittag, und Lammbraten hat's auch. Alle fühlen sich sauwohl. Tja, und dann kam der Abend und mir ging es wie einem Kriegshelden: »Old soldiers never die, they fade out!«

Friedrich Hölderlin

Die Herbstfeier

1

Wieder ein Glück ist erlebt. Die gefährliche Dürre geneset,
Und die Schärfe des Lichts senget die Blüte nicht mehr.
Offen steht jetzt wieder ein Saal, und gesund ist der Garten,
Und von Regen erfrischt rauschet das glänzende Tal,
Hoch von Gewächsen, es schwellen die Bäch und alle gebundnen
Fittige wagen sich wieder ins Reich des Gesangs.
Voll ist die Luft von Fröhlichen jetzt und die Stadt und der Hain ist
Rings von zufriedenen Kindern des Himmels erfüllt.
Gerne begegnen sie sich, und irren untereinander,
Sorgenlos, und es scheint keines zu wenig, zu viel.
Denn so ordnet das Herz es an, und zu atmen die Anmut,
Sie, die geschickliche, schenkt ihnen ein göttlicher Geist.
Aber die Wanderer auch sind wohlgeleitet und haben
Kränze genug und Gesang, haben den heiligen Stab
Vollgeschmückt mit Trauben und Laub bei sich und der Fichte
Schatten; von Dorfe zu Dorf jauchzt es, von Tage zu Tag,
Und wie Wagen, bespannt mit freiem Wilde, so ziehn die
Berge voran und so träget und eilet der Pfad.

2

Aber meinest du nun, es haben die Tore vergebens
    Aufgetan und den Weg freudig die Götter gemacht?
Und es schenken umsonst zu des Gastmahls Fülle die Guten
    Nebst dem Weine noch auch Beeren und Honig und Obst?
Schenken das purpurne Licht zu Festgesängen und kühl und
    Ruhig zu tieferem Freundesgespräche die Nacht?
Hält ein Ernsteres dich, so spars dem Winter und willst du
    Freien, habe Geduld, Freier beglücket der Mai.
Jetzt ist Anderes not, jetzt komm und feire des Herbstes
    Alte Sitte, noch jetzt blühet die Edle mit uns.
Eins nur gilt für den Tag, das Vaterland, und des Opfers
    Festlicher Flamme wirft jeder sein Eigenes zu.
Darum kränzt der gemeinsame Gott umsäuselnd das Haar uns,
    Und den eigenen Sinn schmelzet, wie Perlen, der Wein.
Dies bedeutet der Tisch, der geehrte, wenn, wie die Bienen,
    Rund um den Eichbaum, wir sitzen und singen um ihn,
Dies der Pokale Klang, und darum zwinget die wilden
    Seelen der streitenden Männer zusammen der Chor.

3

Aber damit uns nicht, gleich Allzuklugen, entfliehe
    Diese neigende Zeit, komm ich entgegen sogleich,
Bis an die Grenze des Lands, wo mir den lieben Geburtsort
    Und die Insel des Stroms blaues Gewässer umfließt.
Heilig ist mir der Ort, an beiden Ufern, der Fels auch,
    Der mit Garten und Haus grün aus den Wellen sich hebt.
Dort begegnen wir uns; o gütiges Licht! wo zuerst mich
    Deiner gefühlteren Strahlen mich einer betraf.
Dort begann und beginnt das liebe Leben von neuem;
    Aber des Vaters Grab seh ich und weine dir schon?
Wein und halt und habe den Freund und höre das Wort, das
    Einst mir in himmlischer Kunst Leiden der Liebe geheilt.

Andres erwacht! ich muß die Landesheroen ihm nennen,
Barbarossa! dich auch, gütiger Christoph, und dich,
Konradin! wie du fielst, so fallen Starke, der Efeu
Grünt am Fels und die Burg deckt das bacchantische Laub,
Doch Vergangenes ist, wie Künftiges, heilig den Sängern,
Und in Tagen des Herbsts sühnen die Schatten wir uns.

4

So der Gewaltgen gedenk und des herzerhebenden Schicksals,
Tatlos selber, und leicht, aber vom Aether doch auch
Angeschauet und fromm, wie die Alten, die göttlicherzognen
Freudigen Dichter ziehn freudig das Land wir hinauf.
Groß ist das Werden umher. Dort von den äußersten Bergen
Stammen der Jünglinge viel, steigen die Hügel herab.
Quellen rauschen von dort und hundert geschäftige Bäche,
Kommen bei Tag und Nacht nieder und bauen das Land.
Aber der Meister pflügt die Mitte des Landes, die Furchen
Ziehet der Neckarstrom, ziehet den Segen herab.
Und es kommen mit ihm Italiens Lüfte, die See schickt
Ihre Wolken, sie schickt prächtige Sonnen mit ihm.
Darum wächset uns auch fast über das Haupt die gewaltge
Fülle, denn hieher ward, hier in die Ebne das Gut
Reicher den Lieben gebracht, den Landesleuten, doch neidet
Keiner an Bergen dort ihnen die Gärten, den Wein
Oder das üppige Gras und das Korn und die glühenden Bäume,
Die am Wege gereiht über den Wanderern stehn.

5

Aber indes wir schaun und die mächtige Freude durchwandeln,
Fliehet der Weg und der Tag uns, wie den Trunkenen, hin.
Denn mit heiligem Laub umkränzt erhebet die Stadt schon,
Die gepriesene, dort leuchtend ihr priesterlich Haupt.
Herrlich steht sie und hält den Rebenstab und die Tanne
Hoch in die seligen purpurnen Wolken empor.

Sei uns hold! dem Gast und dem Sohn, o Fürstin der Heimat!
Glückliches Stuttgart, nimm freundlich den Fremdling mir auf!
Immer hast du Gesang mit Flöten und Saiten gebilligt,
Wie ich glaub, und des Lieds kindlich Geschwätz und der Mühn
Süße Vergessenheit bei gegenwärtigem Geiste,
Drum erfreuest du auch gerne den Sängern das Herz.
Aber ihr, ihr Größeren auch, ihr Frohen, die allzeit
Leben und walten, erkannt, oder gewaltiger auch,
Wenn ihr wirket und schafft in heiliger Nacht und allein herrscht
Und allmächtig empor ziehet ein ahnendes Volk,
Bis die Jünglinge sich der Väter droben erinnern,
Mündig und hell vor euch steht der besonnene Mensch –

6

Engel des Vaterlands! o ihr, vor denen das Auge,
Seis auch stark, und das Knie bricht dem vereinzelten Mann,
Daß er halten sich muß an die Freund und bitten die Teuern,
Daß sie tragen mit ihm all die beglückende Last,
Habt, o Gütige, Dank für den und alle die Andern,
Die mein Leben, mein Gut unter den Sterblichen sind.
Aber die Nacht kommt! laß uns eilen, zu feiern das Herbstfest
Heut noch! voll ist das Herz, aber das Leben ist kurz,
Und was uns der himmlische Tag zu sagen geboten,
Das zu nennen, mein Schmid! reichen wir beide nicht aus.
Treffliche bring ich dir und das Freudenfeuer wird hoch auf
Schlagen und heiliger soll sprechen das kühnere Wort.
Siehe! da ist es rein! und des Gottes freundliche Gaben,
Die wir teilen, sie sind zwischen den Liebenden nur.
Anderes nicht – o kommt! o macht es wahr! denn allein ja
Bin ich und niemand nimmt mir von der Stirne den Traum?
Kommt und reicht, ihr Lieben, die Hand! das möge genug sein,
Aber die größere Lust sparen dem Enkel wir auf.

Günter Herburger

Stuttgarter Festschrift

Die ich gesehen habe zwischen den Reben
hoch überm Tal an den Hängen
jeder freundlich auf seinem Thron
mit Zwingern für Hunde und Autos
und Scherengittern vor den Fenstern
im Treppen- und Rosengeflecht
denn Angst hat nur der der recht hat
und hinuntersehen kann ins fruchtbare
steinerne Tal voller Fleiß
das beruhigend zum Topfrand hinaufsummt
so schlummern sie und werfen sich
morgens wieder in die Maschinenpolster
diesen Leitstern für Straßen und Hochhäuser
der immer besser wird schneller
und jeden schützt der gezahlt hat
zum Ruhm dieser Stadt wo der Wein
durch elektrische Rechner
Wicklungen und Vergaser fließt (…)

Heinz Piontek

Eßlingen, alte Reichsstadt

Die Küfer
hinter den *Spionen*:
Geister des Glockenspiels.

Die Berge
sind aus Scherben
grüner Weinflaschen.

Der Neckar
im Herbst: phantasievoll
wie ein Müller.

Die Züge
fahren pünktlich
vorbei.

Susanne Stiefel

Im Weinberg der Macht

Für die einen ist dieser lauschige Ort der Inbegriff von schwarzem Filz. Für die anderen ein Grund, Stuttgart zu lieben. Am Weinberghäuschen der Industrie- und Handelskammer scheiden sich die Geister. (…)

Hier auf halber Höhe des Stuttgarter Kessels gibt man sich äußerlich schwäbisch-bescheiden. Doch drinnen soll es – hui! – so richtig zur Sache gehen. Sagen manche, die schon drin gewesen sind. Und viele, die nie reinkommen werden. Über die wichtigen Projekte des Landes werde dort beraten. Ein offenes Gespräch zwischen den Entscheidungsträgern aus Wirtschaft, Politik und Medien soll es dort geben, streng geheim natürlich, unbeeinträchtigt von aller lästigen politischen Korrektheit. Es braucht nicht allzu viel Fantasie, um sich solche Runden in einem Bundesland vorzustellen, das fast 58 Jahre lang von der gleichen Partei regiert wurde. Man kennt sich. (…)

Über Inhalte wird nur in Andeutungen gesprochen. Man fühlt sich geehrt, wenn man zu den geladenen Auserwählten gehört, wenn die Industrie- und Handelskammer 14 Jünger zum Abendmahl über den Dächern von Stuttgart lädt. In diesen Kreisen weiß Mann: Der Gentleman schweigt und genießt. Übrigens: Es sollen auch schon Frauen dort gewesen sein.

»Natürlich waren auch schon Frauen da«, bekräftigt Andreas Richter, »zum Beispiel Tanja Gönner, die Umweltministerin.« Doch, und darauf legt der IHK-Hauptgeschäftsführer Wert, das sei erst im November vergangenen Jahres gewesen. Nach, »ich betone: nach«, der Schlichtung zu S21 unter der Regie von Heiner Geißler. So viel Klarstellung muss sein im Jahr der engagierten Bürgerproteste.

Beim Aufruhr um die Tieferlegung des Stuttgarter Bahnhofs werden auch IHK-Verantwortliche zurückhaltend, allerdings nur in der Formulierung. Die Position der Kammer hingegen ist klar: pro Stuttgart 21. Das schrieb sie sich sogar auf die Fahnen (»S21 – mehr Jobs, mehr Tempo, mehr Stadt«), die vor dem Geschäftsgebäude wehten. Die muss sie jetzt allerdings ganz schnell auf richterlichen Beschluss hin einholen. Der neuen grün-roten Regierung hat die Kammer übrigens schon einen Tag nach der Wahl ihre Unterstützung angeboten. Man will ja weiter dabei sein.

Bekannt wurde das IHK-Häusle durch den Streit über Stuttgart 21, der längst eine ganze Stadt spaltet. Es war auch schon Kulisse für den »Tatort« und für Theaterstücke, doch vor allem steht es symbolisch als Tatort für das Bahnhofsprojekt. Hier oben, mit ausgeruhtem Blick auf den Talkessel und den Kopfbahnhof, soll der Entschluss vorbereitet worden sein, den Bahnhof samt Gleisen im Stuttgarter Untergrund zu versenken. Hier sollen sich die Herren aus den Redaktionen, von der IHK, Bahn und Politik zwei, drei Gedanken darüber gemacht haben, wie man dieses Vorhaben voranbringen kann, das sie für einen großen Fortschritt halten, weil es Stuttgart endlich mit dem Rest der Welt verbindet.

Dass hier im rustikalen Gewölbekeller bei Wein und in harmonischem Dreiklang von Wirtschaft, Politik und Medien etwa zwei-, dreimal im Jahr ein »Gedankenaustausch« stattfindet, gibt Andreas Richter gerne zu Protokoll. Doch dass hier Mitte der 90er-Jahre auf das umstrittene Projekt S21 eingeschworen worden sei, weist der Mann, der seit 1998 die IHK-Geschäfte führt, vehement zurück. »Das ist doch alles an den Haaren herbeigezogen«, wettert Andreas Richter, der früher Wirtschaftsressortleiter der »Stuttgarter Zeitung« war. Dass man mal drüber gesprochen habe, kann und will er jedoch nicht ausschließen.

Nicht gesprochen wird darüber, wer denn nun zu dem starken Dutzend gehört, das die IHK zwei-, dreimal im Jahr zum erlauchten Treffen lädt. Nur so, meint der Hauptgeschäftsführer, könne man sich schließlich unbekümmert austauschen. Geheime Treffen also, bei denen keine Namen genannt und nicht fotografiert werden darf? »Geheim, geheim, was heißt schon geheim?«, fragt Richter zurück. »Es soll halt niemand wissen, dass die da gewesen sind.« Kein Wunder, dass die Fantasie das Häuschen umrankt wie die Reben. Vor allem in der hitzigen Diskussion über S21, in der sich die Gegner nicht nur einmal von ihrer Regierung und den örtlichen Zeitungen verschaukelt fühlten. Hier soll also alles angefangen haben? »Wenn Sie das hier oben gesehen haben, dann kühlt Ihre Fantasie ab«, sagt Andreas Richter. Zum Abkühlen also hinaufgestiegen auf den Kriegsberg.

Das Gewölbe ist rustikal, roter Sandstein, einfache Stühle, Holztisch. Eine intime Atmosphäre ist schon allein durch die Größe sichergestellt, alles leer heute, nur der IHK-Hausmeister Michael Fritz ist da und schließt auf. Kaum zu glauben, dass hier in diesem kleinen Raum 14 Menschen Platz finden sollen. Hier kann man sich nahekommen. Vor dem Häusle liegen wie mit dem Lineal gezogen die IHK-eigenen Reben. 70 Ar stadtnahe Reben, erklärt Hausmeister Fritz, aus denen jährlich etwa 7.000 Flaschen IHK-Riesling und IHK-Trollinger gepresst werden. Hübsch gelegen zwischen Chinesischem Garten, einem Relikt der Internationalen Gartenschau, und dem Züblin-Weinberg, »die haben ein größeres Häusle«, sagt der Hausmeister. Da schwingt ein bisschen Neid mit. Der alte Bahnhof, der Bonatzbau, liegt in seiner ganzen Pracht zu Füßen des Weinbergs.

Michael Fritz weiß, dass »genau unter uns durch« der Tunnel gegraben werden soll, durch den die tiefergelegte Bahn dann rauschen soll. Er weiß auch, dass die Bedienungen früher noch vors Häusle geschickt wurden, nachdem sie den Herren tüchtig eingeschenkt hatten, damit die drinnen ungehört tagen konnten. Bei Regen sei das besonders unangenehm gewesen.

Inzwischen finden die Bedienungen Unterschlupf in einer angebauten kleinen Küche, wenn drinnen in Geheimnissen gekramt wird. (...)

Die einen sehen »Keinen Filz weit und breit« hier im Weinberg, so schrieb es der Politik-Ressortleiter der »Stuttgarter Nachrichten«, für den das Weinberghäusle von 100 Gründen, Stuttgart zu lieben, der 92ste ist. Andere mutmaßen, dass dort oben viel effektiver Politik gemacht wird als im Landtag, wie der »Stern«-Journalist Hans Peter Schütz in seinem Artikel »Fahrt auf schwäbischem Filz«, der hier oben den Grund dafür gefunden haben will, warum die Stuttgarter Medien das Projekt S21 so lange so freundlich begleitet haben: Weil sie hier im Weinberghäusle Mitte der 90er-Jahre mit den Chefs von CDU und SPD und einflussreichen Wirtschaftsbossen zusammengesessen seien, als der Zug auf die Schiene gesetzt wurde, wenn das Bild noch erlaubt ist. »Wir mussten nicht eingenordet werden«, sagt ein leitender Redakteur, der mit dabei war, »wir waren doch voll begeistert.« Es war die Zeit des Mauerfalls, die Achsen hatten sich verschoben, und viele Lokalpatrioten fürchten, von der Mitte Europas an den Rand gedrängt zu werden. Es war die Geburtsstunde der legendären Magistrale Paris–Stuttgart–Bratislava.

Christian Friedrich Daniel Schubart

Die Aussicht

Schön ist's, von des Tränenberges Höhen
Gott auf seiner Erde wandeln sehen,
  Wo sein Odem die Geschöpfe küsst.
Auen sehen, drauf Natur, die treue,
Eingekleidet in des Himmels Bläue,
  Schreitet, und wo Milch und Honig fließt!

Schön ist's in des Tränenberges Lüften
Bäume sehn, in silberweißen Düften,
  Die der Käfer wonnesummend trinkt;
Und die Straße sehn im weiten Lande,
Menschenwimmelnd, wie vom Silbersande
  Sie, der Milchstraß' gleich am Himmel, blinkt.

Und den Neckar blau vorüberziehend,
In dem Gold der Abendsonne glühend,
  Ist dem Späherblicke Himmelslust;
Und den Wein, des siechen Wandrers Leben,
Wachsen sehn an mütterlichen Reben,
  Ist Entzücken für des Dichters Brust.

Aber, armer Mann, du bist gefangen;
Kannst du trunken an der Schönheit hangen?
  Nichts auf dieser schönen Welt ist dein!
Alles, alles ist in tiefer Trauer
Auf der weiten Erde; denn die Mauer
  Meiner Veste schließt mich Armen ein!

Doch herab von meinem Tränenberge
Seh' ich dort den Moderplatz der Särge;
  Hinter einer Kirche streckt er sich
Grüner als die andern Plätze alle: –
Ach! Herab von meinem hohen Walle
  Seh' ich keinen schönern Platz für mich!

Werner Konold

Schönheit und Eigenart der Weinbaulandschaft

Historische Weinbaulandschaften sind weltweit bedroht, wie alle Kulturlandschaften, die von der zweckmäßigen und kunstvollen Verwendung des Steins geprägt sind. Viele alte Weinberge sind längst im Wald verschwunden, zerfallen, abgetragen oder aber einer nivellierenden Flurbereinigung zum Opfer gefallen. Während es in den Muschelkalktälern noch Mauerweinberge in größerem Umfang gibt, sind die Verluste im Keuperbergland Baden-Württembergs besonders groß. Nur noch kleinflächig sind terrassierte Weinberge in Nutzung, so beispielsweise in Stuttgart oder in Kernen. Umso herausragender ist die Bedeutung des Hohenaspergs als großflächiges Monument der historischen Weinbaulandschaft für ganz Baden-Württemberg, ja sogar darüber hinaus.

Ganz ohne Zweifel sind die alten Rebflächen arbeitswirtschaftlich problematisch: schlechte Erschließung, schmale Wege, hohe Unterhaltungskosten, sehr hoher Arbeitsaufwand. Wenn man sie nur am Ertrag aus dem Wein und dies unter konventionellen Vermarktungsbedingungen – kein spezieller Ausbau – misst, sind sie unwirtschaftlich und daher immer in Gefahr, aufgegeben zu werden. Doch greift diese Betrachtungsweise zu kurz. Die terrassierten Weinberge sind gerade im Württembergischen in besonderem Maße identitätsstiftende Bestandteile der Kulturlandschaft. Deshalb müssen Wege gefunden werden, die die Bewahrung der Kulturlandschaft mit den heutigen arbeitswirtschaftlichen Erfordernissen verbindet. Der Hohenasperg könnte ein leuchtendes Beispiel dafür sein, wenn man es schafft, eine behutsame, mit Gefühl für das ganze Ensemble und für das Detail geplante Flurneuordnung umzusetzen.

Alte Weinberge und Weinberglandschaften eignen sich

nicht für eine nüchterne Betrachtung. Sie sind in ihrer Dimension oft überwältigend; sie sind Monumente menschlicher Arbeit und Kultur, gestaltete Landschaft in Perfektion und von beeindruckender Schönheit, im Ganzen und im Detail. (…)

Der Bau von Terrassen mit Trockenmauern an den Hängen geschah von unten nach oben. Die Steine für die Mauern stammten aus nahe gelegenen Steinbrüchen oder direkt aus dem anzulegenden Weinberg. Sandsteine waren das beste Baumaterial, doch je nach dem anstehenden Gestein wurden auch, und zwar großflächig, Steine aus Muschelkalk, Gips, Buntsandstein, Schiefer oder Schlacke verwendet. Daneben kamen – konsequentes Baustoffrecycling – Steine von abgebrochenen Häusern und Mauern, Fensterbänke, Treppenstufen, Gartenpfosten, ja sogar Grabsteine und Grabeinfassungen zum Einsatz. Die frisch gebrochenen Steine wurden weitgehend noch vor dem Transport bearbeitet. Diese Bearbeitung erforderte sehr große Erfahrung und großes Geschick: Suchen von Spaltlinien, Setzen von Keilen, grobes Behauen, feines Behauen, saubere Bearbeitung des »Gesichts«, der Schauseite des Steins, und der Kanten mit verschiedenen Techniken. Das Werkzeug musste fast täglich vom Schmied wieder gerichtet werden.

Zwischen den Terrassen wurden die Steine zu einfachen Mauern, als untere Stützmauer zu Schild- oder Stirnmauern, aufgesetzt, die eine Höhe von mehreren Metern erreichen konnten, und teils mit Gewölbe aufgeführt waren. Zum weiteren Inventar gehören die Backenmauern, die die Terrasse seitlich zur Treppe/Staffel abstützten, aufwändig gestaltete Treppen, Scherenstaffeln, Zugänge, Lochsteine, Spaliere und anderes mehr. In den Fundamentgraben, 30 bis 40 cm tief und breit, wurden große, nur grob behauene Steine gesetzt; die Mauer baute man als Schichtenmauerwerk oder als Wechselmauerwerk, bei dem die Steine unterschiedlich hoch sind. Binder – tiefe Steine – und Läufer – weniger tiefe Steine –

konnten einander abwechseln. Mit besonderer Sorgfalt wurden die Ecksteine und die Häupter bearbeitet und gesetzt.

Mauern und Terrassen bekamen dort, wo Hangwasserdruck vorhanden ist, eine Neigung, und zwar so, dass das Wasser – aufgenommen von einer Dränschicht hinter der Mauer und aufgefangen in einer Furche am Fuß der Mauer – den Treppen, respektive Wasserstaffeln zufloss, die bei Regen zu regelrechten Schussrinnen wurden. Teils wurde das schwebstoffbeladene Wasser in Auffangbehältnisse geleitet, wo die Schwebstoffe sedimentierten, bevor das Wasser versickerte. Der Boden musste rigolt werden, das heißt mehrere Spaten tief, bis zu einem Meter, umgegraben werden. Dies wurde im Laufe der Jahrhunderte immer wieder getan.

Weinberge wurden im Württembergischen meist senkrecht zum Hang parzelliert: günstig für die Entwässerung und Unterhaltung bzw. die Erschließung, aber auch Ausdruck von Gerechtigkeit und Risikoausgleich, weil alle Besitzer mit den gleichen standörtlichen Verhältnissen zurechtkommen mussten, also beispielsweise mit den spätfrostgefährdeten Unterhängen. Erschlossen sind die Weinberglagen mit langen hangparallelen oder allmählich ansteigenden Wegen unterhalb der Schildmauern, je nach Geländeform und Gestein auch mit Hohlwegen, etwa im Löss, in Keuper- und Buntsandsteingebieten, die sich im Lauf der Jahrhunderte immer weiter eintieften.

In vielen Gebieten wurde in großem Umfang zur Düngung Mergel in die Rebflächen eingebracht, so in den Keuperlandschaften Württembergs. Der Mergel wurde in so genannten »Kerflöchern« gewonnen, die mitten in den Weinbergen lagen. Sie besaßen eine glockenförmige Gestalt, waren also auf der Sohle am breitesten und bis zu sechs Meter tief.

Die grobe Struktur der Weinbaulandschaft aus Mauern und Treppen und Wegen wird im Detail ergänzt von Baulichkeiten, die ihre Existenz dem täglichen Wirtschaften, dem Ausruhen, Schützen und Aufbewahren zu verdanken haben:

Ausdruck der wirtschaftlichen Bedeutung des Weinbaus, langsamer Transportmittel und mühseliger Transportwege. Dies sind Weinberghäuschen, einfach und kunstvoll bis stilecht, Unterstände, Keller, speziell im Löss, und Wasserbehälter zum Anrühren der Spritzbrühe ... *die Rebe (ist) schön im einzelnen und im ganzen. Schön, trotz dem Pfahle, jeder Rebstock mit seinen Ranken und Ringeln, Blättern und Trauben. Schön jedes Blatt mit seinen fein und scharf gezackten und im Ganzen dennoch weich gerundeten Umriß und geschwungenen, rhythmisch eingeteilten Körper und seinen Farben*, so der Kunsthistoriker Eugen Gradmann im Jahre 1936 in seinem Aufsatz *Weinbau und Landschaft*; dazu der Duft der Blüte, das Gelb und Rot des Herbstes, die Formen der Erziehung: am Pfahl, am Draht einschenklig und zweischenklig, im Laubengang, an Geländern – sogenannte Kammerzen – die Vielfalt der Sorten, die auch heute noch punktuell ganz erheblich sein kann.

Auch zu den Rebstöcken gehören Komplementärerscheinungen: die Kopfweiden verschiedener Arten, Sorten, Farben und Erziehung, mit deren Ruten man die Fruchtzweige befestigt(e), und Robinienbestände, deren hartes und schlecht verrottbares Holz ideal geeignet war für die Rebpfähle.

Die Sonderkulturen Weinbau, Obstbau und Gemüsebau gehörten zusammen, auch wenn dies wegen der Ertragsminderung von den Herren nicht gerne gesehen war. Manche Weinbaugebiete (...) glichen von Weitem einem Obstgarten: vielfältig sinnlich die Blütendüfte, die Farben, die Geschmäcker und die Strukturen von Birne, Kirsche, insbesondere auch von Weichselkirsche, Birnen- und Apfel-Quitte, Pfirsich, Mandel, Walnuss, Apfel, Zwetschge und Speierling; dazu Gemüse von besonderer Qualität: Tomaten, Rhabarber, Kürbis, Knoblauch, Schalotten; der betörende Duft und Geschmack von Salbei, Ysop, Lavendel, Melisse, Raute, Wermut, Bohnenkraut, Rosmarin, Ringelblume und Bockshorn-Klee, dazu die Blütenbesucher, Gemüselauch und Wilder Porree als Halbkulturpflanzen und die Kermesbeere zum Rotfärben des Weines – unvergleichliche Vielfalt und Schönheit und Sinnlichkeit.

Die alte Weinbaulandschaft setzt nicht beim Nutzen die Grenze der Gestaltung, sondern leistet sich Zierde, Schmuck, Beiwerk: Ausdruck des Stolzes und der Wertschätzung und des Bedürfnisses nach Schönheit sind Schwertlilien, Flieder, Rosen, Katzenminze, Lampionblume, Pfingstrose, Taglilie, Narzissen und Feigenkaktus.

Dabei ist im Weinberg – wie in anderen Wirtschaftsflächen auch – nicht alles geordnet, sondern es ist Platz für Zufälligkeiten, und es werden Prozesse sichtbar: aufgelassene, »verwilderte« Parzellen, abgelagerte Stecken, Steinhaufen, Ruinöses, kleine Wildnis mit Lianen, Hecken, Raine, Unterschlupf. *Durch diese Nebenflächen gliedert sich der Gesamtlebensraum des Weinbergs in Teilräume und (es) durchdringen sich in ihm Kultur und Natur zu einer geschichtlich gewordenen neuen Einheit.* Otto Lincks *Der Weinberg als Lebensraum* aus dem Jahre 1954 ist das nach wie vor unübertroffene und mit viel Liebe zum Detail geschriebene Standardwerk zu unserem Thema. Der historische Weinbau ist Polykultur im wahrsten Sinne des Wortes.

Weinberglandschaften mit ihrem mediterranen Einschlag sind mit das Eindrucksvollste und Atemberaubendste, was Mitteleuropa kulturlandschaftlich zu bieten hat, bezogen auf Landschaftsarchitektur, Funktionalität, Vielfalt, Eigenart und Schönheit – im Detail und im Großen und im Konnex mit Waldschöpfen, Klingen, Felstürmen, Kiefern-Solitären (Eugen Gradmann 1936: *deutsche Pinien*) und Kieferngruppen, Magerrasen, aber auch Burgen und Festungen – und natürlich mit den Weinorten mit ihrer spezifischen Architektur.

Hans Schwenkel schrieb 1951: *Die Wengerter entwickelten sich zu wahren Meistern der Landschaftsgestaltung und schufen die vollkommenste Kulturlandschaft, die es in deutschen Landen gibt. Mit ihren Mauern und Terrassen, die nur ungefähr den Höhenlinien folgen, vielfach aber auf und ab schwingen, unterstreichen und steigern sie die landschaftlichen Formen und tragen in das Naturgegebene Bewegung, Spannung und sinnvolle Zweckbestimmung hinein. So entsteht eine Harmonie von Natur und Kunst.*

Wenn wir – vergleichbar mit der Fauna-Flora-Habitat-Richtlinie und vorgedacht in der Europäischen Landschaftskonvention – verpflichtet wären, bezogen auf Europa oder gar global, Verantwortung zu übernehmen für einmalige Formen und Ausprägungen von Kulturlandschaften, so stünden die Weinberglandschaften ganz oben, auch angesichts der Verluste, die wir schon haben hinnehmen müssen. Die mittelalterlichen Monumente sind absolut unersetzbar, sie verkörpern im wahrsten Sinne des Wortes Wissen, Erfahrung und Tradition. Sie sind unersetzbar als Ganzes, weil sie funktionale Einheiten darstellen. Die Konsequenz kann nur sein, ohne Wenn und Aber große, beispielhafte Weinbaulandschaften zu erhalten. (…)

Der Hohenasperg ist ein im wahrsten Sinne des Wortes herausragendes Kulturdenkmal für die ganze Region, ja für ganz Württemberg. Er ist das letzte große Weinbaumonument im Keuper. Wenn nicht ganz aufgegeben, wurde alles bis auf kleine Reste rebflurbereinigt, etwa im Remstal, am Stromberg oder am Keuperstufenrand vom Öhringer Raum bis nach Heilbronn. Hier und dort, so am Geigersberg bei Ochsenbach und am Spitzberg zwischen Tübingen und Wurmlingen, versucht man mit großem landschaftspflegerischem Aufwand wenigstens die gebauten Strukturen der Weinberge zu erhalten, auch wenn keine weinbauliche Nutzung mehr stattfindet. Es ist daher schon aus kulturhistorischer Sicht eine Verpflichtung, den Hohenasperg in einem historisch-authentischen Zustand zu erhalten.

Carlheinz Gräter

Weinbergmäuerle

Hier hat sich
der gemeine Mann seine
Denk-Male aufgerichtet,
namenlos,
Steine, gequadert,
roh vom Leibe der Landschaft,
Bollwerke des Friedens,
der Mühe, ungefüg,
Trittstein und Stäffele;
selten ein Initial,
gehauen am Anfang,
oder ein Bildstein,
Karst, Heppe und Glas.
Kein Blut tränkte die Mauern,
nur Regen und Schweiß.
So blieb keine Tafel des Ruhms.
Wer liest schon die
Texte der Flechten?

Carlheinz Gräter

Im Remstal

Hochhäuser belagern die Weinstadt.
Gleich nebenan tapeziert der Kammerz
die Gasse im Muster der
vier Jahreszeiten.

Raute und Ständer,
so wächst noch im Fachwerk
der Wald.

Schweinsblase baumelt vorm Haus;
hier polstern den Magen die Zecher.

Claudia List

Eine Frage der Reibung

Wo viele nur ein Mäuerchen sehen, erkennt der Fachmann ein jahrhundertealtes Kulturgut, das unbedingt bewahrt werden muss. Tausende Kilometer Trockenmauern gab es einst in den Weinbergen des Landes, heute sind nur noch wenige Zeugnisse dieser alten Handwerkstechnik übrig, einer Technik, die ganz ohne feuchten Mörtel oder Zement auskommt – daher auch der Name.

Dabei haben die Menschen ihre Reben zu Beginn vor allem in der Ebene um die Dörfer herum gepflanzt. Aus dieser Zeit stammt auch das schwäbische Wort »Wengert« für Weingarten. »Als dann die Bevölkerungszahlen explodierten, immer mehr Menschen was zu essen brauchten und diese Flächen für den Ackerbau benötigt wurden, gingen die

Wengerter mit ihren Reben die Hänge hoch«, erklärt Ebbe Kögel, der sich mit seinem Verein »Allmende« auf das Thema Trockenmauern eingelassen hat. Um Terrassen für ihren Wein anzulegen, rodeten die Menschen damals die Hänge, setzten von Hand die Steine aufeinander und zogen Mauern hoch. Eine unglaubliche Arbeitsleistung, denn die Steine werden im Steinbruch abgebaut, herangeschleppt und zudem so behauen, dass sie sich auf einer möglichst großen Fläche berühren und durch die Reibung aufeinander haften. (...)

So schufen die Trockenmaurer Terrassen für den Anbau und sorgten außerdem für ein besonderes Kleinklima, das auf den Wein wirkt, denn die Steine speichern tagsüber Wärme, geben sie nachts an die Reben ab und fördern damit die Reife.

Die Württemberger waren beileibe nicht die einzigen: Auf der ganzen Welt wurden Trockenmauern gebaut. Deshalb stellt Ebbe Kögel stolz die Weinbergmauern in Stetten in eine Reihe mit den Trockenmauern auf Mallorca, den Reisterrassen in Asien oder gar den berühmten Inka-Steinterrassen von Machu Picchu. Respektvoll nennt er sie eine »geniale Errungenschaft unserer Vorfahren und eine Kulturleistung, die dem Bau der Chinesischen Mauer vergleichbar ist«. Er weiß genau, wovon er spricht, denn er hat in den vergangenen Jahren den Aufbau von Trockenmauern rund um die Y-Burg mitorganisiert.

Bis zu vier Meter hoch sind sie dort. Und was man sieht, ist nur die Spitze des Eisbergs, denn das sogenannte Hintergemäuer macht zwei Drittel des Ganzen aus. Konkret heißt das: Eine zwei Meter hohe Trockenmauer ist am Fuß gut und gerne einen Meter tief. Ebbe Kögel vergleicht sie oft mit der Mauer eines Stausees: »Ein breiter Fuß führt in den Berg hinein. So kann die Mauer den Druck des Berges überhaupt aufnehmen und ihm standhalten.« Aus dem gleichen Grund führt sie nicht senkrecht nach oben, sondern neigt sich leicht gegen den Hang.

Was das alles für diejenigen bedeutet, die sie aufbauen, kann man sich lebhaft vorstellen: Nicht nur, dass sie viel mehr

Steine schleppen dürfen, als man auf den ersten Blick annimmt. Bevor sie diese aufeinander schichten, müssen sie hinter der Mauer eine ganze Menge Erde zur Seite schaffen und den Raum mit Steinen verkeilen. Alles in mühsamer Handarbeit. Darin liegt auch der Grund, warum heute nur ein kleiner Teil der Weinanbaufläche auf solchen Terrassen liegt: Die Winzer können keine Maschinen einsetzen und müssen pro Hektar mindestens dreimal so viel Arbeitszeit reinstecken wie in andere Weinberge. Deshalb begann man in den 1960er-Jahren mit der Rebflurbereinigung, der Tausende Kilometer Trockenmauern zum Opfer fielen. Von rund 27.000 Hektar Rebfläche in ganz Baden-Württemberg liegen heute nach Angaben der Staatlichen Lehr- und Versuchsanstalt für Wein- und Obstbau Weinsberg weniger als vier Prozent in terrassierten Weinbergen. Und das Wenige ist vielerorts vom Verfall bedroht.

Joseph Victor von Scheffel

Die Maulbronner Fuge

Im Winterrefektorium
Zu Maulbronn in dem Kloster,
Da geht was um den Tisch herum,
Klingt nicht wie Paternoster:
Die Martinsgans hat wohlgetan,
Eilfinger blinkt im Kruge,
Nun hebt die nasse Andacht an
Und alles singt die Fuge:
A.V.K.L.W.H.
Complete pocula!

Der Abt Johannes Entenfuß
Kam unwirsch hergewatschelt:
»Was wird so spät als Festtagschluss
Beim Geigenschall gefratschelt?
Lasst ab, Ihr stört den Doktor Faust
Im Gartenturm dahinten:
Wenn solch ein Singsang zu ihm braust,
Kann er kein Gold nicht finden:
A.V.K.L.W.H.
Cavete scandala!«

Derweilen bracht der Zellerar,
Herr Godefrit von Niefern,
Den Sankt Martinuszuspitz dar
Vom Keller mit den Küfern.
Der rief: »Herr Abbas, was Ihr sagt,
Soll man in Züchten ehren,
Doch wenn kein andrer Schmerz Euch plagt,
So mögt Ihr uns nicht wehren:
A.V.K.L.W.H.
Der Faust sitzt selbst schon da!«

Der Faust saß rückwärts an der Wand
Und trank vergnügt im Dunkeln,
Nun ließ der blasse Nekromant
Sein Glas am Licht karfunkeln
Und sprach: »Ich brüt' schon Tag und Jahr
Am schwarzen Zauberbuche
Und merk' erst heut, ich bin ein Narr,
Dass ich das Gold dort suche:
A.V.K.L.W.H.
Das echte Gold ist da!«

»Mit Hermes Trismegistos List
Wird keins erlaborieret,
Die Sonne ist der Alchimist,
Der's flüssig destillieret:
Wenn's durch die Adern glüht und rollt
Mit des Eilfingers Wonnen,
Dann habt Ihr Gold, habt echtes Gold,
Und ehrlich selbst gewonnen.
A.V.K.L.W.H.
Haec vera practica!«

Da lacht der Abt: »Mit solcher Lehr'
Zwingt Ihr auch mich zum Kruge,
Denn All Voll, Keiner Leer, Wein Her
Ist eine feuchte Fuge.
Als Fausti Goldspruch lass' ich sie
Jetzt in den Kreuzgang malen,
Man kennt die ganze Melodie
Schon an den Initialen:
A.V.K.L.W.H.
Sit vino gloria!«

Justinus Kerner

Ein Lied nach dem Herbst

O weh! ihr Rebenhügel!
Wie steht ihr trauernd nun!
Der Sturm schwingt seine Flügel
Und die Gesänge ruhn.
Es zog mit eurem Weine
Aus euch der Jubel aus;
Dass er mit ihm erscheine
Neu in des Trinkers Haus.

Lasst euer Herz erwarmen,
Die ihr nun schlürft den Wein,
Trinkt ihn auch zu dem Armen,
Der ihn geschenket ein!
Dem, den nichts kann entmuten,
Der immer trägt und haut,
Dem, der in Sommersgluten
Den harten Stein bebaut.

Wie in des Berges Tiefen
Rastlos der Bergmann schafft,
Die Schätze, die da schliefen,
Erhebt mit reger Kraft,
An Händen trägt nur Narben,
Der Herr den Edelstein:
Muss auch der oben darben,
Trinkt Wasser, ihr den Wein.

Und wie der unten nimmer,
Stirbt auch die Hoffnung, ruht,
So wächst beim letzten Schimmer

Dem oben noch der Mut.
Schlägt schwerer Hagel nieder,
Was er durchs Jahr erschafft,
Er geht neuhoffend wieder
Ans Werk mit gleicher Kraft.

Und wie in seinem Grabe
Der unten immer weilt,
Als Greis wie einst als Knabe
Zu seinen Steinen eilt,
So bleibt bei seinen Reben
Als Knabe und als Greis
Der oben – treu ergeben
Der Armut und dem Fleiß.

Er schafft vom ersten Scheine
Der Sonne bis zur Nacht,
Trinkt dann im Schlaf vom Weine,
Den ihm sein Berg gebracht –
Und lässt, erwacht zur Wahrheit,
Den lang ersehnten Wein
In seiner Gottesklarheit
Dem reichen Trinker sein.

Er aber, mit der Flasche
Voll Wasser, geht in Ruh',
Ein Brot in seiner Tasche,
Und deckt die Reben zu.
Einst deckt auch ihn, den Armen,
Der lang geschafft, gewacht,
Ein Engel voll Erbarmen
Und flüstert: Gute Nacht!

Friedrich Hölderlin

Hymnische Entwürfe

Wenn nämlich der Rebe Saft,
Das milde Gewächs suchet Schatten
Und die Traube wächset unter dem kühlen
Gewölbe der Blätter,
Den Männern eine Stärke,
Wohl aber duftend den Jungfraun,
Und Bienen,
Wenn sie, vom Wohlgeruche
Des Frühlings trunken, der Geist
Der Sonne rühret, irren ihr nach
Die Getriebenen, wenn aber
Ein Strahl brennt, kehren sie
Mit Gesumm, vielahnend
    Darob
    Die Eiche rauschet,

Wenn über dem Weinberg es flammt
Und schwarz wie Kohlen
Aussiehet um die Zeit
Des Herbstes der Weinberg, weil
Die Röhren des Lebens feuriger atmen
In den Schatten des Weinstocks. Aber
Schön ist's, die Seele
Zu entfalten und das kurze Leben.

Peter Härtling

Auf eine Weinbergschnecke

1

Die Luft
versilbert deine Spur.
Könntest du
zurückschaun,
wüßtest du,
wie teuer du
ihr bist.

2

Die dir nachsagen,
du seist
langsam,
kennen deine Wege
nicht.

3

Es fällt dir
leicht,
zu versteinern:
aus Sehnsucht
nach einer
Hand,
die dich wärmt.

Die Schwaben sind zornig. Muss namentlich vom Neckarwein kommen, der bös macht.
Friedrich Theodor Vischer

Und während Hera Herakles säugte, versehentlich mit Wein, während sich Danaes Goldregen in Trollinger verwandelte, während Aphrodite ihren Alabasterleib in Muskateller badete, endet dieser Text, dideldum, dulljöh …
Thaddäus Troll

Swabia is at last ready to benefit from the evolution of taste. Its wines fall suitably into today's fashion.
www.punchdrink.com (»Why Swabia Is Europe's Next Great Wine Region«)

Trollinger und Elender

Im Gedicht »Kenner trinken Württemberger« lästert Thaddäus Troll über die Weine seiner Schwaben: »Schmeckt dr oi wia dr ander / noch eigschlofene diakonissa / wi-a mädle ohne dutt ond ohne futt«. Dann aber gab es eine »unbeachtete Revolution im alten Wein-Ländle«, so Stuart Pigott. Das hat mit innovativen Winzern und Kellermeistern bei Selbstvermarktern wie Genossenschaften zu tun, die auf moderne Formen der Vinifizierung setzen und damit auch überregional Erfolg haben.

Württemberg war nie ein abgeschottetes Weinbaugebiet. Weil es keine autochthonen Sorten gab, wurden vom Spätmittelalter an Reben aus Venetien, Istrien, Tirol, Elsass, Frankreich oder dem damaligen deutschen Ausland eingeführt: Traminer, Muskateller, Elbling, Veltliner, Riesling, Silvaner, Clevner, Burgunder. Selbst urwürttembergisch anmutende Sorten wie Trollinger oder Lemberger waren zuvor als Schiava und Vernatsch in Italien und Südtirol oder als Blaufränkisch in Österreich bekannt, sie wurden hierzulande später umbenannt.

Die Oberschicht genehmigte sich ausländische Weine wie Malvasier als Luxusprodukte. Aber auch heimische Kreszenzen hatten einen guten Ruf: Neckarwein galt als »Schleckerwein« und wurde am Kaiserhof in Wien ausgeschenkt. Schiller schrieb: »Der Neckarwein schmekt mir desto beßer ... trinke ich doch für daßselbe Geld noch einmal soviel Wein als in Thüringen, und zwar vortrefflichen.«

Wir müssen uns die Weine eher sprudelnd als sauer und mit sechs bis zehn Volumenprozent Alkohol eher leicht vorstellen. Ein Großteil der Reben wurde zusammen gepflanzt, gemeinsam gelesen und gekeltert, der »gemischte« Satz sollte Ertragssicherheit garantieren.

Der Niedergang des württembergischen Weinbaus kam mit veränderten Trinkgewohnheiten, Konkurrenzgetränken wie Most und Bier, neuen Genussmitteln wie Kaffee und Tee, zunehmender auswärtiger Konkurrenz. Vor allem aber mit Massenträgern wie der Putzsche(e)re, die das bezeichnende Synonym Elender trug und ein Vielfaches heutiger Erträge brachte.

Für die kleinen Weingärtner war Quantität überlebensnotwendig, von der Obrigkeit wurde sie zunächst geduldet, weil auf dem Wein der Zehnt des Adels lag. Landwirtschaftsreformer erkannten aber, dass so der Weinbau langfristig nicht überleben konnte. Sie förderten den Qualitätsanbau, verteilten Edelreiser, legten Musterweinberge an, gründeten 1825 die »Gesellschaft für die Weinverbesserung in Württemberg«. Auch die Aufhebung der Grundlasten und Gründung von Genossenschaften ab Mitte des 19. Jahrhunderts sollte die Lage verbessern.

Dann aber kam um 1870/80 durch den Schädling Reblaus und die Pflanzenkrankheiten Falscher und Echter Mehltau die Katastrophe über das Land, der man durch »Amerikanerreben« (auf reblausresistente Unterlagen aus Amerika gepfropfte europäische Edelsorten) und neue Spritzmittel zu begegnen suchte. Mit der Industrialisierung jedoch ging die Anbaufläche vollends zurück.

Heute hat sich Württemberg als kleines, feines Weinbaugebiet etabliert. Selbst die »Milch der Schwaben«, der Trollinger, gilt manchen bereits wieder als Kultgetränk. Es gibt den »Rebenretter« Jochen Beurer, der Remstäler Wengerter versucht in einem Musterweinberg mittelalterliche Reben wie den Heunisch zu bewahren. Und zugleich erleben wir mit der Anpflanzung von Merlot, Cabernet Sauvignon, Sauvignon Blanc oder Chardonnay eine erneute Internationalisierung des Württemberger Rebspiegels. Weinkultur ist »Geschmack der Regionen« und »Extrakt des Europäischen«, so der Kulturwissenschaftler Bernhard Tschofen.

Carlheinz Gräter

Trollinger

Ein Reing'schmeckter aus Tirol,
schlug als Trollinger vom Fass
am Stammtisch Wurzel;
dickköpfig, knorrig,
zugeknöpft.

Blinkt feierabendrot im Henkelglas,
wenn Hausmacher-Philosophie
über der Griebenwurst bruddelt.

Gehört in die
Seelenapotheke des Schwaben
und schmeckt wie Medizin
ohne Latein.

Johannes Pauli

Einer het nie kein Wein truncken

Es gieng einmal ein Schwab gen Rom, und da er in das Welschland kam, und man im des gůten welschen Weins darsatzt und er sein Leben lang nie kein Wein getruncken het und nit wißt, was es was, da růft er den Wirt und rumet im in ein Or und fragt in, was Safftz das wer, das er im da fürgesetzt het. Der Wirt sahe wol, was er für ein Gast het, und sprach: ›Es sein Gotz Trehen.‹ Da hůb der Schwab die Augen uff in den Himel und sprach: ›O Got, warumb hastu nit auch in unser Land geweint?‹

Bernhard Tschofen

Europäische Weinkultur im Südwesten

Wie Europa selbst nicht zu denken ist ohne sein orientalisches Gegenüber, so ist auch der europäische Weinbau nicht zu denken ohne seine Beziehung zu den das alte Europa überschreitenden Beziehungen in den Süden und Osten, zur arabischen Welt, zu den Kulturen des vorderen und mittleren Orients.

Und die europäische Weinkultur selbst ist gleichermaßen von Gemeinsamkeiten und Unterschieden gezeichnet, sowohl im Raum als auch in der Zeit sind das geradezu paradoxe Gleichzeitigkeiten. Mit der Zeit beginnend, zeichnet sich die europäische Weinkultur in historischer Dimension einerseits durch eine große Kontinuität der Sorten, Techniken und Bedeutungen aus, andererseits durch eine die geschichtliche Entwicklung sensibel wiedergebende Dynamik. Um ein Beispiel zu nennen: Der Niedergang des Weinbaus in vielen europäischen Regionen während des 17. und 18. Jahrhunderts ist auch deswegen reversibel, weil das lokal verlorene Wissen im kommunikativen Austausch mit anderen Regionen wiedergewonnen werden kann. Ähnlich verhält es sich im Raum, die natürliche Vielgestaltigkeit ist das eine, wichtiger noch ist die politische und soziale Kleinräumigkeit, die eine Vielfalt generiert, die bis heute dafür sorgt, dass gerade aus Differenz so etwas wie Identität – also ein gemeinsames Selbstverständnis, aber auch eine nach außen wahrnehmbare Eigenart – entsteht.

Europakritische Geister werden in diesen Ausführungen eine bloß affirmative Spiegelung der EU-Ideologie von »in pluribus unum« (Einheit in der Vielfalt) vermuten. Ich möchte daran festhalten, wenn darunter nicht bloß eine Vielfalt im Sinne des Nebeneinanders verstanden wird, sondern auch eine Gestaltung des gemeinsamen Erfahrungsraumes durch die Beziehungen der räumlich, sozial und kulturell differenzierten

Weinkulturen untereinander. Um für diesen Punkt ein letztes Beispiel anzuführen: An den Strukturen der Weinwirtschaft lässt sich vielerorts noch die Rolle der Klöster und des Adels in der frühen Neuzeit ablesen, während andernorts der Wein von den Geschmacksvorstellungen des emanzipierten Bürgertums infiltriert wurde.

Kurz: In der Weinkultur einen Extrakt des Europäischen zu erkennen, heißt, nicht nur eine geradezu partikularistische Vielfalt anzuerkennen, sondern auch eine Aufmerksamkeit für die aus historischen und sozialen Beziehungen gewordene Differenz. Weinkultur ist also stets relational, sie ist weder in einem europäischen noch in einem regionalen Horizont für sich und isoliert zu denken.

Die Rede von der Globalisierung teilt mit anderen Epochenchiffren das Problem, dass angesichts der beobachteten fundamentalen Veränderungen in Kultur und Gesellschaft frühere Formen und Phasen aus dem Blick geraten. Globalisierung ist also nicht etwas, was über uns gekommen ist, wie der Hagelschlag über den Weinberg, sondern ist ein Komplex von Neuformierungen der sozialen Welt, der sich seit langem abzeichnet und auch seine Vorgeschichte besitzt. Und sie ist vielleicht weniger ein Tatbestand als ein Wahrnehmungsmuster. Deswegen sprechen Historiker und Sozialwissenschafter heute auch von der »ersten« und »zweiten Globalisierung« (auch andere Zählungen existieren) und verweisen auf das Netz globaler politischer und wirtschaftlicher Beziehungen, das sich bereits im Zeitalter der Entdeckungen herauskristallisiert und in verschiedenen historischen Schüben entwickelt hat – freilich nicht ohne dabei vor allem die Qualität der Beziehungen zu verändern.

Es spricht vieles dafür, zu behaupten, dass die europäische Weinkultur nicht erst heute ins Zeitalter der Globalisierung eingetreten ist. Der Blick zurück ins 19. Jahrhundert lehrt uns nämlich auch hier, dass die ganze Dynamik des Weinbaus zwischen Modernisierung, Gefährdung und Sicherung schon die globale Abhängigkeit zu Tage treten ließ. Nicht nur Reblaus und Mehltau waren Importprodukte der »ersten Globalisierung«, auch ihre Überwindung bedurfte des transatlantischen Austauschs: Seither wächst auf dem europäischen Kontinent kein Wein mehr, der nicht eine amerikanische Unterlage besitzt, während weltweit ursprünglich europäische Pfropfreben zum Einsatz kommen und damit globale Geschmackskulturen begründen halfen.

Aber auch die bis heute in ihren Strukturen wirksame Weinwirtschaft der modernen europäischen National- und Territorialstaaten zeigt, wie ›entgrenzt‹ – wenn man so sagen darf – der Weinbau bereits im 19. Jahrhundert war. Baden und Württemberg als gubernial durchgestaltete Merkantilstaaten sind dafür hervorragende Beispiele. Auch wenn die Modernisierung des Weinbaus hier im staatlichen und regionalen Rahmen organisiert bleibt, geschieht sie doch nach einer Logik, hinter der man Ansätze einer frühen Globalisierung, zumindest aber Europäisierung erkennen kann. Sozietäten wie die »Gesellschaft für die Weinverbesserung in Württemberg« (1828) traten damals in mehr oder weniger allen Weinbauregionen auf den Plan, staatliche Weinbauschulen – wie 1868 in Weinsberg – und Versuchsanstalten – wie in Karlsruhe und Freiburg – entstanden seit der Mitte des 19. Jahrhunderts auch in den anderen weinbauenden Ländern Europas (etwa in den Kronländern Österreich-Ungarns, in Frankreich und im werdenden Italien). Im Großherzogtum und im Königreich war man wie anderswo auch bereits früh bemüht, das europäische Weinwissen zu vernetzen. Hunderte von Rebsorten wurden erfasst, geordnet und verglichen. Ein gemeinsamer Kommunikationsraum entstand, in dem Verbindendes und auch regionale Spezifika verhandelt wurden. Experten wie Johann Philipp Bronner bereisten deutsche und französische Weinbaugebiete, und die großen Önologen wie Adolph Blankenhorn standen ohnehin in Korrespondenz mit ihresgleichen an vergleichbaren Institutionen: Blankenhorns Kontakte reichten schon in den 1870er Jahren bis nach Kalifornien, Australien, Südafrika und Palästina.

Europäische und globale Netzwerke halfen also einerseits den Weinbau in Südwestdeutschland zu retten und zu modernisieren, andererseits wissen wir heute, dass die Neuordnung der europäischen Weinlandschaften im Zeitalter der Nationalstaaten auch eine Folge früher Globalisierung ist. Die Aufgabe des Weinbaus in vielen mitteleuropäischen Regionen um und nach 1870 ist mindestens ebenso von der Errichtung eines europäischen Eisenbahnnetzes und dem Zusammenrücken der Märkte bestimmt wie von der oft als Ursache kolportierten Reblaus. Der damit verbundene Konkurrenz- und Modernisierungsdruck bedeutete vielerorts zumindest den Anfang vom Ende der alten Autarkiewirtschaft.

Die Plädoyers für mehr Regionalität im Weinbau wollen manchmal von all diesen Zusammenhängen wenig wissen und versuchen stattdessen, regionale Weinkultur als probates Mittel gegen die Globalisierung in Anschlag zu bringen. Damit soll diesen Versuchen nicht ihre Legitimität entzogen werden, sondern sie sollen im Gegenteil eine solide Basis erhalten, die nicht von falschen und oft naiven Annahmen ausgeht. (…)

Die Begeisterung für das Terroir, die Vorstellung regionaler Geschmackskulturen, ist (…) ein hochgradig modernes Phänomen. Erst mit der rasant gestiegenen Verfügbarkeit der Güter ist Herkunft zu jenem Kriterium geworden, das es heute darstellt. Bewusst überzeichnend formuliert: In einer weitgehend überschaubaren Welt bleiben die Weine und Speisen der Regionen unbefragte Güter, den Ortszusatz brauchen sie erst, als diese Regionen in einen wirtschaftlichen und kulturellen Austausch miteinander eintreten.

Freilich, bereits in einer Zeit, in der man sich in vielen Landschaften noch mit im offenen Holzbottich vergorenen Weinen begnügte, hat man bereits Wein *en masse* über die Alpen gebracht, und freilich ist das Bordeaux gleich gar nicht zu denken ohne seinen englischen Hintergrund, aber der Großteil der Märkte blieb dennoch lange beschränkt.

Je näher diese zusammenrücken, umso wichtiger wird das Wissen um die Herkunft, umso mehr wird die generische Qualität zum Thema – und zum Problemfeld. Kein Wunder also, dass mit die ersten internationalen Bemühungen zur Sicherung des geistigen Eigentums geographische Herkunftsangaben betreffen. Das macht deutlich, wie sehr all dies, was uns heute gerne als autochthone Eigenart vorgeführt wird, ein Produkt historischer und gegenwärtiger Agrar- bzw. Weinbauregimes ist. Oder anders gewendet: Terroir bewegt sich nicht nur im Dreieck von Natur, Kultur und Reglement, sondern beinhaltet stets auch einen guten Anteil an Imagination. Regionen sind im Weinbau so wenig wie in anderen Feldern der sozialen Welt gegebene Ordnungen, ihre Konturen und ihre – auch geschmacklichen – Konnotate sind historisch geworden, mittelbar und erzählt.

»Region also nur ein Konstrukt?« (...), und: »Terroir nicht mehr als ein Marketinggag einer unter globalen Druck geratenen Weinwirtschaft?« Im Gegenteil, die Betonung liegt nicht in der Schmälerung durch das »nur«, sondern in der Perspektive, die sich durch die menschliche Konstruktionsleistung ergibt. Auch wenn man aus kulturwissenschaftlicher Warte konstatieren muss, dass das dabei in Anschlag gebrachte Konzept einer in Raum und Tradition aufgehobenen Kultur nicht unserem analytischen Begriff entspricht, ist das Potential einer erzählten und erfahrbar gemachten Region kaum zu überschätzen. (...)

Die Chancen sind großartige! Aber sie sind (...) umso größer, je reflektierter und aufrichtiger man an die Sache herangeht. Von einer mystischen Regionalität bekommt man rasch genug, von einer gut vermittelten Auseinandersetzung mit ihren Voraussetzungen und Interpretationen nimmt man gerne etwas mehr. »Reinen Wein einschenken!«, bleibt also auch hier die Devise.

Hermann Able

Schillerwein

Dass ich Wein trink', das ist klar, wie an jedem Tage;
ob er rot sei oder weiß, das ist hier die Frage.
Da es sommerlich und warm, wäre zu bedenken,
einen Weißen kellerfrisch in das Glas zu schenken.

Auch der Rat von Wilhelm Busch mag es in sich haben,
der den roten Wein empfahl für den ält'ren Knaben.
Listig löste ich den Zwist, wärmer oder kühler:
Weil ich weiß' und roten mag, trink' ich einen Schiller.

Christine Krämer

Der gemischte Satz

Viele der Sorten im Museumswengert sind heute im Ertragsanbau bedeutungslos. Manche galten lange als ausgestorben. Ihr Erhalt ist in vielerlei Hinsicht wichtig.

Die alten Sorten stellen bedeutende Genreserven dar, zumal wenn sie sich im Laufe vieler Jahrhunderte an den Standort angepasst haben. Da ist zum einen die Bandbreite an Rebsorten, aber eben auch die Klonvielfalt, das heißt die genetische Diversität innerhalb einer Art. Bei vielen Sorten bildeten sich im Laufe der Jahrhunderte Varianten heraus, die auszusterben drohen, weil sich die Weinwirtschaft auf wenige ertragsoptimierte Klone konzentriert hat. Mit ihrem Verlust ginge ein Stück wertvolle Biodiversität verloren. Es gilt, diese alten Sorten für kommende Generationen zu bewahren. Auf die Genressourcen könnten Rebenzüchter zurückgreifen, falls sich in Zukunft die Rahmenbedingungen drastisch ändern, wenn bisher ungekannte Schädlinge auftreten oder das Klima sich weiter wandelt.

Die Rebvielfalt vergangener Jahrhunderte zu bewahren ist nicht nur ein agrarpolitisches Anliegen, sondern auch eine Frage des sorgsamen Umgangs mit der im Laufe der Jahrhunderte entstandenen Kulturlandschaft. Alte Rebsorten erzählen von den Wegen des Kulturaustauschs und des Wissenstransfers und sind ein Stück spannende Konsumgeschichte.

Die Vielfalt im Rebsatz ist eine Konstante im württembergischen Weinbau. Leitsorten wie Spätburgunder und Chardonnay im Burgund oder Riesling im Rheingau gab es hier nie. Vielmehr gab es immer ein buntes Nebeneinander importierter Rebsorten jeglicher Couleur. Die Vielfalt unterstreicht den Charakter der Weinregion. Wenn man die Vielfalt aufgibt, setzt man sich der Konkurrenz beliebiger und austauschbarer Weine aus.

Im 20. Jahrhundert schrumpfte das Repertoire an Rebsorten drastisch. Nicht nur alte Rebsorten, auch alte Anbaumethoden sind bedroht. Der Museumswengert ist deshalb eine wichtige Initiative. Kein Weinerzeuger darf einfach so alte Rebsorten in seinen Weinberg setzen. Das Gesetz behandelt alte Sorten wie Neuzüchtungen. Eine Sortenliste regelt streng, aus welchen Rebsorten Wein gemacht werden darf. Viele der traditionellen, über Jahrhunderte in Württemberg heimischen Sorten sind in der Liste nicht erhalten. Nur auf Antrag beim Landwirtschaftsministerium können neue Sorten zunächst im Versuchsanbau angepflanzt werden. Ob sie später in den Kanon der zugelassenen Rebsorten aufgenommen werden, hängt vom Anbauergebnis und von einer sensorischen Prüfung ab.

Nachdem jahrzehntelang der Trend zu immer konzentrierteren Weinen ging, sind neuerdings animierend leichte Weine schwer im Kommen. In Frankreich gibt es sie längst, die Renaissance bekömmlicher Weine aus diesen vernachlässigten Rebsorten. Wer weiß, ob bald neben einem guten, erfrischend-fruchtigen Trollinger aus Württemberg nicht auch ein saftiger roter Veltliner oder ein leichtfüßiger roter Urban zum Verkaufsschlager werden könnte?

Thaddäus Troll

Kenner trinken Württemberger

Wenn d en a wirtschaft kommsch
ond mechtsch an wei
– brenget Se mr an herba durchgorena –
ond d kellnere secht – nehmet Se den
der wird viel tronka –
no laß d fenger drvo
ond bschtell dr liaber a bier.

em johr siebzeahhondertondsechs hent se
z Schtuagert em kiafer Hansjakob Erni
wega hochverpönter Verfälschung des Weines
da kopf rontergschlaga.
dees send no zeita gwä. heit
labbret se ond pantschet se ond zuckret se
da wei ond schtoppet n en dr gärong
ond mantschet siaßreserve dronternei.
siaßreserve: dees schmeckt wia sich s aheert
mer kriagt scho vom heera babbige lippa
ond a Haberschlachter ond a Uhlbacher
ond a Weiler ond a Brackaheimer
ond a Trollenger ond a Schwarzriasleng
schmeckt dr oi wia dr ander
noch eigschlofene diakonissa

wi-a mädle ohne dutt ond ohne futt.
se saget: dees sei
dr allgemeine publikomsgschmack
aber beim wei pfeif e
uffs allgemeine publikom
i be au gega d todesschtrof
aber wenn dia saukerle dia dreckete
mo da wei versiaßet daß r schmeckt
wia diabetikersaich an eunuchagseff
ohne kopf ond ohne schwanz
wenn dia dalgete labbel ihr lebtag zur schtrof
ihr oigena bombolesbriah saufa miaßtet
vo mir aus kennt ehne
s fegfeier drfir erlassa werda

ond den mo dees gsetz
em bondestag eibrenga tät
den tät i wähla

ond wenn r grad vo Raottaburg wär.

Raban Graf Adelmann

Der Schwabe und sein Wein

Wenn man die Sechzig überschritten hat, spielen Erinnerungen eine gesteigerte Rolle. Ein Rückblick macht deutlich, dass in diesem Leben die kleinen, unauffälligen und bescheidenen Ereignisse fester haften als die großen, glitzernden Feste. Ich wuchs in einer Schar von zehn Kindern am Rhein auf, wo trotz der hohen Stellung des Vaters, der als Schwabe Regierungspräsident in Köln in den schweren zwanziger Jahren der Besatzung und Inflation war, beinahe spartanische Einfachheit vorherrschte. Aus solcher Lage des oft halbleeren Magens heraus ist es verständlich, dass für meine Geschwister und mich ein Ferienbesuch in der schwäbischen Heimat besonderen Reiz dadurch gewann, dass hier im Haushalt der strengen, aber großzügigen Großmutter ein fast üppiger Lebensstil der Vorkriegszeit zu finden war. Im schönen, weitläufigen Barockschloss Hohenstadt wirkten in der Küche Marie und Lena und sorgten mit Rehbraten, Spätzle, Windbeuteln mit heißer Schokoladensauce (vornehmer ausgedrückt »Profiteroles«), Zwetschgenkuchen und Sandtorte und anderen Genüssen dafür, dass wir nur ungern an den Rhein zurückkehrten. Vor allem Anton Wiedmann, der livrierte ergraute Diener, sorgte liebevoll dafür, dass vor den jungen Grafen und Comtessen bei den Hauptmahlzeiten immer zwei handgeblasene böhmische Fläschchen standen, woraus ein jeder gluckernd sein Glas mit Schaubecker Trollinger oder Hohenstädter Apfelmost füllen konnte. Dieser Trollinger kam aus einem Fässchen »Brüssele« im kühlen Schlosskeller, schmeckte herrlich frisch, beschwerte nicht und schulte den jungen Menschen, das rechte Maß im Zwieverhältnis mit dem andernorts so oft als Laster verschrieenen Alkohol zu finden. Es war der schwäbische Wein alten Stils, »vornehm bäuerlich«, wie ihn Otto Rombach nennt.

Dieser schwäbische Wein ist im Zuge der fortgeschrittenen Kellertechnik so veredelt worden, dass seine rustikale Variante heute nur mehr selten, z. B. bei Liebhabern (…), etwas abgelegen von den bereinigten Rebfluren des Bottwartals oder in einigen Besenwirtschaften zu finden ist.

In meinem Leben hat der ehrliche schwäbische Wein mit seiner ungeschminkten Eigenart eine große Rolle gespielt. Einer der größten Genüsse, an die ich mich erinnern kann, war, als ich in Köln im Keller einige vergessene Flaschen uralten »Brüssele« entdeckte. Ich entkorkte die 1846er und 1858er Abfüllungen und genoss diese edelfirnen, schon etwas flachen Weine, indem ich frisch gepflückte aromatische Erdbeeren damit übergoss. Die Jugend der Früchte verband sich herrlich mit den noblen bejahrten Weinen.

Im Urteil der Nichtschwaben wurde unser Wein allerdings mit Reserve oder Ablehnung gestraft. Wenn man sich erinnert, wie im modrigen Schlosskeller der Freiherren von Brüssele im alten Amtshaus in Kleinbottwar die Beschließerin Fräulein Roth, klein, mit einem beachtlichen Bartwuchs und einer altmodischen Haarkrone, uns die steile Kellertreppe herunterführte, einen Schlüsselbund und eine Kerze in der Hand, und wie wir dann im dämmrigen Licht aus kleinen Fässchen die meist schwach rötlichen und säuerlichen Weine probierten, dann verstanden wir, dass die verfeinerte Zunge der als Weinkennerin berühmten Baronin Schorlemer aus Lieser an der Mosel nur ein wenig von dem ihr vorgesetzten schwäbischen Wein nippte und auf einen weiteren Genuss dieses von uns so geschätzten Nasses verzichtete. (…)

»Zum Durscht darf's gar net komme«, sagte zwar der als »Weingärtner und Innenminister« bekannte urig-humorvolle württembergische Innenminister Fritz Ulrich, und doch gibt es bei uns so wenig abstoßenden Alkoholismus wie auch in anderen trinkfreudigen, aber maßbewussten Weingegenden. Wein ist Volks- und nicht Feiertagsgetränk, und wir lieben den naturnahen, süffigen Wein, der erfrischt und belebt. Süße im Wein macht satt und faul.

Warum sollte es nicht möglich sein, dies besondere schwäbische Erbe, nämlich die redlichen und edlen Weine aus Riesling- und Trollingertrauben in ihrer Eigenart zu erhalten und anzuknüpfen an die früheren Jahrhunderte, als der Neckarwein mit seinen Traminer-, Muskateller- und Clevnergewächsen weit über die Landesgrenzen hinweg als Schleckerwein bekannt war? (…)

Schwäbische Reminiszenzen sind bei mir, bei aller Hochachtung vor der Leistung des Geistes und der Kunst, vor allem an den Wein gebunden. Er ist es, der bei Schiller, Uhland und Hölderlin ewige dichterische Klänge weckte, der auch heute noch im Volk Humor zeugt, die Freude am einfachen Leben erhält und den demokratischen Zusammenhalt fördert.

Gustav Schlesier

Württemberger Wein

Der Weinbau ist zwar sehr bedeutend; allein als Handelsartikel kann er für das Land nicht sehr angesehen werden. Seit der preußisch-deutschen Zollverbindung erhielt die Ausfuhr württembergischer Weine wieder neuen Schwung und auch diese Erwerbsquelle gewann aufs Neue Flor und Bedeutung. Übrigens strebt die Verwaltung sehr dahin, die Wein-Kultur zu verringern und den Wein selbst auf jede Weise zu verbessern. Diese Maßregel der inneren Politik ist für den bürgerlichen und sittlichen Charakter eines großen Volksteils von Einfluss; denn wie überall und in Württemberg besonders wegen der durchschnittlichen Mittelgüte des Weins, trägt dieser Erwerbszweig mit seiner Wandelbarkeit einen leichtsinnigen und demoralisierenden Stempel auf den Sinn des Volkes, oder es schlägt die zurückgehaltene Leichtigkeit und Lebenslust in Schwermut, Unzufriedenheit und Pietismus um. Wie der Wein, so auch die Trinker und so kostbar der edlere, so herb ist der Alltagstrank. Die Äbte, Mönche und Ritter wussten das Gute wohl zu schätzen, am Neckar gibt es ganz vorzügliche Lagen; allein um den Seewein genießbar zu finden, ist schon einige Vorübung erforderlich. Unter allen Weinstrichen Deutschlands ist der Neckarwein gewiss der geringste nicht, wohl aber einer der herbsten.

Sebastian Sailer

Der Fall Luzifers

Michael
Gott Vatter! as dü'scht mi, i moi', i müaß verleachna.

Hanswurst
As is mar grod a aso.
Gott Voada! gebt's ma do
a Stümperl Wei'.
Möcht für mi a wohl guet sei.

Gott Vater
As dü'scht di halt ällaweil ananand,
as wär' Naut, daß b'schtändig a Krausa vor dar schtand.
Da hôscht an ebiga Durscht.

Hanswurst
Eba drum hoaß i Hanswurscht.
's G'wissen im Moga
thuet mi b'schtändig noga.

Gott Vater
Arie
Michel! gang in Kealler,
dô hôscht Rhei'wei', Muschkatealler,
Mosler, Neckarwei', Burgunder
in di Flascha ganze Plunder.
Velteliner und Tyroler
seand au guate Magasohler,
wemma speyt,
oder wenn dar Mag' verheit.
Sag nu', was witt saufa?
Us di Flascha mit de Schraufa?
Witt Markgräfler und Elsäßer?

Do dar Saiwei' ischt a räßer,
heter G'sell, ischt saur und bitter
in di Gläser, in di Gütter.
Woischt du was?
Dött im Tischeck schtôht a Glas.
Bring mar's dôhear fei' glei',
dô ka'scht seah', was a Saiwei' sey.

Michael
O! as ischt a Graus!
O wia sieht dear Schtotza aus!
D'Spinnawetta hau't an ällz verdeck.
O sei' Farb hôt mi schau' verschreckt!
Dear Kerle macht a G'siicht wia G'schpenschter,
ar guggat zum Glas raus wia Herodes zum Fenschter,
saur, trutzig und rauh;
i bin itt so keack, daß am trau'.

Gott Vater
Versuach an a wengele, sitz nieder! –

Michael
O hätt i mei' guats Maul wieder!
Daß Gott verbarm! ischt dees a Wei',
's ka' uf dar Wealt noitz säurers sei'!
B'hüat di Gott, Schoidwasser vom Sai,
vo' dir ma' i nimma maih. –
Do as kummt mar eabbas in Si':
eisar Luzifer ischt so schau' hi'.
I moi', wenn ar, daß ar wär büaßt,
nu' dees Glas Saiwei' aussauffa müaßt.
I moi', ar hätt gnua thau',
ma könnt am's wohl für d'Höll gealta lau.

Fritz Rahn

Vom schwäbischen Weinbau

Das Gebet eines Wengerters, von dem uns berichtet wird, betrifft, wie es gar nicht anders sein kann, die Güte der Weine, die in der Gegend von Tübingen und Reutlingen wachsen. Diese Weine sind von anderer Beschaffenheit als die lieblichen Tropfen von Neuffen und Metzingen.

Das hat ja auch einen recht natürlichen Grund. Denn als unser Herr auf seinem Erdenwallen auch einmal des Abends nach Reutlingen kam, ließen ihn die Bürger gar nicht erst zum Stadttor herein, und er musste mit seiner kleinen Schar nach Metzingen weiterziehen, wo er denn auch freundlich aufgenommen wurde und als Gastgeschenk die Rebe hinterließ, die in Neuffen im Talwinkel besonders gut gedeiht und landauf landab als Täleswein gepriesen wird.

Als die Reutlinger später erfuhren, was sie sich da haben entgehen lassen, schickten sie eine Abordnung: »Mr lasset ons vielmol entschuldiga, ond s isch ons arg leid. Ond wenn s möglich wär, möchtet mr halt au ebbes Wei'.« Der Herr in seiner Langmut gewährte die Bitte und zog weiter gen Esslingen und Untertürkheim. Dem Petrus wollte gar nicht hinunter, dass der Heiland den hartherzigen Reutlingern die gleiche Gunst erwiesen habe wie den anderen, und hielt es dem Herrn vor. Der ließ sich auf die Sache nicht weiter ein. Er sagte bloß: »Er ist auch danach.«

Horst Hummel

Die Sprache, der Wein

Trollinger ist der schwäbische Wein. Dabei stammt er gar nicht aus Schwaben. Er stammt aus Tirol, bis wohin die Schwaben, als sie die Römer verjagt haben, irgendwann einmal gekommen sind. Dort bei den Römern hieß er Vernatsch oder Edelvernatsch und von dort haben sie ihn nach Schwaben mitgebracht. Weshalb, ist nicht bekannt. Man kann nur spekulieren. Ein Grund mag sein, dass sie einen Ersatz brauchten für Wasser, das in diesen Tagen bekanntlich ein Träger von gefährlichen Krankheiten war. Ein anderer, dass der Trollinger so dünn ist, dass man ihm kein Wasser zusetzen muss, um ihn als Durstlöscher zu trinken. Der Trollinger selbst stützt beide Versionen, und eine andere ist mir nicht bekannt. In Schwaben nannten sie ihn zuerst Tirolinger und dann, ihren sprachlichen Möglichkeiten entsprechend, Trollinger. Dieser Wein wird heute in der internationalen Weinpresse gemeinhin als *the awful Trollinger* bezeichnet, was so viel heißt wie der *schreckliche* oder der *scheußliche Trollinger*. Weshalb dieser Wein, insbesondere im Hinblick auf die inzwischen herrschende Wasserqualität und ganz besonders den Wasserpreis, bis in die Gegenwart überlebt hat, ist das eigentliche Rätsel. Vielleicht rechnen die Schwaben mit dem Schlimmsten. Wir werden sehen. Ausgebaut wird der Trollinger im Wege der Kurzhocherhitzung der Maische, bei der diese kurzzeitig auf 80 Grad Celsius erhitzt und dann abgepresst wird. Durch dieses Verfahren wird alles Leben im Most ausgelöscht. Die Hefen, Enzyme und Bakterien, die eigentlich für die Rotweinbereitung notwendig sind, werden abgetötet. Anschließend ist der Most tot. Sowohl unter önologischen als auch unter Qualitätsgesichtspunkten ist dieses Verfahren völlig unsinnig. Um die Gärung danach überhaupt wieder in Gang zu bekommen, müssen Reinzuchthefen, Nährstoffe und Bakterien zugesetzt werden. Der Most vergärt danach ohne die Trauben, wie ein Rosé oder ein Weißwein. Auf diesem Wege kann nichts anderes entstehen als der dünne, hellrote Wein, der dem Trollinger zu seinem Ruf verholfen hat. Das wissen auch die schwäbischen Winzer. Würden sie die Trollingertrauben im Wege der Maischegärung verarbeiten, könnte in sehr guten Jahren sogar ein zwar leichter, einem dunklen Rosé ähnlicher, aber dennoch als Rotwein erkennbarer fruchtiger Wein entstehen, den auch Weinkenner bei passender Gelegenheit mit einigem Genuss trinken könnten. Das tun sie aber nicht. Während die Franzosen nicht müde werden auf ihrer Suche nach dem Terroir, wird sie bei den Schwaben im Keim erstickt. Sie träumen vom toten Most. Vor der spontanen Gärung haben sie Angst. Anders ist ihr Angriff auf den Most nicht zu erklären. Todesangst. Sie müssen Gründe haben.

Wir werden sehen. Die Franzosen, die Italiener, und nicht nur diese, erstarren Jahr für Jahr an ihren Gärbottichen in Ehrfurcht vor dem Wunder der Gärung. Sie wissen, dass sich dort in unbändiger Gewalt die Kraft der Sonne entlädt, die sich das Jahr über in ihren Trauben angesammelt hat. Sie fühlen die Urgewalt, die Wärme und die Kraft, aus der alles Leben kommt. Die Schwaben nicht. Sie stehen lieber vor totem Most und freuen sich. Findet die Gärung dann statt, ist sie eine kontrollierte. Es bitzelt ein bisschen im temperaturgesteuerten Edelstahltank. Mehr nicht. Niemand muss hinaufklettern, um den Maischehut unter den Most zu drücken. Es gibt ja schon längst keine Maische mehr im Most. Und das Ergebnis kennen die an ihren Computern sitzenden schwäbischen Önologen ebenfalls längst. Es ist jedes Jahr das gleiche. Der Trollinger schmeckt immer gleich. Darüber sind sie am glücklichsten, die schwäbischen Önologen. Das hat er *ihnen* zu verdanken. Von wegen Jahrgangsunterschiede und so. Ob es ein guter oder ein schlechter Jahrgang war, das entscheidet sich in Schwaben nach der Menge, niemals nach der Qualität. Viel ist gut. Man lässt sich schließlich die Weinqualität nicht vom Wetter diktieren. Und sie schaffen es wirklich, er schmeckt wirklich jedes Jahr gleich. Dass dies nur auf dem Niveau des kleinsten gemeinsamen Nenners geht, ist ihnen klar. Und dass dieser der schlechteste aller denkbaren Jahrgänge ist, ist ihnen egal. Sie sind stolz auf ihre Leistung. Und es ist wirklich eine, selbst aus einem guten Jahrgang noch einen Wein zu machen, der nach dem schlechtesten aller denkbaren Jahrgänge schmeckt.

Ist der Trollinger schließlich fertig, trinken ihn die Schwaben weg. Er wird ausschließlich in Schwaben von Schwaben getrunken. Und er wird ausschließlich in Schwaben von Schwaben gelobt. Er ist das Leibgetränk der Schwaben. Der Trollinger wächst auf den besten Weinbergslagen in Schwaben. Steillagen über dem Neckar, die nach der einhelligen Meinung internationaler Wein- und Weinbauexperten für die Produktion von Weltklasserieslingen und Weltklassespätburgundern geeignet wären, werden in Schwaben von Schwaben mit Trollinger bepflanzt. Steillagen über dem Neckar, die nur mit schwerster Handarbeit überhaupt bearbeitet werden können und bearbeitet werden, sind mit Trollinger bepflanzt. Aber nicht nur das, Steillagen über dem Neckar, die mit uralten Rieslingstöcken und mit uralten Spätburgunderstöcken bestockt sind, werden von schwäbischen Winzern gerodet, um dort Trollinger anzupflanzen. Die internationalen Experten haben versucht, die schwäbischen Winzer davon zu überzeugen, dass sie auf ihren Spitzenlagen auch Spitzenrebsorten anpflanzen müssen, vergeblich. Sie haben auch versucht, die schwäbischen Winzer davon zu überzeugen, dass sie den Trollinger aus ihren Spitzenlagen dann wenigstens wie einen Spitzenwein behandeln, ihn zurückschneiden und im Maischegärungsverfahren ausbauen sollen, ebenfalls vergeblich. Die schwäbischen Winzer denken, dass die Schwaben ihn dann nicht mehr wiedererkennen und deshalb auch nicht mehr trinken würden, und sie haben Recht. Da sie ihn auch nicht exportieren oder in irgendeiner anderen Region außerhalb von Schwaben verkaufen können, haben sie die internationalen Experten nach Hause geschickt und pflanzen weiterhin Trollinger in ihre Spitzenlagen und nicht nur dort. Dass sie für eine Flasche Trollinger nur wenig mehr bekommen, als eine Flasche anständiges Mineralwasser kostet, ist ihnen egal. Sie produzieren so viel davon, dass es sich rechnet, und es rechnet sich. Rechnet es sich nicht mehr, rechnen sie nach und produzieren mehr, bis es sich wieder rechnet. Es rechnet sich wieder, sagen sie dann zueinander, es rechnet sich. Wie es schmeckt, zählt nicht. Was zählt, ist, dass es sich rechnet. Hört man ihnen dabei zu, wie sie es zueinander sagen, stellt sich zum einen die Frage, wie können Menschen nur so reden, und zum anderen kommt einem der Gedanke, dass es vielleicht einen Zusammenhang geben könnte zwischen der Sprache und dem Wein (…).

Der Wein macht, dass einer anschaut:
Einen Kachelofen für ein Bierglas,
Einen Mehlsack für ein Weinfass,
Einen Kirschbaum für einen Besenstiel,
Einen Federwisch für eine Windmühl,
Eine Katz für eine Wachtel,
Einen Star für eine Schachtel.
Abraham a Sancta Clara

Freude sprudelt in Pokalen,
  In der Traube gold'nem Blut
Trinken Sanftmut Kannibalen,
  Die Verzweiflung Heldenmut –
Brüder fliegt von euren Sitzen,
  Wenn der volle Römer kreist,
Lasst den Schaum zum Himmel spritzen:
  Dieses Glas dem guten Geist.
Friedrich Schiller

Schiller: hier feiert der Gedanke seine Orgien – nüchterne Begriffe, weinlaubumkränzt, schwingen den Thyrsus, tanzen wie Bacchanten – besoffene Reflexionen.
Heinrich Heine

Rausch und Nüchternheit

Der Rebstock wurzelt und wächst zwischen Erde und Himmel. In der Antike galt der Wein als mythisch-kultischer Trank von Dionysos und Bacchus. Für die Menschen war er eine Göttergabe, der Rausch enthob sie der Erdenschwere und Endlichkeitsleere, diente dem Gelage und als Opfergabe. Der angeheiterte Jubel der Bacchusfeste: »Evoé!« (Juchhe!) gibt heute sogar feinen Württemberger Cuvées den Namen.

Im Christentum hat der Wein eine kultische Funktion im Abendmahl. Der Weinheilige St. Urban straft die maßlosen Säufer mit dem Zipperlein. Und sein Feiertag, der 25. Mai, ist ein Lostag: »Hat Urban Sonnenschein, gibt es viel und guten Wein«. In seinem Namen bildeten sich Bruderschaften als Vorläufer der Genossenschaften. Die Protestanten gemeindeten Urban ein, verwandelten ihn aber von der Papstfigur mit Tiara, Kreuzstab und Ornat in einen gekrönten Wengerter mit Schaffhäs (Arbeitskleidung), Gruober (Stock zum Aufstützen) und Butte (Rückentrage).

Die Pietisten predigten den Rausch religiöser Nüchternheit nach dem Motto: »Wir können gar nicht soviel sündigen, wie wir beten.« Trunkenheit galt ihnen als Sünde, und das kirchliche Strafgericht kam dem Staat zupass, der sich um die Arbeitskräfte in der aufkommenden Industrie sorgte. So wurde von Kanzeln gegen das Saufen gewettert und in Besserungsanstalten der Entzug verordnet.

Bundespräsident Theodor Heuss, promoviert über »Weinbau und Weingärtnerstand in Heilbronn am Neckar«, mahnte seine Landsleute hintersinnig: »Wer Wein aus Durst trinkt, hat Ansatz und Anlaß falsch gewählt.« Selbst im Krimi von Felix Huby verkündet der Stuttgarter Kommissar Ernst Bienzle mäßigend: »Einen Trollinger kippt mr net, den schlotzt mr.« Der Württemberger »Weinzahn« zerbeißt ihn unter schlürfender Sauerstoffzufuhr bis aufs letzte Tröpfchen auf der Zunge.

Anzeigen der Weingärtnergenossenschaften mit dem Slogan »Kenner trinken Württemberger« zeigten früher den Kopf eines gemütlich schlürfenden Genießers mit Doppelkinn und Glatzenansatz; Spötter verleitete der Spruch zur Assoziation von Württemberger und Penner. Inzwischen ist der »Kennerkopf« schlanker, neu gestylt und mit dem Motto »WeinHeimatWürttemberg« versehen. Mit alkoholarmen Weincocktails oder Schaumweinen sollen nun auch jüngere Leute zeitgeistig angesprochen, zu bewusstem Alkoholgenuss an-, vom Komasaufen abgehalten werden.

Schon im 19. Jahrhundert feierten bessere Bürger im Weinberg »Privatherbste«. Später kamen »Gesellschaftsherbste« auf, öffentliche Volksfeste wie der Fellbacher Herbst, heute gibt es jede Menge Hocketen und Weindörfer. Beliebt sind auch Wirtschaften und Weinstuben, in den 1920er Jahren kam in Württemberg auf 128 Einwohner eine Kneipe. Daneben haben saisonal rund 500 »Besenwirtschaften« als Direktausschank in Weinbaubetrieben geöffnet. Für »Reigschmeckte« ist diese Art Geselligkeit bisweilen gewöhnungsbedürftig, so klagte ein nüchtern-norddeutscher Leserbriefschreiber in der »Heilbronner Stimme«: »Da sitzt man in Rauchschwaden auf harten Bänken und hat Tuchfühlung mit dem Nachbarn, der einen dafür mit Senf am Ärmel beschmiert. Und ein nettes Gespräch kann nicht aufkommen wegen des ohrenbetäubenden Stimmengewirrs. Dafür lädt das trollingervolle Gegenüber lautstark und mit schwerer Zunge ungefragt seelischen Ballast ab.«

Die wahren Schicksalsfragen indes stellen sich im Sinne des Hoffnungsphilosophen Ernst Bloch (»Der kluge Rausch«) so: Wo kommen wir her? Wohin gehen wir? – Und vor allem: Was trinken wir dazu?

Christian Ludwig Neuffer

Trinklied

Wohlauf und trinkt! dem Genius des Lebens
Sei dieser Kelch geweiht!
Der Götter Huld verlieh uns nicht vergebens
Die baldentschwundne Zeit.

Sie rauscht dahin, wie Pfeile von dem Bogen,
Und unsers Lebens Kahn
Wird rastlos, wie im Fluge, fortgezogen
Zum großen Ozean.

Nie kehrt für uns der Lauf der Jahre wieder,
Der kurze Lenz vergeht;
Und drückt uns einst des Alters Bürde nieder,
Kommt Scherz und Lust zu spät.

Drum lasset uns, eh wir zum Orkus gehen,
Der kurzen Zeit uns freu'n.
Wer weiß, ob wir dereinst uns wieder sehen?
Stoßt an und trinkt den Wein!

Friedrich Schiller

Dithyrambe

Nimmer, das glaubt mir,
Erscheinen die Götter,
Nimmer allein.
Kaum dass ich Bacchus, den lustigen, habe,
Kommt auch schon Amor, der lächelnde Knabe,
Phöbus, der Herrliche, findet sich ein,
    Sie nahen, sie kommen,
    Die Himmlischen alle,
    Mit Göttern erfüllt sich
    Die irdische Halle.

Sagt, wie bewirt ich,
Der Erdegeborne,
Himmlischen Chor?
Schenket mir euer unsterbliches Leben,
Götter! Was kann euch der Sterbliche geben?
Hebet zu eurem Olymp mich empor!
    Die Freude, sie wohnt nur
    In Jupiters Saale,
    O füllet mit Nektar,
    O reicht mir die Schale!

Reich ihm die Schale!
Schenke dem Dichter,
Hebe, nur ein.
Netz ihm die Augen mit himmlischen Taue,
Dass er den Styx, den verhassten, nicht schaue,
Einer der Unsern sich dünke zu sein.
    Sie rauschet, sie perlet,
    Die himmlische Quelle,
    Der Busen wird ruhig,
    Das Auge wird helle.

Eduard Mörike

Wechsellied beim Weine

Trink' ich ihn, den Saft der Reben,
gleich erwärmet meine Seele
und beginnt in hellen Tönen
einen Preisgesang der Musen.

Trink' ich ihn, den Saft der Reben,
alsbald streu' ich meinen Kummer,
all' mein Zweifeln, all' mein Sorgen
in den Braus der Meereswinde.

Trink' ich ihn, den Saft der Reben,
lässt mich Bakchos, der der Scherze
Bande löset, Blumen atmend,
süß berauscht im Tanze schwanken.

Trink' ich ihn, den Saft der Reben,
wind' ich Blumen mir zu Kränzen,
schmücke meine Stirne, singe
von des Lebens stillem Glücke.

Trink' ich ihn, den Saft der Reben,
mag ich, schön von Salbe duftend,
und im Arm das Mädchen haltend,
gerne nach Kythere singen.

Trink' ich ihn, den Saft der Reben,
wie entzückt ein Kreis von Mädchen
mich, wo volle, tiefe Becher
erst mir Geist und Sinn erweitern!

Trink' ich ihn, den Saft der Reben,
mir vor Tausenden gewinn' ich,
was ich scheidend mit mir nehme;
doch den Tod teil' ich mit Allen.

Ludwig Pfau

Weinlied im Winter

Zur Winterszeit ein edler Wein,
Der schlürft sich ein gar wonnig;
Kaum glänzt im Glas der goldne Schein,
Wie wird uns schon so sonnig!
Uns deucht, der Frühling fährt durchs Land,
Das ist ein Blühn und Leben!
Und lustig an der Berge Wand
Erwachen schon die Reben.

Am zweiten Glase sind wir bald,
Das schärft uns noch die Sinne:
Jetzt hören wir im grünen Wald
Der Vögel Sang und Minne.
Was weht uns doch mit einem Mal
So lieblich ums Gemüte?
Ha! Düfte schickt von Berg zu Thal
Die edle Traubenblüte.

O dritter Schluck! o heil'ger Saft!
Wie unsre Herzen schwellen!
Wir spüren schon des Sommers Kraft
Durchs Mark der Rebe quellen.
Du Kind der Sonne! all die Glut,

Die du einst eingetrunken,
Die sprühet schon durch unser Blut
In hellen Feuerfunken.

Hurra! nun sind's der Gläser vier,
Jetzt reifen schon die Trauben;
Auf hohen Bergen sitzen wir
In weinbekränzten Lauben.
Die Nacht erklingt von Jubelsang,
Die Fackeln ziehn und wallen,
Und dröhnend das Gebirg entlang
Die lauten Schüsse knallen.

Und fünf und sechs – wie durch die Luft
Jetzt die Raketen sausen!
Wie in den Keltern, schon voll Duft,
Die neuen Weine brausen!
Und Glas um Glas – wer wird sich hier
Noch lang mit Ziffern quälen?
Es ist ja Herbst, da können wir
Die Gläser nimmer zählen.

Wilhelm Hauff

Phantasien im Bremer Ratskeller

So wäre ich denn allein mit dir, meine Seele, tief unten im Schoße der Erde. Oben auf der Erde schlafen sie jetzt und träumen, und auch hier unten, rings um mich her, schlummern sie in ihren Särgen, die Geister des Weines. Ob sie wohl träumen, von ihrer kurzen Kindheit träumen und der fernen Berge, der Heimat gedenken, wo sie groß wurden, und des Stromes, des alten Vaters Rhein, der ihnen allnächtlich freundlich ein Wiegenlied murmelte?

Gedenket ihr der wonnigen Tage, da die milde Mutter, die Sonne, euch aus dem Schlummer küsste, da ihr in ihrer klaren Frühlingsluft die Äuglein öffnetet zum ersten Mal und hinabschautet ins herrliche Rheingau? Und als der Mai einzog in sein deutsches Paradies, gedenket ihr noch, wie euch die Mutter antat mit grünem Kleidchen von Laubwerk, und wie der alte Vater bass sich dessen freute, herauflugte aus seinem grünen Bette und euch zuwinkte und munter rauschte am *Lurlei*?

Und gedenkst denn auch du der Rosentage deiner Jugend, o Seele, der sanften Rebenhügel der Heimat, des blauen Stromes und der blühenden Täler des Schwabenlandes? O Wonnezeit voll holder Träume! Wie reich bist du behängt mit Bilderbüchern, Christbäumen, Mutterliebe, Osterwochen und Ostereiern, mit Blumen und Vögeln, Armeen aus Blei und Papier und den ersten Höschen und Kollettchen, in welche sich deine kleine sterbliche Hülle, stolz auf ihre Größe, kleiden ließ. Und wie dich der selige Vater auf den Knien schaukelte, und dir der Großvater gerne das lange Meerrohr mit dem goldenen Knopf abtrat, um es dir als Reitpferd zu leihen!

Und rücke mit dem nächsten Glase um einige Jahre vorwärts! (…) Wo sind sie hin, die Gespielen deiner Kindheit, die Genossen jener goldenen Tage, wo kein Rang, kein Stand, kein

Ansehen gilt? Grafen und Barone machen jetzt wohl die große Tour, oder dienen an Höfen als Kammerherren. Arme Teufel pilgern als Handwerksburschen durchs Reich, das schwere Bündel auf dem Rücken, ohne Schuhe an den Füßen, haschen nach Pfennigen aus dem Kutschenschlag, die sie mit dem vom Regen gebräunten Hut künstlich aufzufassen wissen. Und die Liebe drückt sie oft noch schwerer als das Bündel auf dem Rücken. Andere Kameraden, Seelen, die sich in der Schule durch geordneten Fleiß *in humanioribus* hervorgetan, sitzen jetzt schon auf einer Pfarre, im Schlaf- oder Chorrock bei der Frau Liebsten. Andere sind Amtleute, wieder andere Apotheker, einige Referendare und dergleichen – und nur wir beide, ausschweifend aus dem gewöhnlichen Gang der Dinge, sitzen hier im Bremer Ratskeller und tun uns gütlich im Weine. Und was sind denn wir Absonderliches geworden? Doktor? Das kann jeder werden, der vernünftig genug ist, eine Dissertation zu schreiben.

Doch ich trinke das *vierte* Glas, Seele. Das vierte! – Fühlst du nicht einen gewissen Nexus zwischen dem Wein und der Zunge? Zwischen der Zunge und dem Gaumen? Hier, behaupte ich, ist ein Scheideweg und daran ein Wegezeiger aufgestellt. Nämlich auf der einen Seite steht: »*Weg nach dem Magen.*« Eine breite fahrbare Straße. Es geht so schnell, so glitschend bergab! Daher auch der gemeinere Stoff gewöhnlich diesen Weg nimmt. Der andere Arm des Zeigers heißt: »*In den Kopf.*« Dahin ziehen die Geister, die sich schon im Fass lange genug bei dem schnöden gemeineren Stoff gelangweilt haben, und jetzt, da sie freien Lauf nehmen können, schielen sie nach dem Wegezeiger rechts hinauf. Während die Masse links hinabströmt, steigen sie aufwärts und finden sich im Wirtshaus zur Zirbeldrüse wieder zusammen. Es sind friedliche, verständige Leute, diese Geister. Sie erhellen dein Haus, o Seele, solange ihrer vier oder fünf beisammen sind, nachher möchte ich wohl für nichts stehen, denn sie raufen sich dann und treiben allerhand Unfug im Gehirn.

Wie schön ist die *vierte* Lebensperiode, die wir mit dem vierten Glase beginnen wollen! Du bist vierzehn Jahre alt, o Seele! Aber was ist mit dir vorgegangen in der kurzen Zeit? Du spielst keine Knabenspiele mehr, Soldaten und alles dieses Gezeuge liegt hinter dir, und du scheinst mir viel zu lesen. Du bist hinter Goethe und Schiller geraten und verschlingst sie, ohne alles zu verstehen. Oder wie? Du verstehst *jetzt schon* alles? Du willst meinen, du könntest Liebe verstehen, weil du im letzten Sonntagsklub Elvire hinter der Kommode im Dunkeln geküsst und Emmas Zärtlichkeit zurückgewiesen hast? Barbar! Ahnest du nicht, dass dieses dreizehnjährige Herz auch den Werther und sogar etwas von Clauren gelesen haben kann und Liebe für dich fühlt? Aber die Szene ändert sich. Sei mir gegrüßt, du Felsental der Alb! Du blauer Strom, an welchem ich drei lange Jahre hauste, *die* Jahre lebte, die den Knaben zum Jüngling machen. Sei mir gegrüßt, du klösterliches Dach, du Kreuzgang mit den Bildern verstorbener Äbte, du Kirche mit dem wundervollen Hochaltar, ihr Bilder alle, in schönes Gold des Morgenrotes getaucht! Seid mir gegrüßt, ihr Schlösser auf den Felsen, ihr Höhlen, ihr Täler, jene Klostermauern waren das enge Nest, das uns aufzog, bis wir flügge waren, und ihrer rauen Albluft danken wir es, dass wir nicht verweichlichten.

Ich komme ans *fünfte* Glas, ins fünfte Säkulum unseres Lebens. Ich schlürfe euch ein, liebliche Erinnerungen, wie ich dies Glas edlen Rheinweins schlürfe. Ihr duftet auf in herrlicher Schöne, Jahre meiner Jugend, wie das Aroma aufsteigt aus dem Römer. Mein Auge wird wacker, o Seele, denn sie sind um mich, die Freunde meiner Jugend! Wie soll ich dich nennen, du hohes, edles, rohes, barbarisches, liebliches, unharmonisches, gesangvolles, zurückstoßendes und doch so mild erquickendes Leben der Burschenjahre? Wie soll ich euch beschreiben, ihr goldenen Stunden, ihr Feierklänge der Bruderliebe? Welche Töne soll ich euch geben, um mich verständlich zu machen? Welche Farbe dir, du nie begriffenes Chaos! Ich soll dich beschreiben? Nie! Deine lächerliche Außenseite liegt offen, die sieht der Laie, die kann man ihm beschreiben, aber deinen innern, lieblichen Schmelz kennt nur der Bergmann, der singend mit seinen Brüdern hinabfuhr in den tiefen Schacht. Gold bringt er herauf, reines, lauteres Gold, viel oder wenig, gilt gleichviel. Aber dies ist nicht seine ganze Ausbeute. Was er geschaut, mag er dem Laien nicht beschreiben, es wäre allzu sonderbar und doch zu köstlich für sein Ohr. Es leben Geister in der Tiefe, die sonst kein Ohr erfasst, kein Auge schaut. Musik ertönt in jenen Hallen, die jedem nüchternen Ohr leer und bedeutungslos ertönt. Doch *dem*, der *mit*gefühlt und *mit*gesungen, gibt sie eine eigene Weihe, wenn er auch über das Loch in seiner Mütze lächelt, das er als Symbolum zurückgebracht. Alter Großvater, jetzt weiß ich, was du vornahmst, wenn »der Herr seinen Schalttag feierte«. Auch du hattest deine trauten Gesellen seit den Tagen deiner Jugend, und das Wasser stand dir in den grauen Wimpern, wenn du einen beisetztest im Stammbuch. Sie leben!

Wirf die Flasche weg, Mensch, stich eine neue an zu neuer Freude. Die *sechste*! Wer kann dich berechnen, o Liebe?

Es ging uns, wie es so manchem Erdensohn ergeht. Wir lasen von Liebe und glaubten zu lieben. Das Wunderbarste und doch Natürlichste an der Sache war, dass die Perioden oder Grade dieser Art Liebe sich nach unserer Lektüre richteten. Haben wir nicht Vergissmeinnicht und Ranunkeln gebrochen und des Doktors Tochter in G. verschämt überreicht und uns einige Tränen ausgepresst, weil wir lasen: »Das Schönste sucht er auf den Fluren, womit er seine Liebe schmückt« – »Aus seinen Augen brechen Tränen –«? Haben wir nicht à la Wilhelm Meister geliebt, das heißt, wir wussten nicht mehr, war es Emeline oder Kamille, die Zarte, oder gar Ottilie? Haben nicht alle drei in zierlichen Schlafmützen hinter den Jalousien hervorgeschaut, wenn wir Ständchen brachten im Winter und die Gitarre weidlich schlugen, obgleich uns der Frost die Finger krumm bog? Und nachher, als es sich zeigte, wie sie alle nur schnöde Koketten seien, haben wir da nicht die Liebe törichterweise verschworen und uns vorgenommen, erst dann zu heiraten, wenn die Schwaben klug werden, das heißt im vierzigsten? (…) Aber leider reden die Leute nicht von mir, höchstens wird man ihr morgen sagen: »Gestern Nacht hat er auch wieder bis Mitternacht im Weinkeller gelegen!« (…)

Jetzt wacht wohl keiner mehr als der Höchste und Niedrigste dieser Stadt, nämlich der Turmwächter hoch oben auf der Domkirche und ich tief unten im Ratskeller. Wär' ich doch der auf dem Turme! In jeder Stunde wollte ich das Sprachrohr ansetzen und dir ein Lied hinabsingen ins Schlafkämmerlein, doch nein! das würde ja den süßen Engel aus seinem Schlummer wecken, aus seinen holden, lieblichen Träumen. Doch hier unten hört mich niemand, da will ich eines singen. (…)

Und denkt sie wohl auch meiner in ihren Träumen? Die Glocken summten dumpf auf den Türmen, sie begleiteten meinen Gesang. Schon Mitternacht? Diese Stunde trägt eigenen geheimnisvollen Schauer in sich; es ist, als zittere die Erde leise, wenn sich die schlummernden Menschen unter ihr auf die andere Seite legen, die schwere Decke schütteln und den Nachbar im Kämmerlein nebenan fragen: »Ist's noch nicht Morgen?« Wie so ganz anders zittert der Ton dieser Mitternachtsglocke zu mir hernieder, als wenn er am Mittag durch die hellen, klaren Lüfte schallt. Horch! Ging da nicht im Keller eine Türe? Sonderbar! wenn ich nicht so ganz allein hier unten wäre, wenn ich nicht wüsste, dass die Menschen nur oben wandeln, ich würde glauben, es tönen Schritte durch diese Hallen. – Ha! es ist so; es kommt näher, es tastet an der Türe hin und her; es fasst und schüttelt die Klinke; doch die Türe ist verschlossen und mit Riegeln verhängt; mich stört heute Nacht *kein Sterblicher* mehr.

Eduard Mörike

Des Schlossküpers Geister zu Tübingen

Ballade, beim Weine zu singen

Ins alten Schlosswirts Garten
Da klingt schon viele Jahr kein Glas;
Kein Kegel fällt, keine Karten,
Wächst aber schön lang Gras.

Ich mutterseelalleine
Setzt mich an einen langen Tisch;
Der Schlosswirt regt die Beine,
Vom Roten bringt er frisch.

Und lässt sich zu mir nieder;
Von alten Zeiten redt man viel,
Man seufzet hin und wieder;
Der Schöpplein wird kein Ziel.

Da nun der Tag gegangen,
Der Schlosswirt sagt kein Wörtlein mehr;
Neun Lichter tät er langen,
Neun Stühle setzt er her.

Als wie zum größten Feste
Auftischt er, dass die Tafel kracht:
Was kämen noch für Gäste?
Ist doch schier Mitternacht!

Der Narr, was kann er wollen?
Er macht sich an die Kugelbahn,
Lässt eine Kugel rollen,
Ein Höllenlärm geht an.

Es fahren gar behende
Acht Kegel hinterm Brett herauf,
Schrein: »Hagel und kein Ende!
Wer Teufel weckt uns auf?«

Und waren acht Studiosen,
Wohl aus der Zopf- und Puderzeit:
Rote Röcklein, kurze Hosen,
Und ganz charmante Leut.

Die sehen mit Ergetzen
Den edelen Karfunkelwein;
Gleich täten sie sich letzen
Und zechen und juchhein.

Den Wirt erbaut das wenig;
Er sprach: »Ihr Herren, wollt verzeihn:
Wo ist der Schoppenkönig?
Wann seid ihr denn zu neun?«

»Ach Küper, lieber Küper,
Wie machest uns das Herze schwer!
Wohl fünfzig Jahr und drüber
Begraben lieget er.

Gott hab den Herren selig
Mit seiner roten Habichtsnas!
Regierete so fröhlich,
Kam tags auf sieben Maß.

Einst tät er uns bescheiden,
Sprach: ›Männiglich kennt mein Gebot,
Den Gerstensaft zu meiden;
Man büßet's mit dem Tod.

Mit ein paar lausigen Dichtern
Traf man beim sauren Bier euch an,
Versteht sich, nudelnüchtern,
Wohl auf der Kugelbahn.

Kommt also her, ihr Lümmel!‹
– Er zog sein' Zauberstab herfür –
Wir stürzten wie vom Himmel –
Acht Kegel waren wir!

Jetzt ging es an ein Hudeln,
Ein' hölzern' König man uns gab,
Doch schoss man nichts wie Pudel,
Da schafften sie uns ab.

Nun dauert es nicht lange,
So zieht das Burschenvolk einmal
Aufs Schloss, mit wildem Sange,
Zum König in den Saal:

›Wir wolln dich Lands verweisen,
So du nicht schwörest ab den Wein;
Bierkönig sollt du heißen!‹
– Er aber saget: ›Nein;

Da habt ihr meine Krone!
An mir ist Hopfen und Malz verlorn.‹ –
So stieg er von dem Throne
In seinem edlen Zorn.

Für Kummer und für Grämen
Der Herre wurde krank und alt,
Zerfiele wie ein Schemen
Und holt der Tod ihn bald.

Mit Purpur ward gezieret
Sein Leichnam als ein König groß;
Ein tief Gewölb man führet
Zu Tübingen im Schloss.

Vier schwarze Edelknaben
Sein' Becher trugen vor der Bahr;
Der ist mit ihm begraben,
War doch von Golde gar.

Damals ward prophezeiet,
Wenn nur erst hundert Jahr herum,
Da würde der Thron erneuet
Vom alten Königtum.

So müssen wir halt warten,
Bis dass die Zeit erfüllet was;
Und in des Schlosswirts Garten
Derweil wächst langes Gras.

Ach Küper, lieber Küper,
Jetzt geige du uns wieder heim!
Die Nacht ist schier vorüber:
Acht Kegel müssen wir sein.«

Der Schlosswirt nimmt die Geigen
Und streicht ein Deo Gloria,
Sie tanzen einen Reigen –
Und keiner ist mehr da.

Friedrich Christoph Weisser

Der Poetenwirt

Der Wirt zum goldnen Lorbeerkranz,
Schlecht, sagt man, sei sein Wein nicht ganz.
Von Zechern, die nach Reimen haschen,
Ist drum sein Haus stets angefüllt;
Denn er, dem viel die Kunst der Musen gilt,
Begeistert, kommen sie nur nicht mit leeren Taschen,
Die Sänger erst aus seinen Flaschen,
Und krönt sie dann mit seines Gasthofs Schild.

Friedrich Christoph Weisser

Flaschenlied

Auf, Brüder! hört des Sängers Wort,
Und haltet's wohl in Ehren!
Voll sind, Ihr seht's, die Flaschen dort;
Drum sollt Ihr flugs sie leeren!

Geleert ist jede, seh' ich klar;
Drum, Brüder, ist mein Wille,
Dass man – denn Zaudern bringt Gefahr –
Sie plötzlich wieder fülle.

Doch weil die Flaschen, leer und voll,
Wie Harfen lieblich klingen,
So deut' ich's so: Der Zecher soll
Zu ihrem Klange singen!

Walle Sayer

Die leeren Weinflaschen

Nach der zweiten Bouteille schon
stehen sie mit der Erhobenheit
von Zeigefingern da.

Recken
etwas statisch
ihre grünen Hälse.

Verpetzen jedem,
wieviel wir trinken.

Spätestens
nach der vierten
stehen sie durchsichtig rum:
Schaffer, die nix zu tun haben,
Spieler nach einer verkorksten Saison.

Wollen mitreden und vermögen am wenigsten zu sagen.

Fühlen sich selbst immer leerer dabei
und bekommen langsam mildere Züge.

Stehen beisammen.

Christoph Friedrich Karl Kölle

Kneipen in Rom

Trinkeswaine ist das einzige Deutsch, welches jeder Römer versteht, und auf dem römischen Gänsespiel prangt ein Tedesco chi beve. Dieses, besonders in Rom, lächerliche Vorurteil hat seinen Ursprung erstens darin, dass hier die Mehrzahl der Deutschen entweder Schweizer der päpstlichen Leibwache oder Handwerker sind, welche eines großen Aufwands an Körperkraft bedürfen. Diese müssen zuweilen den Durst löschen, verdienen hier viel, und sind gewöhnt, den Wein als köstliche Feiertagsfreude zu schätzen. Da wollen sie sich natürlich für das früher Entbehrte, und vielleicht später noch zu Entbehrende, bei wohlfeilem Trunke schadlos halten. Zweitens aber können sie die tückischen, römischen Weine nicht führen wie der gemeine Römer, betrinken sich daher sogleich, fangen an zu singen, ihre Sprache fällt auf, und nun heißt es sogleich: Sono tutti ubriaconi!

Jeder Wirt hält es für ein besonderes Glück, wenn deutsche Künstler oder gar Schweizergardisten ihn gewöhnlich besuchen, und behandelt sie mit großer Auszeichnung. Die Römer gehen ihnen nach, weil sie glauben, dass jene feinere Weinzungen haben. (…)

Die Örtlichkeit der Kneipen ist hier einzig. Gewöhnlich sind es lange gewölbte Zimmer, oft eine Art Scheune oder Küche. Da stehen lange Tische und Bänke mit Bocksfüßen aufs Gröbste gearbeitet; der Herr sitzt auf einer Art Katheder, die Kellner sind im allertiefsten Negligee, die Wände sind roh bemalt, oft mit Witzen (quando questo gallo canterà allora credenza si farà! und dergleichen), und es ist hier gerade wie in einer gewissen Stadt Süddeutschlands, wo das Volk glaubt, man fände nirgends guten Wein, wo man aufrecht zur Türe hereinkommen könne. Hier sind zwar die Türen hoch genug, aber Ärmlichkeit und Schmutz gehören gewissermaßen zum Wohlstande einer ächten Kneipe, manche Wirte haben den Aberglauben, es verscheuche die Besucher, wenn sie gesäubert und geweißt werden. Es mag etwas Wahres daran sein.

In die Bettole bringt der gemeine Mann gewöhnlich sein Essen aus der Pizzicaria oder vom Friggitore mit, in der Osteria con cucina lässt er es sich vom Wirte bereiten. In letzteren, besonders in den besseren, Falcone bei S. Eustachio, Fontanella bei der Bank etc., isst man römische Nationalschüsseln in Vollkommenheit, aber auch nur diese, der Wein ist besser als in den eigentlichen Gasthöfen, aber Reinlichkeit und Eleganz darf man auch da nicht verlangen, eher noch in den Fiaschetterien, wo Wein von Orvieto oder der Grotte di S. Lorenzo ausgeschenkt wird, ohne Speisen dazu zu geben.

Der unglaublich große Bedarf an Wein wird teils wöchentlich aus der Umgegend beigeführt, teils in den Kellern des Scherbenbergs gelagert, und von da nach Bedarf abgeholt, denn die Keller der Stadt taugen nichts. Geringerer Wein wird aus der Sabina auf dem Tiber, wohl auch in Fehljahren aus den Marken zur See beigeführt. Vor den Einfuhrverboten dienten sardinische gekochte und Ischia-Weine zum Verbessern des inländischen schlechten Gewächses. Die Weinverfälschung wird unglaublich weit getrieben, da der Römer starke schillernde Weine mit süßem Vorgeschmacke liebt. Die Schenkwirte und ihre Knechte sind großenteils Lombarden, welche nach einigen Jahren eine hübsche Ersparnis nach Hause zurückbringen, zuweilen aber auch hier sich niederlassen und reiche Bürger werden, wie Borgnana und andere.

Der Preis wechselt nach dem Jahrgange sehr, da der Wein sich selten über ein Jahr hält. Im Jahre 1817 kostete die Fogliette, etwas mehr als eine halbe Champagnerflasche, 6 Bajocchi, gegenwärtig 1. Die Foglietten sind so unbeschreiblich dünne, dass es ein Wunder ist, wenn sie nicht zerbrechen; ihre Verfertigung ist Staatsmonopol. Ein Rebenblatt sichert ihre Mündung gegen einfallende Fliegen, die Plage der heißen Monate.

Vor den Toren sind außer den zahlreichen Oktoberkneipen nur wenige das ganze Jahr geöffnet; auf der Via Cassia hat die Zahl der Reisenden einige Vervollkommnung herbeigeführt, aber nichts Erbärmlicheres und Abschreckenderes als das Posthaus von Monterone oder Torre di mezza via. Wer nur um zu leben sich der schlechten Luft bleibend auszusetzen wagt, muss gewiss die Galeere durchgemacht oder zehnfach verdient haben. Der Wirt des Tavolato hat, wie jeder Römer weiß, nie andern Wein, als welchen die Kärrner ihren Herren im Hereinbringen von Veletri stehlen, und für welchen er ihnen zu essen gibt; ebenso sind die Fische in einem Wirtshause vor der Porta S. Pancrazio meist von den Säumern entwendet, welche sie vom Meere in die Stadt liefern.

Wilhelm Waiblinger

Weine

Endlich wundert ihr euch, ihr begreifet nicht, wie der Sänger
So Verhasstes, wie er euch im Gedichte bedenkt.
Denn unwürdig, ihr fühlet es selbst, unwürdig der Muse
Seid ihr ja ganz und verdient selber die geißelnde nicht.
Aber weil ihr von Tugend mir prahlt, von Bibel und Sitte,
Weil euch Lust und Genuss stets nur ein Ärgernis ist,
Weil ihr mich täglich verdammt und dem glücklichen Spötter den Bannstrahl,
Den zerstörenden, mir täglich nach Süden verschickt:
So erfreut mir's das Herz, euch täglich zu ärgern und euch nur
Will ich erzählen, wie mir Freuden an Freuden erblühn.
Bacchus, ihr kennet ihn nicht, ist stets mein Gefährte geblieben,
Aber als Gott mir gezeigt hat ihn Sizilien erst.

Zweifel plagen auch euch, so erlaubt dem Sänger den Kampf auch,
Welchem trinakrischen Wein werde der köstlichste Preis.
Syrakus, es bietet mir hier auf goldener Schale
Schon den süßen Muskat, schon Amarina zum Trank.
Nah an den Trümmern auch der palmenreichen Selinus
Hat mich das purpurne Blut näher den Göttern gerückt.
Wo ertönt nicht dein Ruhm, Marsala? Dir gäb' ich die Krone,
Reichte mir Alcamo schon, reichte Palermo mir nicht
Andern Nektars Entzückungen schon im uranischen Kelche,
Nicht im Kelche, den mir Amor, der lust'ge, kredenzt.
Aber wenn auch der Freund, der treffliche, nimmer vergessne,
Deutschen Herzens, ja wert mehr als ein Deutscher zu sein,
Wenn unermüdlicher Gastfreundschaft der schönen Messina
Gellias mich an die Glut göttlichen Nektars gewöhnt;
Dennoch sei mir vor allen gelobt, o Traube des Ätna,
Der, wie des donnernden Bergs Lava dem Krater entströmt,
Goldene Ström' entquellen, begeisternde, sämtlicher Wunder,
Die der Ätna gebiert, größtes und seligstes du.
Kein Element versagt dir den Kranz; dich kühlet die Meerflut,
Dich umlächelt des Lichts heiterste, mildeste Kraft;
Dich durchbrennt die Flamme des Bergs, und die Erde, die tausend
Blüten und Früchte bei dir Frühling und Winter vereint.
Glänze, lieblichstes Gold; es kränzt dich die Myrte, der Lorbeer;
Der ich dich schlürfe, mir ist Lorbeer und Myrte gewiss.

Johann Wilhelm Petersen

Ein neuer Teufel, um den Saufteufel auszutreiben

Man kann an allen rohen Völkern die Bemerkung machen, dass sie dem starken Getränk äußerst ergeben sind. Indem es das Blut erwärmet, die Nerven kitzelt und die Einbildungskraft befeuert, entflammt es die Seele und hält sie einigermaßen vor dem Mangel andrer Tätigkeiten schadlos. Für den alten Deutschen aber hatte es nicht besondere Reize. Bei dem vielen Schwimmen, dem immerwährenden Jagen und Kriegen in einem feuchten, rauen, waldichtwilden Himmelsstriche musste ihm ein reizendes, erwärmendes Mittel die erquickendste Stärkung, anderseits wegen dem Müßiggang und der stolzen Arbeitsscheue, eine unwiderstehlich-lockende Unterhaltung sein. Und da überdies jede Art von Rausch und Trunkenheit ein Zustand des Gefühls ist, welchen die Wilden für höchstangenehm, ja für himmlisch halten, so konnte er auch dem rasenden Freiheitsdrang der Deutschen nicht anders als walhallisch dünken. (...)

Auf den Wein mussten sie allerdings erpichter sein, da ihnen die Nachbarschaft der Römer denselben gewiss verraten hatte. Dennoch ließen ihn, wie Cäsar sagt, die Sueven, der größte Stamm, nicht zu sich einführen, weil er ihnen die Ausdaurungskraft nähme und sie zu Weibern mache. Man weiß, dass ganze amerikanische Nationen durch den ungewohnten und allzu starken Genuss hitziger Getränke ausgestorben sind. Es mag also sein, dass auch manche Sueven durch den Wein krank und entmannet werden. Allein diese Weinscheue herrschte wenigstens nicht lange und nicht allgemein, denn, dem Tacitus zufolge, kauften die Rheinländer dieses Getränk. (...)

Wie aber diese Trunkliebe zu einer eigentlichen Nationalneigung ward, verdient eine genauere Erörterung. Das

Trinken überhaupt zieht stärker an als das Essen, weil es die Seele munterer und mutiger macht, Gefühl seiner Kraft in dem Menschen erweckt, und länger genossen werden kann. Wenn sich aber noch angenehme Nebengefühle damit verbinden, dann wird sein Reiz für rohe Völker unwiderstehlich, indem die Einbildungskraft dieselbe immer wieder zurückführet, dadurch die sinnliche Begierde reg hält, und auf diese Weise in dem Menschen einwurzeln lässt. Eben diese vereinigten Lockungen bewirken die eigentliche Trunkliebe der Deutschen. (…)

Indessen hatte sich das sittliche Deutschland ganz verwandelt; und das Ende des vorigen Jahrhunderts, wo wir gegenwärtig sind, ist der Standpunkt, von welchem aus wir einen allgemeinen Blick auf die Veränderungen der Neigung werfen können. Von dem Westfälischen Frieden an drangen jährlich neue Sitten aus Italien und Frankreich herein. Es kamen Komödien, Opern, Mummereien und andre Lustbarkeiten; an die Höfe steifes Zeremoniell, in alle Verfassungen strengere Ordnung. Allenthalben nahmen neue Belustigungen und Gewohnheiten überhand. Jagen, kriegerisch-ritterliche Übungen, die ganze vorige Lebensart hörte auf; die alte Keuschheit, redliche Einfalt und Wahrhaftigkeit waren dahin; neue Tugenden und neue Laster entstanden; und das Vieltrinken ward, bei den neuen geistigern Bestimmungen der Menschen und ihren neuen Verhältnissen, immer schändlicher und verderblicher. Es musste also ein neuer schicklicherer Teufel gesendet werden, um diesen berauschenden Saufteufel, der noch immer herrschte, auszutreiben. Und der kam auch in einer gemäßeren Gestalt, aber nur schleichend und allmählig im Chocolat, Tee und Kaffee. (…)

Allein seit 40 Jahren, da französische Heere kamen, Komödianten und Gouvernanten und Servanten ihr Licht leuchten ließen, Weichlichkeit und Leckerei überhaupt stärker hereindrangen, rissen diese warmen Getränke auch in Oberdeutschland ein, und herrschen jetzt allenthalben. Wie ehemals der Hirnschädel hieß, aus dem der blutbespritzte Kriegsheld Bier trank, so heißt nun das Gefäß, aus welchem das Mädchen Kaffee schlürft, Schale. König Friedrich ward noch mit Biersuppe erzogen, aber die Kinder von tausend seiner Untertanen schon mit Kaffee. Die Seuche blieb nicht nur in den Städten, sondern steckte sogar Bauern und hartarbeitende Taglöhner an. Und so ward allmählich diese Tee- und Kaffeesäuferei zu einem Verderber, welcher die Gesundheit schwächte, weibliche Schlappheit und Empfindelei ausbreitete, viele Haushaltungen mit zu Grunde richtete, das Mark der Nation anfraß, und jährlich gegen 24 Millionen Gulden aus Deutschland schleppt. – Und so sahen wir, dass es mit ganzen Völkern wie mit einzelnen Menschen ist. Eine böse, heftige Neigung wird selten vertilget, außer durch eine andre; ein Teufel nicht ausgetrieben, als durch einen andern.

Christian Friedrich Daniel Schubart

Palinodie an Bacchus

Quid non ebrietas designat?
Blandus daemon, dulce venenum. Seneca

Der du mit deinen Tigern an dem Wagen
Einst Indien durchzogst,
Und dich, dem Erebus entstiegen,
Hochaufgeschwellt von deinen Siegen
Zum Gotte des Olympos logst!

Dich sing' ich nicht, wie Dichter, deine Sklaven,
Erst vollgefüllt aus deinem Horn;
Dann hoch die Thyrsusstäbe schwingend,
Und Evoe im wilden Rausche singend –
Ich singe, Bacchus, dich im Zorn.

Im Zorne, dass du auch Thuiskons Wälder
Zertratst in deinem Drachenzug;
Dass du die weingefüllten Römerschädel
Dem Volke botst, ehmals so groß, so edel,
Das Varus' Legionen schlug;

Dass du mit deinen Giften ihre Knochen,
Ehmals wie Erz, in Brei verkocht,
Und den zum Siechling umgeschaffen,
Dem sonst beim eisern Klang der Waffen
Der Busen aufgepocht.

Wer lehrt das Biedervolk im Eichendunkel schwelgen?
Wer hat mit toller Trunkenheit,
Im Klubbe rasender Bacchanten,
Mit Schläuchen, Flaschen, vollen Kanten
Den Hain Germaniens entweiht?

Wer machte Menschen reißender als Tiger,
Die deinen Wagen ziehn?
Wer lehrt das trunkene Geschlechte,
Den Dolch des Aufruhrs in der Rechte,
Von Höllenmordlust glühn?

Wer lockt zum Lärm bei ekeln Saufgelagen,
Als, Schreier Bacchus, du?
Dir brüllen deine Taumelscharen
Mit borstigen und wildzerzausten Haaren
Ihr Evoe bacchantisch zu.

Ha! wer zerstört die köstliche Behausung
Des Menschengeistes? Wessen Glut
Befleckt den Blick mit dieser blut'gen Röte,
Und presst die Augen, wie der Kröte,
Mit giftgetränkter Wut?

Wer schuf die Bläue auf des Jünglings Lippe?
Wer hat der Wangen Blume abgestreift?
Die Blume, ach, so farbig sonst, so heiter!
Wer zeugt der Hektik faulen Eiter,
Der aus der Lunge pfeift?

Noch schrecklicher – wer mordet Geister,
Als du, als Dämon Bacchus, du?
Wer geißelt sie in einer schwarzen Stunde,
Die Geister deiner Sklaven – ha! dem Schlunde
Des gähnenden Abyssus zu?

Einst kannt' ich einen Jüngling, blühend,
Wie Eros war des Jünglings Blick,
Ihm senkte Gott Gesang der Musen,
Und Tiefgefühl und Großgefühl in Busen;
Er war der Menschheit Stolz und Glück.

Doch neidisch flog ein Teufel aus der Hölle
Mit einem goldenen Pokal.
Es äugelte der Wein in dem Pokale;
Der Jüngling sah ihn blinken in dem Strahle
Des Monds, den täuschenden Pokal!

Mit halbgeschlossnen Augen schlürfte
Er, ach! des süßen Giftes viel;
Allmählig dorrten seine Kräfte,
Zur faulen Lache wurden seine Säfte,
Und traurig schwieg sein Saitenspiel.

Ich sah den Jüngling, ach! im frischen Lenzen
Sah ich ihn schon verblühn;
Sah liegen ihn im Sarg auf Hobelspänen;
Sein Mädchen sah ihn auch, mit welchen Tränen
Benetzt' sein Mädchen ihn?

Ihr Blüten meines Vaterlandes!
Ihr Jünglinge, in deren Herz
Genie, die Gottesflamme, lodert,
Wenn Bacchus euch, als seine Sklaven, fodert
Zum Soff und zum Mänadenscherz;

So denkt, ihr hört's vom hellen Himmel donnern:
»O Jüngling! trau dem Dämon nicht;
Er führt dich an verborgnen Fesseln,
Und peitscht dich einst mit wilden Nesseln,
Hohnlachend vor's Gericht.«

Gab Gott dir Geist, ihn stürmisch wegzubrüllen
Beim ekeln Trinkgelag?
O schrecklich wird Gott seine Gaben heischen,
Wo keine Teufel mehr betrogne Menschen täuschen,
An der Entscheidung großem Tag!

Ha, Bacchus! hab' ich jemals auch getaumelt
Um deinen Wagen, höre mich!
Dir sei es hier vor meiner Brüder Ohren
Im feierlichsten Schwur geschworen:
Hör's, Taumelgott, ich hasse dich!

Der Wein ist eine Medizin, wenn er aber ohne Manier getrunken wird, ist er ein Gift. Der Wein ist eine Erquickung des Herzens, wenn er aber ohnmäßig getrunken wird, ist er ein Tod der Seele.
Abraham a Sancta Clara

Die Neckarweine sind zwar schwach, jedoch am Geschmack desto angenehmer und zum Schmausen am geschicktesten. Der beste unter ihnen ist der Heilbronner und Esslinger; weil sie sich aber nicht lange halten, werden sie nur den nächsten Nachbarn mitgeteilet.
Allgemeines Ökonomisches Lexikon, 1764

Aus den Schmerzen quellen Freuden,
aus der Freude quillt der Schmerz.
Wär' kein Wechsel von den beiden,
folgten nicht auf Freuden Leiden,
würd' nicht warm ein Menschenherz.

Nach den Tränen stellt im Leben
sich auch oft das Lachen ein;
Tränen haben auch die Reben,
aber trotz der Tränen geben
sie den lust'gen, goldnen Wein.
Justinus Kerner

Die Wissenschaft vom Wein

Önologie ist eine fröhliche Wissenschaft, ein Verschnitt aus den griechischen Bestandteilen *oinos* = Wein und *logos* = Wissenschaft. Wie es sich bei dieser Materie gehört, ist nicht nur theoretisches Wissen wie Pflanzenphysiologie, sondern auch praktische Kenntnis von Anbau und Ausbau gemeint.

In Württemberg gab es früh Bemühungen um die Verbesserung des Weinbaus: Herzog Carl Alexander setzte 1736 eine »Weindeputation« ein. In deren Auftrag erstattete der Prälat und Rebenzüchter Balthasar Sprenger um 1775 für Herzog Carl Eugen ein Gutachten und empfahl den Qualitätsweinbau.

1868 wurde in Weinsberg die Königliche Weinbauschule gegründet, die älteste ihrer Art in Deutschland. Initiator war der Pfarrer und Kameralverwalter Immanuel Dornfeld, ihm zu Ehren ist eine Weinsberger Neuzüchtung (Helfensteiner x Heroldrebe) benannt. Auch andere Neuzüchtungen wie Kerner und Acolon sowie pilzwiderstandsfähige Sorten (PiWis) stammen aus Weinsberg.

Heute firmiert die Weinbauschule als »Staatliche Lehr- und Versuchsanstalt für Wein- und Obstbau«, Studierende aus aller Welt lassen sich zu Technikern oder Wirtschaftern für Weinbau und Önologie ausbilden. Auf dem Lehrplan stehen Biologie, Chemie, Bodenkunde, Kellerwirtschaft, Sensorik, Unternehmensführung, Marketing, Agrarpolitik. Neuerdings werden auch heimische Weinerlebnisführer geschult. Daneben produziert das Staatsweingut hochklassige Weine.

Eine Wissenschaft für sich sind Weinsensorik und Weinsprache. Wie lassen sich Eindrücke bei der Verkostung (Sinnenprüfung mit Auge, Nase, Mund = Sehen, Riechen, Schmecken) in Worte fassen? Wie lassen sich Zusammenhänge zwischen

Bodenformation und Aromenvielfalt nachweisen? Schwaben sprechen vom »Bodagfährtle« (das gern in Verbindung mit räser Art und herbem Dialekt gebracht wird), dem Anhauch der Muschelkalk-, Keuper- oder Lößböden im Wein also. Neuere Untersuchungen und Tests mit Weinprüfern scheinen ihnen recht zu geben: Jede Weinsorte hat ihr eigenes Aromenprofil, das neben äußeren Faktoren wie Bodenbeschaffenheit, Sonnenscheindauer und Reifegrad auch durch die natürlichen Stoffwechselprozesse der Pflanze beeinflusst wird.

Dagegen wirkt die Weinbeschreibung bisweilen willkürlich, die Weinsprache unwillkürlich komisch. Phrasen wie »komplexer Duft« oder Stilblüten wie »Geruch von Sattelleder« sind ziemlich unsinnig. Naturwissenschaftlich fundiertere Urteile lassen sich durch Angabe von Säurewerten, Alkohol- und Zuckergehalt erzielen. Schwaben dagegen sprechen bei einem langen Abgang ganz einfach vom »Schwänzle«.

Neben der Weinbaupolitik gibt es die Promillepolitik als angewandte Wissenschaft. So wird die Gründung Baden-Württembergs 1952 gern auf den Wein zurückgeführt. Entscheidende Weichen dazu wurden 1948 bei der Dreiländerkonferenz auf dem Hohenneuffen gestellt: Reinhold Maier, der Remstal-Fuchs, ließ »Täleswein« ausschenken und stimmte so die Teilnehmer positiv – sagen die Württemberger. Die badische Version lautet: Weil ihnen vor dem Württemberger grauste, stimmten die Badener zu, um schnell heim zu ihrem Wein zu kommen. Jedenfalls erkannte Maier als der erste Ministerpräsident des Landes die grundlegende Verbindung zwischen Wein und Politik: »Bei beiden merkt man erst nach der Wahl, welche Flasche man gewählt hat.«

Ludwig Uhland

Die Geisterkelter

Zu Weinsberg, der gepriesnen Stadt,
Die von dem Wein den Namen hat,
Wo Lieder klingen, schön und neu,
Und wo die Burg heißt Weibertreu:
Bei Weib und Wein und bei Gesang
Wär' Luthern dort die Zeit nicht lang,
Auch fänd' er Herberg' und Gelass
Für Teufel und für Dintenfass,
Denn alle Geister wandeln da;
Hört! was zu Weinsberg jüngst geschah.

Der Wächter, der die Stadt bewacht,
Ging seinen Gang in jener Nacht,
In der ein Jahr zu Grabe geht
Und gleich ein andres aufersteht.
Schon warnt die Uhr zur Geisterzeit,
Der Wächter steht zum Ruf bereit:
Da, zwischen Warnen, zwischen Schlag,
Am Scheideweg von Jahr und Tag,
Hört er ein Knarren, ein Gebraus,
Genüber öffnet sich das Haus,
Es sinkt die Wand, im hohlen Raum
Erhebt sich stolz ein Kelterbaum,
Und um ihn dreht in vollem Schwung
Sich jauchzend, glühend Alt und Jung,
Und aus den Röhren, purpurhell,
Vollblütig, springt des Mostes Quell;
Ein sausend Mühlrad, tobt der Reihn,
Die Schaufeln treibt der wilde Wein.
Der Wächter weiß nicht, wie er tu',

Er kehrt sich ab, den Bergen zu:
Doch ob der dunkeln Stadt herein
Erglänzen die in Mittagsschein,
Des Herbstes goldner Sonnenstaub
Umwebt der Reben üppig Laub,
Und aus dem Laube blinkt hervor
Der Winzerinnen bunter Chor;
Den Trägern in den Furchen all
Wächst übers Haupt der Trauben Schwall,
Die Treterknaben sieht man kaum,
So spritzt um sie der edle Schaum.
Gelächter und Gesang erschallt,
Die Pritsche klatscht, der Puffer knallt.
Wohl senkt die Sonne jetzt den Lauf,
Doch rauschen Feuergarben auf
Und werfen Sterne, groß und licht,
Dem Abendhimmel ins Gesicht.
Da dröhnt der Hammer, dumpf und schwer,
Zwölfmal vom grauen Kirchturm her.
Der Jubel schweigt, der Glanz erlischt,
Die Kelter ist hinweggewischt,
Und aus der stillen Kammer nur
Glimmt eines Lämpchens letzte Spur.
Der Wächter aber singet schon
Das neue Jahr im alten Ton,
Doch fließet ihm, wie Honigseim,
Zum alten Spruch manch neuer Reim.
Er kündet froh und preiset laut,
Was ihm die Wundernacht vertraut,
Denn wann die Geisterkelter schafft,
Ist guter Herbst unzweifelhaft.

Da klopft's ihm auf die Schulter sacht,
Es ist kein Geist der Mitternacht;

Ein Zechgesell, der keinen glaubt,
Begrüßt ihn, schüttelnd mit dem Haupt:
»Der Most in deiner Kelter war
Vom alten, nicht vom neuen Jahr.«

Dietmar Rupp

Stein und Wein

Im Frühjahr des Jahres 1911 rückte die französische Armee in zahlreiche Weinbaugemeinden der Champagne ein. Der Regierung erschien dies als letztes Mittel, um dort Ruhe und Ordnung wiederherzustellen. Zuvor probten wütende und rebellierende Winzer den bürgerlichen Ungehorsam: Mit roten Fahnen zogen sie durch Städte und Dörfer, enttäuschte Gemeinderäte traten geschlossen zurück.

Der Protest der Landbevölkerung war durchaus verständlich, denn den Rebflächen um Bar-sur-Aube war wenige Wochen zuvor der AOC-Status aberkannt worden. Natürlich ging es in erster Linie um die Durchsetzung wirtschaftlicher Interessen, doch wurde erneut die Frage aufgeworfen, ob unterschiedliche Böden und Landschaften tatsächlich von sich aus unterschiedliche Weinqualitäten hervorbringen.

Zusammenhänge zwischen Boden und Wein werden seit der Antike diskutiert. Auch die Mönchsorden des Mittelalters wussten sehr wohl um die Güte ihrer Weinberge. So dienten die Flächen des Clos de Vougeot in Burgund den Zisterziensern als regelrechte Versuchsstation, auf der sie Erkenntnisse zur Verschiedenartigkeit der Weinbergböden sammeln konnten.

Auch heute gibt es Bestrebungen, von unterschiedlichen Zusammensetzungen der Böden auf die Güte der darauf gewachsenen Weine zu schließen. Dass die Frage des Standorteinflusses oder des Bodeneffekts nicht leicht zu beantworten ist, zeigen aber die meist allgemein gehaltenen Angaben in Werbeschriften oder die geringe Zahl von Veröffentlichungen zur weinbaulichen Standortforschung sowie die oft oberflächlichen Darstellungen des Weinjournalismus. Erschwerend kommt hinzu, dass zunächst einmal der Begriff Weinqualität definiert und Bewertungsmaßstäbe festgesetzt werden müssen. Benotungen nach einem Punkteschema oder Rangfolgen sind hier untauglich. Weine verschiedener Herkünfte können gleich gut, aber dennoch verschieden sein. Weinbeurteilung muss also nicht wertend, sondern beschreibend erfolgen. Ein vielversprechender Ansatz ist seit Jahren die „quantitativ deskriptive Sensorik“. Hierbei wird die Intensität ausgewählter Geruchs- und Geschmackseindrücke in der sensorischen Prüfung anhand von definierten Vergleichsproben zahlenmäßig bewertet.

Bereits das Weinbukett kommt durch eine mehrphasige Entwicklung zustande: Zu originären, sortenspezifischen Aromen der Traube gesellen sich sekundäre Geruchsstoffe, die im Verlauf von Einmaischen und Gärung entstehen. Hier haben die Gärtemperatur oder die Maischestandzeit großen Einfluss, ganz zu schweigen vom gezielten Einsatz bestimmter Hefestämme. Weitere Überprägungen haben ihren Ursprung in Lagerung und Reife. Hinzukommende Eindrücke wie der Holzton beim Ausbau im Barrique oder unterschwellige Weinfehler seien nur am Rande erwähnt.

Soll die vermutete Verbindung zum Boden näher untersucht werden, müssen die Weininhaltsstoffe betrachtet werden, die ursächlich oder indirekt durch geogene Faktoren geprägt werden können. Dies sind vor allem einfache und höhere Alkohole, flüchtige Aromastoffe, das Säurespiel oder die Phenolgehalte. In einer weiteren Betrachtung gelangt man über deren Vorstufen wie Kohlenhydrate (Zucker), Aminosäuren und Mineralstoffe zu den prägenden Standorteigenschaften.

Diese pflanzenphysiologisch relevanten Größen lassen sich im Wesentlichen auf Strahlungsgenuss, Wasserversorgung, Mineralstoffangebot und dabei insbesondere auf die Stickstoffverfügbarkeit einengen. Spätestens hier wird deutlich, dass originär durch Bodeneigenschaften verursachte Geschmackseindrücke oft durch Jahrgangseinflüsse überlagert werden. Die Wasserversorgung oder der Wärmehaushalt eines Weinbergs sind eben viel mehr von Niederschlagsverteilung und Sonnenscheinstunden geprägt als durch Wasserspeicherung oder Hangneigung.

Böden sind der oberste verwitterte Teil der Erdkruste. Die Ausprägung unterschiedlicher Bodentypen wird vom Ausgangsgestein, dem Klima, der Vegetation sowie der jeweiligen Landschaftsform verursacht. Festes Gestein zerfällt, eisen- und manganhaltige Minerale oxidieren und ergeben die bräunliche Bodenfarbe. Sickerndes Wasser führt Kalk und andere Stoffe fort. Wurzeln zwängen sich in Gesteinsklüfte und aus der Streu der Pflanzen bildet sich Humus. An Steilhängen verhindert die andauernde Erosion die Ausbildung tief verwitterter Böden, während die Böden der Senken und Flusstäler oft aus bereits verwittertem Material entstanden sind.

Bei den Weinbergböden hat der Winzer durch Rigolen (= tiefes Umgraben) zusätzlich in die Bodenbildung eingegriffen. Die ursprüngliche Schichtung wurde verändert und ein einheitlicher, für die Rebe gut durchwurzelbarer Rigolhorizont geschaffen. Vor allem im steinigen Gelände oder bei schweren, tonhaltigen Böden konnte dadurch die Wasser- und Nährstoffzufuhr für die Reben verbessert werden. Das Ausgangsmaterial für die Bodenbildung entscheidet aber nicht nur über den Mineralgehalt oder die Körnung (= Bodenart!) des Bodens, sondern je nach Widerständigkeit auch über die Hangneigung und damit über die Wärmegunst der späteren Reblage.

Ob sich Weine tatsächlich ihrer Herkunft zuordnen lassen, wollten deutsche Forscher in den 1970er Jahren mit radiometrischen Methoden prüfen. Sie verglichen das Spurenelementmuster von Weinen und zugehörigen Böden. Nachweisbar waren lediglich Effekte des Jahrganges und der Sorten, eine Zuordnung zu den Standorten war nicht möglich. Allerdings sind während des Weinausbaus Verschiebungen innerhalb der Spurenelementgehalte nicht auszuschließen. Hierin zeigt sich erneut der dominierende Einfluss der Kellerwirtschaft und der dort angewandten Verfahren.

Wie hinlänglich bekannt ist, sind Strahlungsgenuss und Wasserversorgung für die Zuckerbildung wichtig und daher am ehesten qualitätsbestimmende Standortfaktoren. Bei Forschungsarbeiten in Saint-Émilion wurden Weine aus sandigen Flachlagen als dünn bezeichnet, während jene aus den kargen Verwitterungsböden am Hang weitaus mehr Körper hatten. Je nach Art der Unterböden kann sich diese Situation jedoch umkehren. Tief streichende Wurzeln können demnach Extremsituationen in der Wasserversorgung abfangen. Dies gilt sowohl für Trockenheit als auch für eventuell kurz vor der Lese fallende Niederschläge. Belegt wurde dies durch Untersuchungen an australischen Reben, deren Wurzelsysteme nur hälftig bewässert wurden. Bei ihnen fand sich eine bessere Wasserausnutzung als bei üppig versorgten Reben. Stark abhängig vom Bodenwassergehalt ist auch die Aufnahme von Kalium. So spiegelt sich beim fertigen Wein über Säurespiel und Kaliumanteil im Extrakt nicht nur der Mineralstoffvorrat, sondern auch die Wasserführung des Unterbodens.

Trockenheit im Oberboden, aber Wasserzufluss aus tieferen Bereichen könnte also neben verringertem Ertrag die oft gerühmte Qualitätsursache bei alten Reben sein. Neben der Zuckerbildung wirken Wasser und Sonne im Weinberg auch auf indirekte Weise: Bei wüchsigen Rebstöcken mit üppigem Blattwerk reifen die meist gedrungenen Trauben im Schatten heran. Auf kargen trockenen Standorten sind die Laubwände locker, die zudem kleineren Beeren sind verstärkt der Sonne ausgesetzt. Durch Schnitt, Laubarbeit und Ertragsregulierung kann der Winzer jedoch steuernd eingreifen und so zu einem zusätzlichen, entscheidenden Standortfaktor werden.

Eine gute Lage sorgt als Puffer für Witterungsextreme nicht für einen Luxuskonsum, sondern für eine ausgeglichene, nachhaltige Bereitstellung aller Wuchsfaktoren. Nicht zuletzt wird die Synthese einiger Traubenaromen oder die Entwicklung der Fruchtsäuren auch von den Temperaturdifferenzen zwischen Tag und Nacht beeinflusst. Ein guter Rebenstandort ist dort zu finden, wo die dafür geeignete Sorte vollständig, aber langsam zur Reife gelangt. Boden, Landschaft und Höhenlage müssen daher als ein Wirkungsgefüge verstanden werden.

Allein durch den Boden ausgelöste Effekte sind dort am größten, wo die klimatischen Bedingungen für die Rebe bereits im Optimum sind. Dies erklärt, warum in den nördlichen Weinbaugebieten in den meisten Jahren anstatt des Bodens die Witterung weitaus stärker auf die Rebe und den Wein einwirkt.

Wie ging nun aber die Sache für die französischen Winzer aus, deren Böden für die Champagnerproduktion als ungeeignet eingestuft wurden? Unter dem Druck der Öffentlichkeit wurde die – für die Betroffenen – nachteilige Entscheidung nach vielem Hin und Her wieder zurückgenommen. Am 27. Juli 1927 erhielten 71 rebellische Weinbaugemeinden ihre Appellation zurück.

Justinus Kerner

Trinklied zum neuen Weine

Lasst uns heut mit Geistern ringen;
Blickt der Alte noch so klar,
Bringet jetzt den Neuen dar,
Der dem Kerker will entspringen!

Hört sein unterirdisch Beben!
Aus der Nacht will er hinaus,
Mächtig dringt sein Geist durchs Haus,
Dass wir stehn von ihm umgeben.

Horcht! der weiß von Jugendwonne
Noch zu singen euch ein Lied:
Wie er hat in Duft geblüht,
Wie ihn hat durchglüht die Sonne;

Wie von hohen Bergen nieder
Frei er sah die Welt entlang,
Unter ihm der Flussgott sang,
Um ihn tönten Vogellieder;

Wie mit Sonn' und Stern' im Bunde
Mählich seine Traube schwoll,
Bis sie war des Saftes voll;
Der von Geistern nun gibt Kunde.

Füllet mutig bis zum Rande
Den Pokal mit seiner Glut!
Stoßet an! Dem Jugendblut
Heil im weiten deutschen Lande!

Ach! es liegt erstarrt, veraltet
Mancher Völker großes Herz,
Jugendwärme, Lust und Scherz
Sind in ihrer Brust erkaltet.

Lasst der Jugend warmes Leben
Strömen euch ins Herz hinein.
Trinkt in Lust den neuen Wein,
Den der neue Stern gegeben!

Hermann Able

Die Macht des Weines

Das Auge soll die Klarheit prüfen
Wie auch die Farbe und den Glanz,
Der Zunge bleibt es vorbehalten
Zu rühmen seine Eleganz.

Die Nase sei nicht zu vergessen,
Weil sie die Blume offenbart;
Wenn alle Sinne selig werden,
Dann hat der Wein die rechte Art.

Dann ist in wonnigem Genießen
Der eine Mensch dem andern gleich.
Was Marx und Engels nicht vollbrachten,
Der Wein – vereinigt arm und reich.

Felix Fabri

Das Verdienst der schwäbischen Winzer

Obgleich Schwaben ein gutes Land ist, so bekommen die Schwäbinnen doch so viele Kinder, dass das Land sie auch heute nicht alle ernähren kann. So kommt es, dass fast in allen Gegenden Deutschlands sich Schwaben finden. Denn allen sendet Schwaben seine Priester und Schüler zu, und es gibt wohl kein Land unterm Himmel, wo es so viele Priester, Schreiber, Musiker, Schulrektoren und dergleichen gibt wie aus dem Schwabenland. So ist der ganze Breisgau und das Elsass voll von schwäbischen Bauern, und ohne sie könnten die Elsässer Bauern die Hälfte ihres Berglandes nicht anbauen, und das halbe Elsass wäre also verlassen, wenn die Schwaben es nicht überfluteten. Und dass der bekannte edle Elsässer Wein schon weit und breit durch die Welt geschickt wird, ist das Verdienst der schwäbischen Winzer, die Tag für Tag in den Bergen das Brachland umgraben und das Rebgebiet vergrößern. Und nicht nur in Schwaben, sondern in allen Gegenden, auch außerhalb Deutschlands, wo Wein wächst, findet man schwäbische Winzer.

Bernd Kreis

Wein und Technik

Zugegeben: Die moderne Weinwirtschaft kann nicht mehr ohne wirkungsvolle Kellertechnik existieren. Gegen Technik ließen sich keine Einwände ins Feld führen, würde sie ausschließlich zur Steigerung der Qualität eingesetzt. Seltsamerweise arbeiten die besten Winzer, die ich kenne, ausnahmslos mit einem absoluten Minimum an technischem Aufwand. Mängel vertuschen, das scheint der alleinige Zweck der teuren Anlagen. Bei billigen Konsumweinen sei das gestattet. Die Niedrigpreise erlauben kein hochpräzises Arbeiten, wichtig sind saubere, trinkbare Weine. Die können in großer Masse nur unter Einsatz modernster Technik entstehen. Qualitätsmerkmal bei den Billigweinen ist die Bekömmlichkeit. Anders bei den Qualitätsweinen. Hier wird erwartet, dass die Weine eigenständige Charaktere ausbilden, möglichst lange lagerfähig sind und ihre Herkunft deutlich bekunden. Qualität der Trauben, Boden, Witterungsbedingungen, Standort und Pflege sind die Kriterien für die Traubenqualität. Aus mittelmäßigen Trauben kann selbst der beste Kellermeister keinen großen Wein keltern. Mit anderen Worten: Im Keller kann die gewachsene Qualität nur erhalten, jedoch nicht verbessert werden. (…)

Welche Qualitätssprünge allein durch verbesserte Anbaumethoden im Weinberg möglich sind, hat Stephan Graf von Neipperg in der Technikhochburg Bordeaux bewiesen. Der schwäbische Graf leitet den französischen Teil der Neippergschen Güter im Bordeaux. Mit großem Fleiß ist es ihm gelungen, das vernachlässigte *Château Canon-la-Gaffelière* in Saint-Émilion in die Spitzengruppe der großen Bordeaux zu führen. Natürlich musste er gehörig in die Kellerei investieren, ausgeklügelte Gärtanks und neue Eichenholzfässer bildeten die Schwerpunkte. Von Mostkonzentration und Ähnlichem hält Neipperg nicht viel. »Da werden natürlich auch die unerwünschten Stoffe und Aromen konzentriert.« Seine Aufmerksamkeit widmet er zum größten Teil den Reben. Naturnahe Anbaumethoden – im Bordeaux leider noch eine Ausnahme –, ausgeklügelte Drainagesysteme, beste Pflege der Reben, niedrige Erträge und extreme Sorgfalt bei der Selektion des Lesegutes sind Garanten für seinen Erfolg. Im Keller wird dann schonend gearbeitet. Ist das Lesegut in Ordnung, muss nicht mehr manipuliert werden. (…)

So kann man oft erleben, dass mit archaischen Mitteln große Weine gekeltert werden. Viele der besten Winzer bereiten ihre Weine in unscheinbaren Kellerchen. Ohne das, was von den hochtechnisierten Kollegen anderer Gebiete als das Mindeste an Kellerausrüstung angesehen wird, wirken sie kleine Wunder. Im Respekt der natürlichen Jahrgangsunterschiede entstehen große Weine. Da muss der Weinfreund aber auch akzeptieren, dass unterschiedliche Jahrgänge unterschiedliche Weintypen hervorbringen. In kleineren Jahren fallen die Weine eben fruchtiger und leichter aus, sind dafür eher trinkbar und erlauben es daher, die Weine großer Jahrgänge länger reifen zu lassen. (…)

Die Weine sind oft nicht leicht zu verstehen, aber immer ehrlich. Und, was vor allem erhaltenswert ist, natürlichen Ursprungs, Zeugen des Jahrganges mit seinen Stärken und Schwächen.

Justinus Kerner

Einige Worte über die Wirkungen des Rieslings auf das Nervensystem

Die Franzosen nennen unsere deutschen Weine, deren Hauptinhalt der Riesling und der Silvaner ist, kalte Weine, zum Gegensatz ihrer Weine, die aus Clevner und denen ähnlichen Traubensorten bestehen, und die sie warme nennen.

Dass sie sich hiermit eines sehr naturgemäßen Ausdruckes bedienen, werden auch die hier folgenden Erfahrungen über die Einwirkungen des Rieslings auf das Nervensystem zeigen. Das Aroma der Weine, das Bouquet, das schon in der Traube liegt, sich aber erst mit ihrem Wachstum im Fasse, ihrer Reife mehr entwickelt und entbindet, möchte ich mit einem ätherischen Prinzip, ähnlich dem Nervengeiste des Menschen vergleichen, das sich solchem ähnlich dem Nervengeiste des Menschen eben wegen seiner Homogenität mit ihm leicht vereinigt und nun seine Wirkungen auf das Nervensystem, je nach seiner verschiedenen Natur in jedem Weine auf verschiedene Weise ausübt.

So liegt nun nach den hier gegeben werdenden Erfahrungen im Bouquet, im Aroma des Rieslings, das in solchem so ausgezeichnet ist, ein auf die Nerven des Menschen besänftigendes und kühlend einwirkendes Prinzip neben seinem Geiste.

Selbst wenn andere, sogenannte warme Weine, eine Aufregung im Blutsystem hervorbrachten, kann diese durch mäßigen Genuss von Riesling gelegt werden. Es ist deswegen dieser Wein als letzter Trunk bei einem Gastmahle sehr zu empfehlen. Die gleichen Erfahrungen zeigten, dass dagegen im Bouquet des Muskatellers ein auf die Nerven mehr betäubend wirkendes Prinzip liegt. Das gleiche liegt im Rot- und Weißelbling nur im niederen Grade, und im Ruländer scheint ein Prinzip innezuwohnen, das einen besonderen Einfluss auf die Nerven der Augen ausübt.

Diese Einwirkungen der verschiedenen Traubensorten wurden besonders durch Versuche und Beobachtungen an Menschen und Krankheiten erkannt, wo das Nervensystem so zu sagen mehr bloß liegt, der Nervengeist sich mehr entbunden zeigt als in gewöhnlichen Zuständen; z. B. bei nervösen und magnetischen Stimmungen. (…)

Die Somnambule erfuhr nie den Namen der Trauben (…). Ihr Äußerungen waren folgende:

Der Traminer und Veltliner erregten ihre Hitze, der Ruländer, Spanier, der Rotelbling, Weißelbling und der rote Muskateller, Betäubung im Kopf.

Den Silvaner erklärte sie gesund für die Brust, der Affentaler verursachte ihr Wärme, der Traminer Bangigkeit auf der Brust, der rote Gutedel Herzklopfen und heftige Blutbewegung. Wärme im Unterleib brachte ihr der Clevner und Veltliner, besonders Wärme im Magen der Trollinger hervor.

Das Gefühl von Kälte aber durch alle Glieder erregten ihr der Riesling und der Silvaner, jedoch beide auf verschiedene Weise, beim Riesling ergriff zugleich die Nerven eine Art Starrheit, und sie erklärte ihn für nervenstärkend, während es der Silvaner nicht sei. Der Trollinger, Clevner und Affentaler zogen ihr Wasser in den Mund. Von allen Trauben konnte sie nur eine, den Trollinger, essen. Der Ruländer brachte ihr Schmerzen in den Augen und Nebel vor ihnen hervor, und der Rot- und Weißelbling erregten Mattigkeit in allen ihren Gliedern, ja, sie entschlief bei demselben plötzlich.

Endlich gab man ihr diese sämtlichen auf die Seite gelegten Beeren in die Hand.

Diese Mischung erregte ihr Unruhe in dem ganzen Körper und ein unangenehmes Gefühl.

Ich habe versucht, diese Äußerung mit denjenigen zusammen zu stellen, was über diese Traubensorten bereits bekannt und zum Teil anerkannt ist (…). Auf einen Widerspruch mit der Erfahrung bin ich bis jetzt nicht gestoßen, was ich aber durch die Erfahrung bestätigt ansehe, ist Folgendes:

1) Über den Einfluss der Trauben auf die Gesundheit sagt mir ein erfahrener Weingärtner, Grafenauer zu Mundelsheim, Folgendes: Der Trollinger sei zum Essen der gesundeste Traube, ebenfalls gut sei der Silvaner, am ungesundesten der Elbling.
2) Die Behauptung, dass der Silvaner gesund für die Brust sei, erhält dadurch einige Wahrscheinlichkeit, dass er so vielen Zucker und Schleimstoff enthält, auch dass er, wie der Riesling mehr kühlend als aufreizend, wenn auch nicht nervenstärkend wie dieser wirkt.
3) Die Äußerung über die Vermischung der Traubenbeeren ist völlig im Einklang, denn es ist entschieden, dass jeder Wein, der aus verschiedenen Trauben bereitet ist, unangenehm und widrig ist.
4) Die Ähnlichkeit des Rot- und Weißelblings ist ebenfalls durch die Erfahrung bestätigt.
5) Die Wirkung der drei roten Trauben, dass sie ihr Wasser in den Mund zogen, kommt von deren gelbstoffhaltenden Farbe her.
6) Noch im Dunkeln liegt die Einwirkung des Ruländer auf die Augen, weil hier auch weitere Beobachtungen fehlen.
7) Das Betäuben beim Rot- und Weißelbling und Muskateller: Diese drei Weinsorten sind übrigens bekanntlich sehr bouquetreich, und in solchem muss ein also wirkendes Prinzip liegen.
8) Noch liegen im Dunkeln die Ähnlichkeit des Veltliners und Clevners in ihrer Wirkung auf den Unterleib und
9) die durch den Gutedel bewirkte Blutbewegung.

Theobald Kerner

Das Kernerhaus und seine Gäste

Fremde Weine kamen nie auf den Tisch, es waren auch keine im Keller. Mein Vater kaufte jeden Herbst den Wein süß in der Kelter, es war ein leichter weißer Tischwein, den alles gern trank, zugleich gab es für Kinder und andere schwache Naturen guten Apfelwein in beliebiger Menge. Getrunken wurde im Ganzen viel, mehr noch als bei der regelmäßigen Mahlzeit, in der Zwischenzeit im Garten und auf dem Turme.

Im November 1861, in einer Nacht, da mein Vater nicht schlafen konnte und ich neben ihm im Bette lag, sagte ich: »Jetzt wollen wir einmal zur Unterhaltung ausrechnen, wieviel Wein du aus dem Kristallglase, das dir Lenau 1834 schenkte und das du seither immer gebrauchtest, bis heute getrunken hast.« Wir rechneten und rechneten; das Geringste, was mein Vater täglich trank, waren zwei und ein halbes Liter, und wir kamen auf die ansehnliche Anzahl von siebzig Eimer oder einundzwanzigtausend Liter. Unter dieser Rechnung schliefen wir ein.

Merkwürdigerweise ist dieses Lenauglas trotz der unzähligen Wanderungen im Haus, im Garten und auf dem Turm nie auf den Boden gefallen, hat keinen Sprung bekommen; aber sein Rand ist zerfetzt wie eine alte Kriegsfahne, und ich bewahre es jetzt ängstlich auf, als wäre es das Glück von Edenhall.

Nikolaus Lenau

Der einsame Trinker

1.

»Ach, wer möchte einsam trinken,
Ohne Rede, Rundgesang,
Ohne an die Brust zu sinken
Einem Freund im Wonnedrang?«

Ich; – die Freunde sind zu selten;
Ohne Denken trinkt das Tier,
Und ich lad aus andern Welten
Lieber meine Gäste mir.

Wenn im Wein Gedanken quellen,
Wühlt ihr mir den Schlamm empor,
Wie des Ganges heilge Wellen
Trübt ein Elefantenchor.

Dionys in Vaterarme
Mild den einzlen Mann empfing,
Der, gekränket von dem Schwarme,
Nach Eleusis opfern ging.

2.

Ich trinke hier allein,
Von Freund und Feinden ferne,
In stiller Nacht den Wein
Und meide selbst die Sterne:

Da fährt man gerne mit
In Blicken und Gedanken
Und könnt auf solchem Ritt
Das volle Glas verschwanken.

Der Kerzen heller Brand
Kommt besser mir zustatten,
Da kann ich an der Wand
Doch schauen meinen Schatten.

Mein Schatten! komm, stoß an,
Du wesenloser Zecher!
Auf, schwinge, mein Kumpan,
Den vollen Schattenbecher!

Seh ich den dürren Schein
In deinem Glase schweben,
Schmeckt besser mir der Wein
Und mein lebendig Leben;

So schlürfte der Hellen'
Die Lust des Erdenpfades,
Sah er vorübergehn
Als Schatten sich im Hades. (…)

Justinus Kerner

Auf das Trinkglas eines verstorbenen Freundes

Du herrlich Glas, nun stehst du leer,
Glas, das er oft mit Lust gehoben;
Die Spinne hat rings um dich her
Indes den düstern Flor gewoben.

Jetzt sollst du mir gefüllet sein
Mondhell mit Gold der deutschen Reben!
In deiner Tiefe heil'gen Schein
Schau ich hinab mit frommem Beben.

Was ich erschau in deinem Grund,
Ist nicht Gewöhnlichen zu nennen,
Doch wird mir klar zu dieser Stund',
Wie nichts den Freund vom Freund kann trennen.

Auf diesen Glauben, Glas so hold!
Trink' ich dich aus mit hohem Mute.
Klar spiegelt sich der Sterne Gold,
Pokal, in deinem teuren Blute.

Still geht der Mond das Tal entlang,
Ernst tönt die mitternächt'ge Stunde,
Leer steht das Glas, der heil'ge Klang
Tönt nach in dem kristallnen Grunde.

Nikolaus Lenau

Auf ein Fass zu Öhringen

Ich stand, der höchste, grünste Baum,
Vor Zeiten froh im Waldesraum.
Mir galt der Sonne erster Kuss,
Ich brachte, war sie schon geschieden,
Dem Wanderer zum Abendfrieden
Von ihr noch einen Purpurgruß.
Da sah mich einst der Küfer ragen,
Der kam und hat mich schnell erschlagen.
Ade! Ade! du grüner Hain!
Du Sonnenstrahl und Mondenschein!
Du Vogelsang und Wetterklang,
Der freudig mir zur Wurzel drang!
Die Waldeslust ist nun herum,
Ich wandre nach Elysium.
Ihr Bruderbäume folgt mir nach
In dieses himmlische Gemach:
O nehmt das Los der Auserkornen
Von all den tausend Waldgebornen,
Das schöne Los, das große Los:
Tief in des Grundes kühlem Schoß
Ein Fass zu sein, ein Fass zu sein,
Nicht so ein still verlass'ner Schrein!
Ein Fass, dem lieben Wein ergeben,
Der Erde heil'ges Herzblut hüllend,
Ein Trunk das ganze lange Leben,
Den Zecher durch und durch erfüllend!
Komm, komm bewegter Erdengast,
Und halte hier vergnügte Rast.
Mach' dir das Herz im Weine flott,
Schenk ein! trink' aus! merkst du den Gott?

Braust dir der Geist durch's Innre hin,
Von dem ich selber trunken bin?
Er ist so feurig, süß und stark:
O schlürf ihn ein ins tiefste Mark! –
Nun Wandrer, wandre selig heiter,
Von Fass zu Fass forttrinkend, weiter! (...)

Gustav Schwab

Den Naturforschern

Stuttgart, im Herbste 1834

Ihr fragt, warum die Sonn' erschien
Auf einem goldnern Wagen,
Und sich den Wolkenhermelin
Der Herbst nicht umgeschlagen?

Nicht hat vergessen die Natur,
Dass ihre Freunde kommen;
Sie hat ihr Festkleid von Azur
Längst freudig umgenommen.

Durch unsre Gärten wogt ein Licht
Mit überird'schen Flügeln,
Und ein geheimes Feuer bricht
Aus unsern Rebenhügeln.

Die Traube dieses Jahres quoll
Zum Ruhm der Wissenschaften,
Und unsrer Gäste Name soll
An diesem Weine haften.

Wenn er als Jüngling gärend braust,
Geschieht's zu ihrem Preise,
Und wenn als Mann im Keller haust,
Und wenn als Greis labt Greise.

Ja, bricht des Lebens Nacht herein,
Wird unsre Hütte morscher:
So schenkt uns noch ein Enkel ein
Vom starken Wein der Forscher.

Doch in den Gästen wird er erst
Gelangen ganz zu Ehren,
Und sich in ihrem Dienst zumehrst
Zum Zauberwein verklären.

Dort wirkt er mit Erweckungen
Lang als Gedankenzunder,
Dort schafft er in Entdeckungen
Gar manches neue Wunder.

Doch jetzo seht ihn schlummerstill
Noch hinter Blättern träumen,
Und wer den Knaben küssen will,
Der tu' es ohne Säumen.

Jetzt reicht er nur noch zarte Kost
Für unsrer Gäste Frauen;
Inzwischen soll vom alten Most
Das Herz der Männer tauen!

Michael Klett

Rote Beeren und Bohnerwachs

Über den Wein gibt es viel zu sagen – die Frage ist nur – wie? Seit sich die Weinberge ausdehnen, das Wetter besser wird und damit die Qualitäten, seit Technik und Märkte sich entwickeln und undurchsichtige Verordnungen (vorwiegend in Deutschland) schwankende Standards zulassen, wird der Wein zum Kultphänomen. Es entstehen stereotype Riten, gebetsartige Formeln, eine üppige Phantasie der Preisung, ein Priestertum gnostischer Besserwisser und exklusive Degustationskonventikel. Wie immer bei Kulten, löst sich der Betrieb allmählich vom Gegenstand, Gerede und Getue werden beliebig, gefallen sich selbst und werden sich selbst wichtig.

Die *vitis vinifera* ist eine seltsame und sicher divine Erscheinung. Angewitterter, kavernöser Untergrund ist ihr besonders lieb, ihre mineraliensüchtigen Wurzeln sollen in Tiefen bis zu 20 m greifen, und sie sollen immer weiter nach feinem Erdstoff suchen, auch wenn der Stock schon uralt ist. Das charakterweisende Blatt ist nicht ganz glatt, sondern hat eine unruhige, drüsige, manchmal fein genarbte Oberfläche; selbst die Traubenhaut scheint ein atmendes, aufnehmendes Organ zu sein, das Düfte aus Wind und Wasser einzieht. In Tausenden von Jahren wurden die Giganten unter den Reben herangezüchtet, die Pinot, Riesling, Cabernet, Chardonnay, Chenin blanc, Merlot. Die Aromata und Geschmacksnoten, die mit diesen Tentakeln in den Saft eingebracht werden, sind Legion. Kalifornische Wissenschaftler haben exakt 94 Odeurs in ihr Aromawerk eingetragen, geniale Schmecker wollen einige hundert gezählt haben. Am Ende haben auch sie sich im Feinstoff-Dschungel verirrt. Der Geruchs- und Geschmackssinn des Homo sapiens ist ganz gut entwickelt, er hat die weitaus größte Repräsentanz im Großhirn, der Gesichtssinn ist ein Schatten dagegen, und doch reicht er nur eine kurze Strecke in das weite, unendliche Reich der Fragranzen und Gaumenspuren, die der Wein vorweisen kann. Der Mensch, zumal der Europäer, empfindet unbekannte, geheimnisvolle Zonen als störend, weiße Flecken müssen weg, und so versucht er mit der einzigen Waffe, die er auf diesem Gebiet anwenden kann, nämlich der Sprache, in das Dunkel einzudringen und es zu erhellen. Ein armseliges Unterfangen. Hier ist nichts zu machen. Mit dem Wein ist es wie mit der Wahrheit, von der es heißt, sie sei in ihm zu finden. Man erwischt allenfalls für einen Moment ein kleines Stück.

Blättert man in Weinführern, Zeitschriften, Katalogen und Prospekten, so überrascht zunächst die scheinbare Fülle von Spezifizierungen, mit denen versucht wird, ein paar Hauptcharakteristika aus dem Ungesonderten herauszuholen. Cassis und die unvermeidliche Brombeere kommen immer wieder vor, neuerdings findet jemand Leder und Röstkaffee gut, wie überhaupt das Modische in der Sprachkreation fleißig um sich greift. In einem aufgeblähten Schmöker springt einem seitenweise die monotone Meldung: »Frucht, Struktur …«, »Feine Frucht, gute Struktur …«, »Edle Frucht, elegante Struktur …« und dann der übliche Metaphernsalat ins Auge. Der Autor will wohl Zeilen schinden, sonst hätte er sich des im achtzehnten Jahrhundert in der Kartographie entwickelten Instruments der Legende bedienen können. Wenn über neunzig Prozent der Weine Frucht und Struktur haben, genügt ein Hinweis am Anfang, und der Hohepriester kann sich auf die Abweichungen konzentrieren. Eine andere Schwarte berichtet etwa: »Komplexer Duft nach aromatischen Äpfeln, Vanille, Toast und Mineralien, stoffig und würzig, elegante Säure für den eher weichen Jahrgang, zarte Fruchtnoten, nachhaltige mineralische Note.« »Komplexer Duft« heißt, dass er viele Düfte enthält wie jeder Wein, der irgendein Bukett hat, die »aromatischen Äpfel« besagen, dass eine weitere Fülle von Aromata aus dem auch nicht zu verachtenden Duftbestand des Apfels hinzutreten, »Vanille und Toast« sind immerhin eindeutig, aber die »Mineralien«, wie riechen Mineralien? Wie riecht, außer dem geriebenen Schwefelpyrit und rostigem Eisenerz, Saphir, Obsidian oder Labrador-Granit? Wie schmeckt er gar? Mit den zarten Fruchtnoten ist es nicht besser. Welcher Riesling – und von dem ist die Rede – hat keine zarten Fruchtnoten? Das Ganze ist hilflos, beliebig, zerschellt an der eminenten Undurchdringlichkeit der Sinnenlandschaft Wein, aber es besteht, weil es von den Oberen der Kultgemeinde so zelebriert wird.

Ich habe mir das Vergnügen gemacht, diesen Wein zu bestellen, ließ ihn ein halbes Jahr liegen und probierte ihn im zeitigen Frühjahr. Ich meine, in dem Strom von Düften, der mir aus dem Glas entgegenkam, eher Quitte bemerkt zu haben, dann war es wieder Mispel, aber Apfel? Von Vanille und Toast keine Spur. Mit anderen Worten, es war alles ganz anders. Weine, das ist bekannt, »reisen« besser oder schlechter, ein anderes Ambiente, Klima, eine andere Jahreszeit oder bloß anderes Wetter sind Faktoren der Veränderung, die Temperatur, das Glas, ein schon um Monate vorgerücktes Alter und insbesondere der kostende Mensch. Hier ist jeder anders als der andere, wie jüngst eine französische Forschungsgruppe wieder einmal bestätigt hat mit dem Schlusshinweis: »Einen wahren Geschmack gibt es nicht.« Also nicht nur der Wein ist ein dunkler, lebender Kontinent, der Mensch ist es auch. Es wäre ja auch schlimm, wenn's anders wäre. Nur eben – zwischen die beiden schieben sich selbsternannte Autoritäten und maßen sich eine Welterklärung an, die so nicht möglich ist.

Diese Polemik will nun allerdings nicht eine nüchterne, vernünftige und vor allem dem Gegenstand angemessene, also vorsichtig vermittelnde Kritik beeinträchtigen. Kundige, intelligente Scheidungen können, und schon gar bei einem nicht sonderlich kultivierten Volk, nur förderlich sein. Eine vorsichtige Annäherung an die wunderbaren Duft- und

Schmeckvarianten ist für eine Verfeinerung der Genüsse aus dem Glas wichtig. Und dafür tut eine geeignete Sprachkonvention not. Das Gebetsmühlenhafte, das hemmungslose Herausgreifen von Analogien ist Unsinn, wobei gleich angefügt werden muss, dass hier der richtige Weg nicht leicht ist. Es fängt schon damit an, dass der Weinfreund ja nicht nur Feinstoffe zu sich nimmt, sondern auch Alkohol. Dieser steigert die Ausdrucksspannung, unter der der Begeisterte steht, und schon geht das haltlose Geschwärme, das Behaupten von allem Möglichen, was nach was riecht, los. Ich bin auch weit davon entfernt, unumstößliche Gewissheiten bekanntzugeben. Das kann gern den Aposteln der professionellen Degustationen überlassen werden. Es geht um den Beginn eines kulinarischen Prozesses, an dessen Ende noch immer eine offene Debatte über Nuancen steht, über dienliche Vokabeln versus hilflos wirkende Assoziationsofferten, die überdies dann irreführend sind, wenn Erzeuger und Händler sie in ihre Angebote aufnehmen und damit dem Kunden etwas anpreisen, was er nach dem Kauf gar nicht vorfindet.

Es geht um eine Weinsprache, die des Gegenstands würdig ist, um Sauberkeit der Deklaration. Es soll an dieser Stelle ein erfreulicher Pionier in dieser Sache als einziger namentlich erwähnt werden: Michael Broadbent. Hier ein Beispiel: »A delightful wine. Three notes, twice in July 77; pale, fresh, fruity and attractive medium dry, charming light but with some ripe flesh, delicate refreshing acidity«. Vor allem aber: Die Degustation ist datiert. Zuweilen fügt er den Ort und die Gelegenheit an. Er macht damit das Augenblickliche, Occasionelle deutlich. Auf diese Weise kann man auch eine gewagte Metapher riskieren. »Der Wein«, sagt Broadbent, »spricht jeweils für sich, ich versuche nur, seine Sprache zu übersetzen.« Ein Goldwort. Ein weiterer, die spielerische Meisterschaft in der Linie dieses Stils bezeugender Eintrag: »Forward. Pretty little wine. Taste 1973, 1974, 1975, 1976 xx«. Oder: »The real thing;

pink; jammy nose; piquant; Taste July 73 x«. Wenn man das neben folgende Notiz hält: »Duftet nach Lakritz und grünen Äpfeln. Ansprechende Frucht, etwas grasige Säure.« Abgesehen davon, dass die oft erwähnte Lakritze, also eingedicktes Ochsenblut mit Süßholz, nicht unbedingt eine empfehlende Analogie ist, wird hier von einer Säure gehandelt, die mit Gras identifiziert wird. Was das wohl sein mag? Nun ist es so, dass es nicht nur den Schatten jämmerlicher Metaphorik gibt, wie er sich in den achtziger Jahren auf das neureiche, genusssüchtige Deutschland gelegt hat – es hält sich immer noch die alte von Winzern und Önologen gepflegte Fachsprache. Sie ist nicht blumig, hält sich eher ans Strukturelle und sucht das Wesentliche in knapper Weise zum Ausdruck zu bringen. Natürlich stellt sie eine Konvention dar, macht Anleihen an Wortschöpfungen anderer Sinne und ist weit entfernt davon, etwas Vollkommenes zu sein. Man weiß aber ungefähr, was gemeint ist, wenn ein Riesling stahlig oder schlank oder saftig ist, obwohl jeder Wein so flüssig wie saftig ist – aber gut. Auch Worte wie Körper und Stoff scheinen brauchbar. Oder elegant, wuchtig, voll, opulent, ja sogar samtig oder seidig mag angehen. Und sowieso steigernde oder abschwächende Adjektive wie pikant, feinherb, fein dezent, harmonisch, scharf etc. sind wichtige Stützen bei der Kennzeichnung.

Viele Winzer enthalten sich denn auch der kalauernden Degustationspoesie und versuchen es mit knappen Angaben, die durch Laboranalysen ergänzt werden wie »großer Akkord der Sinne, Eleganz in den Nuancen dank natürlicher Restsüße«, oder »stoffreicher Silvaner, mächtiges Format, zartbitter im Abgang«, oder einfach »erdiger Keuperwein«, oder »edelfirnig, interessant gereift«. Das ist natürlich keine Präzisionskennzeichnung, aber dafür wird der Weinfreund neugierig gemacht und hat eine ungefähre Vorstellung. Auch kann es vorkommen, dass Gastronomen eine Leitnote in der Fülle finden, sagen wir, Zitronengras, was einen Hinweis für die Verbindung mit einer entsprechenden Speise gäbe. Freilich handelt es sich hier um verkaufende Erzeuger, die wissen, dass ihr Produkt das halten muss, was sie zu versprechen versuchen. Die unsichtbare Hand des Marktes hält die Dinge hier noch einigermaßen in Ordnung. Leider wechseln aus ihrem Lager mehr und mehr in die Novizenränge des weltumfassenden Testkults.

Dort wird angeblicher Geschmacksfreude Richtung und Drall gegeben, die Marktansprüche können nur gehalten und ausgebaut werden, wenn breite, einheitliche Trends stimuliert werden. Da die Horden der Degustatoren oft wenig von Wein verstehen, folgen sie den zungenschnalzenden Weisungen ihrer Gurus. Die mögen etwas von diesem feinen Stoff verstehen, aber ihre sprachliche Mittlerkompetenz ist eine Katastrophe. Stilblüten, Kitsch, irreführende Parolen ziehen sich durch die ausgeleierten Texte dieser Prüfnasen und -gaumen. Da sitzen sie vor ihrem Gläserhalbkreis, schnüffeln und schlotzen, und wenn sie ordentlich bedudelt sind, geht es los mit den Kalauern. Da kommt dann der »gezähmte Samt« auf den Laufsteg, »anklingendes Cognacgold« ertönt, »feinwürziger Bodenduft« erhebt sich über die Fluren, die »mineralische Produktnote« schlurft den Gaumen entlang, ein Frühstückswein duftet fett »nach Speck und Butter«. Ein Duft kommt aus der Drogenszene, er ist »breit«, ein anderer ist »reduktiv«.

Auch an heimlichen Wünschen fehlt es nicht. Da findet einer einen Wein gut mit »einer holzbetonten Statur mit straffem Tanninkorsett«, ein anderer, wohl eher homophil ausgeprägt, ist offenbar begeistert von »einer sehr kraftvollen Statur, muskulös mit reiner, fester Frucht«. Ein anderer hält es mit Lapidar-Erotik: »Struktur paart sich da mit Fülle«, also der Tod und das Mädchen. Bilderangebote setzen Assoziationen in Gang. Der konkurrierende Winzer will mithalten. Er beäugt seine Weine wie spröde Haremsdamen. Eine hat ein »kühles Gesicht über vibrierendem Körper«, eine andere nennt er eine »mit fühliger Kühle reizende Schöne«, dann gibt es eine, die »süße Versprechungen macht, ohne Farbe zu bekennen«. Eine Kreszenz darf Flasche sein: »Picasso hätte sie als Busen geformt«. Es gibt auch einen »in Glut geformten Körper« und immerhin wenigstens eine »lockende Schönheit, die zwingt, den Schleier zu heben«. Solcher Schwulstkitsch ist indes selten. Viel ärgerlicher sind Stilblüten wie diese: »Eine äußerst schmeichelnde Nase mit fleischiger, wildreicher (Serengeti darf nicht sterben) Note, feuchtem Herbstlaub und gerösteten Mandeln versehen, mit einem floralen an Pfingstrosen erinnernden Anflug«, oder »viel Frucht unterstützt von Unterholz«. So was passiert dem schlichten Geist, wenn er genießend ins Träumen kommt. Auch gibt es Weine mit »rauchzartem, animalischem Ansatz«, oder wir blicken staunend in die Löcher einer »offenen animalischen Nase«, erfreuen uns bei »feinem Spiel« an einer »langatmigen« oder auch »nachhaltig geschliffenen Rasse« und hätten gern mehr anthropologisches Rüstzeug, um zu begreifen, was das nun wieder soll, sind beglückt über den »langen mineralischen Nachhall« in der Halle des Bergkönigs und die an die große Zeit der Romantik erinnernden »jugendlich erhabenen Inhalte«.

Vielleicht sollte man das alles nicht so ernst nehmen. Schließlich ist es der Wein selbst, der die Zunge löst, so dass die Nasen und Gaumenschamanen über Sachen reden können, die mit ihm nichts zu tun haben. Im Grunde wird geistige Anstrengung verlangt oder verzichtende Askese, wie sie von klugen Winzern geübt wird, die ihre Analysewerte angeben. Beides steht nicht hoch im Kurs. Aber muss es auf Dauer sein, dass die Weinqualitäten sich substantiell verbessern, während die Sprache dazu zur banalen Kabarettnummer verkommt?

Walle Sayer

Degustation

Bei dem die Sommeliers ratlos bleiben. Der blindverkostet, mit samtigen Schattenmorellen und einer balsamischen Note, keine einzige Rebzeile verrät. Aus einem Anbaugebiet stammen muß, wo da unter einem Silberstreif die Feldlerche sang während des Flugs. Und den man noch langhin lagern könnte. Langhin. Bis eine Weinkönigin dann, unglücklich in einen Biertrinker verliebt, mit zerlaufener Wimperntusche dasäße. Er, als Jahrhundertwein in eine Saftflasche umgefüllt, sich einschmuggeln ließe ins hinterletzte Zimmer. Ersonnenes statt Ausgedachtes, im Abgang erinnerte an die alten unnennbaren Tage. Selbst aus einem ausgespülten Zahnputzbecher noch trinkbar wär.

Thomas C. Breuer

Abgang

Wir leben zwar in der Prostmoderne. Dennoch heißt die Lieblingslust der Deutschen mit Vornamen: Kontrollver. Aber, Überraschung: Der deutsche Bierdurst sinkt seit 40 Jahren kontinuierlich. Deswegen kaufen Brauereien vermehrt Weingüter auf. Der australische Konzern *Fosters* hat den amerikanischen Weinproduzenten Beringer für eine Milliarde Dollar geschluckt und danach nicht einmal gerülpst.

Die Weinprobe von heute ist nichts anderes als »Betreutes Trinken«. Gut, das Weinvokabular ist schwierig, fast schon diffizil, die Beschreibungen der Enoteca Scholten in Cochem haben vor zwei Jahren fast den Literaturnobelpreis bekommen: »Dieser himmlische Tropfen ist eine wahre Gottesgabe, eine harmonische Begegnung von hoher Farbtiefe. Pfirsicharomen Hand in Hand mit erdbeerigem Orangengebäck auf einem pflaumigen Blütenteppich mit durchaus bananesken Gesamtnoten …« Ist das ein Obstsalat, oder was? Um Himmels willen, das klingt, als müsste man sich mit Paulo Coelho volllaufen lassen.

Viele Mitbürger haben Komplexe und Angst, sich bei einer Weinverkostung zu blamieren. Dabei geht es nicht darum, ausschließlich komplexe Weine trinken. Wenn der Vinothekar von Ihnen wissen möchte: »Welche Lage?«, dann antworten Sie vorsichtshalber: »Stabile Seitenlage, okay?« Erwähnen Sie besser nicht, dass Sie sich bisher bevorzugt im *Lambrusco Flagship Store* eingedeckt haben. Wenn Sie den *Château Cheval Blanc* nicht vom Gütersloher Grünburgunder unterscheiden können, halten Sie einfach die Klappe. Wenn jemand behauptet, der Wein korrespondiere superb mit Wild, nehmen Sie Abstand davon zu fragen: »Und wie? Mailen? Twittern? Simsen? Whatsappen? Oder skypet er lieber?« Überspielen Sie heikle Situationen besser mit einem launigen Zweizeiler: »Manches, was da fröhlich gärt, beflügelt gern den Leberwert.« Denken Sie sich einen Dichter dazu aus – Hermann Heine! Erwähnen Sie wie nebenbei, dass der Schriftsteller Ambrose Bierce Wein als »Gottes zweitbestes Geschenk an den Mann« bezeichnet hat. Ein paar Lacher dürften Ihnen sicher sein. Registrieren Sie, wie Ihre Umgebung reagiert und loben Sie, wenn andere loben: »Das ist wirklich der fulminanteste Gebissdragoner seit Beginn der Wetteraufzeichnungen im Jahr 1893!« Passt immer, da können Sie nichts falsch machen. Noch etwas: Es heißt nicht: Somalier. Das sind die mit den Piratenflaggen. Man sagt: Sommelier. Und wenn der Gastgeber vollmundig einen Blauburgunder anpreist, vermeiden Sie die Frage: »Macht nicht jeder Burgunder blau?« Begehren Sie tunlichst auch nicht zu wissen, ob man sich gegen Schwarzriesling impfen lassen muss.

Hauptsache, der Wein ist trocken. Wobei: Der Wein kann natürlich so trocken sein, wie er will – wenn der Kunde genauso trocken ist, bleibt er ungetrunken. Wenn Sie sich merken können, dass Rotwein bevorzugt in Raumtemperatur gehalten wird, und zwar wie bei Steinbrücks daheim, also nicht über 18 Grad, ist das die halbe Miete. Erfinden Sie im schlimmsten Fall eine Meldung aus dem *Wine Spectator*: Das *Massachusetts Institute of Cultivated Intoxication* hätte soeben herausgefunden, dass Psychopharmaka die Leber angreifen können – außer, wenn diese in Alkohol eingelegt sei. Respekt ist Ihnen sicher. Natürlich ist ein Näschen fürs Gläschen hilfreich. Der berühmte Weinjockey Stuart Pigott hat geschrieben: »Für Fachleute ist der Geruch des Weins die Hälfte der Freude.« Das bedeutet keinesfalls, dass Sie sich jetzt als echter Aff … Afficionado den Wein durch die Nase reinziehen sollten. Nicht einmal retronasal. Und noch einmal: Der mit den Pferden heißt Lester Piggott. Und das Bukett hat nebenbei nicht der Brasilianer Nelson Bouquet entdeckt. Der Mann, der den Wein überhaupt erst erfunden hat, also der mehrfach genannte Amerikaner Robert Parker, hat sowohl seine Nase als auch seinen Gaumen für eine Million Dollar versichern lassen.

Verwechseln Sie das Terroir nicht mit Terror, selbst wenn Sie damit manchmal gar nicht so falsch liegen! Die Balance meint nebenbei nicht unbedingt Ihre aktuelle Gehtüchtigkeit. Abfüllen kann man ja sowohl den Wein als auch den Weintrinker. Hier eine lustige Ausrede: »Non, merci, ich habe bereits gestern getrunken, was ich habe heute trinken wollen.« Halten Sie sich dennoch zurück, Witze über Wein sind so interessant wie die traditionelle Alkoholbeichte von Jenny Elvers. Dafür bedarf es eines trockeneren Humors, ich musste da auch umlernen, halbtrocken wird nicht mehr verlangt. Eine Geschichte möchte ich jedoch noch kolportiert haben, in Abwandlung des alten Spruchs: »Das Leben ist zu billig, um kurzen Wein zu trinken.« Ein Schwabe, ein Elsässer und ein

Badener hocken gesellig beisammen. Die Bedienung kommt, sie geben die Bestellung auf. »I nemm en Trollinger!«, sagt der Schwabe. »Und mir bringe Se en Edelzwicker, s'il vous plaît!«, ordert der Mann aus dem Alsace. Der Badener bestellt ein Wasser. »Was isch mit dir los?«, fragt der Elsässer. »Ach«, sagt der Badener, »ich hab mr denkt, wenn ihr zwei keine Wein bschtellt, nimm ich auch keiner!«

Generell muss man unterscheiden zwischen Menschen, die zum Essen gerne ein Glas Wein trinken, und denen, die zum Wein gerne mal ein Stück Essen zu sich nehmen. Lange Zeit war bei uns gewöhnlich Sterblichen das Komasaufen ein Problem, bei den Politikern aber das Wachkoma. Das Komasaufen hat nachgelassen, weil die meisten Heranwachsenden schon zu besoffen sind, um überhaupt damit anzufangen. Die Gesellschaft müsse hinschauen, wird immer wieder gefordert, aber oft reicht das nicht. Gelegentlich muss sie auch einmal ihr Glas erheben und mit den Jugendlichen anstoßen, um diesen das Gefühl der Isolierung zu nehmen. Es lebe die Rebe! Hoffentlich verlassen Sie dieses Kompendium nicht nur angeheitert, sondern auch heiteren Gemüts. Ich möchte mich jetzt verabschieden mit einem hoffentlich lang anhaltenden Finish, ganz so, als befänden wir uns in Helsinki. Mit anderen Worten: Ich mach jetzt hier den Abgang!

Und denken Sie bitte daran, dass es auch noch andere Getränke gibt. Der große Mime Spalding Gray wurde einmal gefragt: »Ist das Ihre Religion – Zweifel?« Und er gab zur Antwort: »Aber ja! Das – und die Cocktailbar.« Lassen wir es vielleicht besser bei einem Satz des griechischen Philosophen Plankton bewenden: »Wenn Gott uns hätte nüchtern haben wollen, wozu hat er uns dann den Wein geschenkt?« Hoch soll er reben!

Was ist das für ein durstig Jahr!
Die Kehle lechzt mir immerdar,
Die Leber dorrt mir ein:
Ich bin ein Fisch auf trocknem Sand,
Ich bin ein dürres Ackerland.
O, schafft mir, schafft mir Wein!
Ludwig Uhland

Wein und Weiber waren die Skylla und Charybdis,
die mich wechselsweise in ihren Strudeln wirbelten.
Christian Friedrich Daniel Schubart

Wo ein grüner Besen winkt,
lass dich ruhig nieder,
wo man gute Tropfen trinkt,
kommt man immer wieder,
wo man frohe Lieder singt,
denkt man nicht an morgen,
wo ein grüner Besen winkt,
kennt man keine Sorgen.
Ernst Rostin

Wein, Weib, Gesang

Diese Überschrift geht in frauenbewegten Zeiten eigentlich gar nicht, soll aber neben der gängigen Zitatzeile ein Hinweis auf das Stereotyp mit männlichen Rauschgöttern und weiblichen Gespielinnen sein. In der ersten Homerischen Hymne wird Dionysos als geiler »Weiberbetörer« besungen, und der zechende Bacchus ist meist im Kreise tanzender Bacchantinnen abgebildet. Frauen und Wein, das war ein hymnischer Topos aller Literaturepochen – vom mittelalterlichen Minnesang bis zu den weinseligen Trinkliedern Uhlands, Kerners, Mörikes –, auch wenn man in Württemberg nicht unbedingt zu Chianti-Kantilenen neigt.

In der realen Welt des Weinbaus standen Frauen als Arbeitskräfte ihren Mann. Sie waren aber auch vom Aberglauben betroffen: Danach sollten sie sich während der Menstruation vom Wein fern halten, weil dieser sonst angeblich verdirbt. Im Kindsbett dagegen war ein medizinisch verordneter Becher gestattet, und Bräute bekamen zum Segen ein Glas Rotwein in den Schuh gestellt.

Beim Trinken galt ebenso zweierlei Maß. Oft war Frauen Weingenuss untersagt, Chronisten berichten angeekelt von »weinseligem Duft aus zartem Mund«. Einzig Nonnen war Wein als alltägliches Genussmittel erlaubt. Besonders listig, so die Anekdote, gelobte eine Stettener Stiftsdame, sie wolle sich nur von Wasser und Brot ernähren. Das Wasser zum Brot ließ sie aus dem Keller holen, so soll der Wein der Lage »Brotwasser« zu seinem Namen gekommen sein.

Eine Württemberger Spezialität ist die »Weiberzeche«, eine Ventilsitte wie die Fastnacht, wo zeitweilig die geltende Ordnung aufgehoben und über die Stränge geschlagen wird.

Weiberzechen wurden im Zabergäu, am Strom- und Heuchelberg gefeiert und waren zunächst wohl eine Belohnung für Frondienste leistende Frauen. Ihnen reichten am Ende der Fastenzeit auf dem Rathaus wenige ausgewählte Männer, so die Ochsenbacher Gemeindeordnung 1747/48, »ein Stückh Brod und ein Trunckh Wein«. Die Ehemänner, behaupten boshafte Zeitgenossen, seien am Ende doch wieder benötigt worden, um ihre sturztrunkenen Frauen nach Hause zu karren. Manche Weiberzechen wurden deshalb verboten, heute werden sie in einigen Orten wiederbelebt.

Im Weinbau haben sich die Frauen längst emanzipiert. An der Staatlichen Lehr- und Versuchsanstalt für Wein- und Obstbau Weinsberg ist der Anteil der Önologinnen steigend. Auch als Weinmacherinnen machen Frauen Furore, etwa Christel Currle, die die Stuttgarter Wein-Männerwelt aufmischt. Im bundesweiten Netzwerk »Vinissima – Frauen und Wein« haben sich Winzerinnen, Weinhändlerinnen, Gastronominnen und Weinkellnerinnen zusammengeschlossen. Sechs Württemberger Winzerinnen und drei Weinfachfrauen haben sich als »Trollinger-Evas« aufgemacht, das Image des Trollingers aufzupolieren, weg von altherrlicher Viertelesschlotzerei, hin zu knackig-frischer Frauenfinesse. Auf dem Flaschenetikett hält Eva statt eines Apfels eine Traube in der Hand – moderne Frucht von der alten Rebe der Erkenntnis. Längst widerlegt ist zudem das Vorurteil, »Frauenwein« müsse lieblich sein.

Dass auch Kooperation über Geschlechtergrenzen erfolgreich sein kann, zeigen zum Beispiel Petra und Thomas Bächner in der Randlage Neuffen: Sie bewirtschaftet die Weinberge, er den Keller, und zusammen wurden die beiden Seiteneinsteiger mehrfach für den Deutschen Rotweinpreis nominiert.

David Friedrich Strauß

Glosse

»Wer nicht liebt Wein, Weib und Gesang,
Der bleibt ein Narr sein Leben lang.«
    Gut.
    Doch wer es tut?
Wer Weiber liebt, der wird zum Narren;
Die Sänger haben ihren Sparren;
Und gar der Wein, wie allbekannt,
Bringt seine Leute vom Verstand.
    Drum, du guter
    Doktor Luther,
Es treib' es einer, wie er woll',
Wir bleiben samt und sonders toll.

Friedrich Haug

Trinklied

Mel. God save the King

Schlürfet den labenden
Sorgebegrabenden
Nektar hinein!
Lüstet's den Fröhlichen,
Wonne den Seligen
Herzubefehligen,
Lehrt's ihn der Wein.

Heil zum Vereine hier!
Wohl uns! – beim Weine hier!
Leben wir neu.
Traulich ergießet euch!
Herbes versüßet euch!
Trinkt, und umschließet euch
Brüderlich treu.

Friedrich Christoph Weisser

Dithyrambe

Lasst die Gläser lustig klingen;
Doch das größte schenkt mir ein!
Und vom Wein ein Lied zu singen,
Was bedarf es mehr als Wein?

Zwar als Meister alles Schönen
Lässt Homer mich hinter sich.
Liebten mehr ihn die Kamönen?
Nein, er trank nur mehr als ich.

Fromme seufzen: *Eine* Herde
Sei hienieden, und *ein* Hirt!
Doch ein Gasthof ist die Erde,
Und Lyäus ist der Wirt. (…)

Eduard Mörike

Die Herbstfeier

Auf! im traubenschwersten Tale
Stellt ein Fest des Bacchus an!
Becher her und Opferschale!
Und des Gottes Bild voran!
Flöte mit Gesang verkünde
Gleich des Tages letzten Rest,
Mit dem Abendstern entzünde
Sich auch unser Freudenfest!

Braune Männer, schöne Frauen
Soll man hier versammelt sehn;
Greise auch, die ehrengrauen,
Dürfen nicht von ferne stehn;
Knaben, so die Krüge füllen,
Und, dass er vollkommen sei,
Treten zögernd auch die stillen
Mädchen unserm Kranze bei.

Noch ist vor der nahen Feier
Süß beklommen manche Brust,
Aber weiter bald und freier
Übergibt sie sich der Lust.
Taut euch nicht wie Frühlingsregen
Lieblicher Gedankenschwarm?
Erdenleben, lass dich hegen,
Uns ist wohl in deinem Arm!

Wahrlich und schon mit Entzücken
Ist der Gott im vollen Lauf,
Schließt vor den erwärmten Blicken
Seine goldnen Himmel auf.

Amor auch hat nichts dawider,
Wenn sich Wang an Wange neigt,
Und der Mund, im Takt der Lieder,
Sich dem Mund entgegenbeugt.

Mädchen! schlingt die wildsten Tänze!
Reißt nur euren Kranz entzwei!
Ohne Furcht, denn solche Kränze
Flicht man immer wieder neu;
Doch den andern, den ich meine,
Nehmt, ihr Zärtlichen, in acht!
Und zumal im Mondenscheine,
Und zumal in solcher Nacht.

Lasst mir doch den Alten machen,
Der sich dort zum Korbe bückt
Und den Krug mit hellem Lachen
Kindisch an die Wange drückt!
Wie sein kleiner Sohn geschäftig
Sorge um den Zecher trägt
Und ihm mit der Fackel kräftig
Den gekrümmten Rücken schlägt!

Aber schaut nach dem Gebüsche,
Wo gedrungner Efeu webt,
Wie sich dort das träumerische
Marmorbild des Gottes hebt!
Lasset uns ihm näher treten,
Schließt mit Fackeln einen Kreis!
Flehet zu ihm in Gebeten,
Doch geheimnisvoll und leis.

Wie er lächelnd abwärts blicket!
Er besinnet sich nur kaum.
Herrlicher! dein Auge nicket,
Doch dies alles ist kein Traum;

Luna sucht mit frommer Leuchte
Dich, o schöner Jüngling, hier,
Schöpfet zärtlich ihre feuchte
Klarheit auf die Stirne dir.

Wie der Menschen, so der Götter
Liebster Liebling heißest du:
Selber Zeus rief seinem Retter
Herzliches Willkommen zu;
Dumpf ist des Olympus Dröhnen,
Aber wie melodisch Gold
Muss sein starres Erz ertönen,
Wenn dein Thyrsus auf ihm rollt.

Und eh Mars im Kriegerschwarme
Sich zur Ebne niederlässt,
Schließet er in seine Arme
Dich, wie die Geliebte, fest,
Fühlet nun an Göttermarke
Sich gedoppelt einen Gott,
Und es brüllt der Himmlisch-Arge
Todeslust und Siegerspott.

Wie dir alle dienen müssen,
Schmiegt auch Eros' hohe Macht
Leise tot sich dir zu Füßen,
Oder schauert auf und wacht.
Und Apollo mit der Leier
Rufet Welt und Sternenbahn
Gern aus dem verklärten Feuer
Deines holden Wahnes an.

Vater! soll, zur Wut erhoben,
Jetzo mit zerschlagner Brust
Die Mänade um dich toben?
Fluchst du unsrer keuschen Lust?

Gib, o Fürst, gib uns ein Zeichen,
Dass wir deine Kinder sei'n!
Wundertäter ohnegleichen,
Lass ein Wunder uns erfreun!

Tritt in unsre bunte Mitte,
Oder winke mit der Hand,
Wandle drei gemessne Schritte
Längs der hohen Rebenwand!
– Ach, er lässt sich nicht bewegen…
Aber, horcht, es bebt das Tal!
Ja, das ist von Donnerschlägen.
Horch, und schon zum dritten Mal!

Selber Zeus hat nun geschworen,
Dass sein Sohn uns günstig sei.
So ist kein Gebet verloren,
So ist der Olymp getreu.
– Doch nach solcher Götterfülle
Ungestümem Überschwang
Werden alle Herzen stille,
Alle Gäste zauberbang.

Stimmet an die letzten Lieder!
Und so, Paar an Paar gereiht,
Steiget nun zum Fluss hernieder,
Wo ein festlich Schiff bereit.
Auf dem vordern Rand erhebe
Sich der Gott und führ uns an,
Und der Kiel, mit Flüstern, schwebe
Durch die mondbeglänzte Bahn!

Hermann Kurz

Im Weinberg

Die du grünst um meine Klause,
Junge hoffnungsvolle Rebe!
Da ich in der Jungend brause,
Selbst noch in der Hoffnung lebe:

Ist es stets mein fester Glaube,
Dass wir beiden liebevollen,
Ich und deine zarte Traube,
Blutsverwandte werden sollen.

Darum lass' uns an der Flamme
Dieses Sommers wachsen, glühen,
Wie Milchbrüder aus der Amme
Ein verbundnes Leben ziehen.

Mit durchglühten Lebenssäften
Reifen wir zum Herbst allmählig,
Im Gefühl von hohen Kräften
Schmerzensvoll und tränenselig.

Endlich welken Schmerz und Wonne,
Fällt das grüne Laub der Reben,
Flieht die heiße Sommersonne
Und der Jugend frisches Leben.

Junger Wein! zu deiner Würde
Wirst getreten und geschlagen,
Und auch ich muss meine Bürde,
Erd' und Himmel muss ich tragen. –

Wann im gärenden Bewegen
Sich geläutert jede Welle,
Fließen wir dem Ziel entgegen,
Ruhig, rein und spiegelhelle.

Nachts, wann leise niederflammen
Nur des Himmels ferne Lichter,
Blüh'n und duften wir zusammen,
Und du segnest deinen Dichter.

Theodor Heuss

Frohe Weinfahrt

Die guten Gesellen, die da unten in den kleinen Städten sitzen, polstern sich seit einigen Wochen jetzt den Magen mit Schinkenwurst, nehmen einen festen Stock zur Hand und ein frohes Burschenlied in den Mund, tun Zwieback in den Sack, und dann wandern sie durch das sonnige Herbstgelände. Hinten in manchem Seitental, das von der Bahn abgesperrt ist und nicht mehr von der magnetischen Kraft großer Weinnamen erreicht wird, gibt es breite, südlich hingestreckte Hänge, feste, runde Mergelkuppen, die sich einen Sommer lang der Sonnenglut hingehalten haben, einen Sommer schöner und fast feierlicher Erwartung. Da floss mit der Hitze Segen auf Rebe und Boden: Wenn die Weingärtner sich auf ihren Gängen begegneten, sagten sie statt des behaglichen Grüßgott das schmunzelnde B'schur zueinander, das heißt bon jour und deutet auf einen guten Jahrgang.

Längst fliegen schon die weißen dünnen Herbstfäden durch die Luft, die Weinlese ist zu Ende gegangen, wohl kaum rollt noch ein Karren mit Geläute und Gepolter auf den schmalen Wegen, ein Fass, zwei hohen Rädern aufgebunden, und auf schmalem Tritt dahinter der Fuhrmann, von dem süßen Dunst, über den er gebeugt, zu einem halben Schlaf entrückt, und doch voll kräftiger Unterhaltung mit seinem braven Gaul. In ein paar Weinbergen ist es noch lebendig, die bunten Kopftücher der Leserinnen heben und senken sich zwischen dem bunten Reblaub, und die Klänge eines Volksliedes verlieren sich in den Morgen.

Vor ein paar Wochen zitterte hier die Luft von dem Knallen der Böller, Schwärmer und Pulverfrösche, ein Gesang grüßte zwischen den Hügeln zum anderen hinüber, die Burschen jauchzten und sehnen laut ins Tal hinunter, die Weinkarren bimmelten unermüdlich – was ist so voll Lust wie die Weinlese, wenn der Saft süß und wohlgeraten. Freilich eine harte Arbeit: Die Ungewissheit des Wetters peitscht zu unermüdlichem Fleiß, die Weingärtner selber haben gar nicht Hände genug, um die Trauben zu schneiden, zu sammeln, zu keltern. Da kommen die Burschen und die Mädchen jedes Jahr auf ein paar Wochen aus den Walddörfern herab, oder sie laufen von der Fabrik weg, sie müssen nun fest dran glauben, gleichviel, ob der Regen den Boden schwer und klebrig gemacht hat und die Feuchtigkeit von den nassen Blättern in die Röcke kriecht, gleichviel, ob die Sonne auf die schattenlosen Hänge brennt – ja, aber wer selber schon mit seiner Gölte von Stock zu Stock zog und die Trauben abschnitt, der kennt jenen dankbaren Übermut, der hier ein schweres Geschäft zum heiteren Vergnügen wandelt. Lieder, alte Lieder, die das ganze Jahr hindurch schlafen und an die im Winter, Frühling und Sommer, da bei uns doch auch viel gesungen wird, kein Mensch denkt, wachen jetzt auf – ihnen gehört die Stunde, traurige Weisen von Liebe und Scheiden, Scherzworte und derbe Spottnamen treiben sich dazwischen herum, die Vesperpausen und das Abendbrot versammeln die Leute beim lustigen Holzfeuer aus alten Pfählen, der Sutterkrug mit dem Haustrunk geht in der Reihe um, und immer ist ein Kerl dabei, der's hinter den Ohren hat. Die Dunkelheit führt dann die Scharen von allen Hügeln herab in geschlossenen Zügen zum Dorf oder in die kleine Stadt hinein, Lampions und Fackeln schaukeln irrlichternd voran; in Reihen untergefasst, mit müden und schleppenden Schritten folgen die Burschen und Mädchen und singen vielstimmig die langgezogenen Melodien.

Das ist jetzt vorbei, die herbstfarbigen Hügel sind fast verwaist, aber in den Weindörfern, die in ihre Falten eingebettet sind, herrscht reges Leben. Die großen Zuber stehen vor den Häusern, in den dunklen Keltern wird noch gearbeitet, gepresst, abgezogen, gewaschen und geputzt, die ganze Straße riecht nach dem neuen Wein, aus den Kellerluken dringt der Atem der frischen Gärung: Wirte und Weinhändler sind da, alten Beziehungen ein neues Band zu geben, die kleinen Gefährte stehen gedrängt beim Gasthof, aber dieses Jahr gibt es nur frohe Gesichter, weil der Verkauf flott ist und die Preise so hoch, dass sie das Elend des vergangenen Fehljahres verwischen. Da kommen auch die guten Gesellen, die da unten in den kleinen Städten sitzen. Sie wollen Gott danken für das gute Gewächs und ihre frohe Jugend mit der Kraft des jungen Weines vermählen. Sie trugen alle Kümmernis und Mühsal dieses Sommers mit geruhigem Herzen, denn der Duft der Rebenblüte blieb in ihrer Nase, sie drückten sich fröhlich die Hände: Das wird ein Wein!

Michael Spohn

Besawirtschaft

Dia alde Gnaddle
mit de Ärdbeernôsa
noe: Bräschdlengszengga
Ond ihre Weiber
mit ganz jonge Aoga
hender ihre Brillagleeser

Dô wird auf d Gnui badscht
dô giddert s häll

Aus am Kubfergruag
schenggt der Bäsawirt nôch
An schaomiga Rooda
ond a Weißa
wo nôch Sonn
ond nôch de Drauba schmeggt

»Woesch no, Bärda
friier«

Drei Arbaedsloose
hangat dombf dernäaba
ond mambfat
ihre Beidschaschdägga
der oe bloß Käs

D Sonn jedz grad
schbidzt zom
Källerfenschder rae
macht aus am Weißa Gold
ond aus am Rooda Rubin

Der oene von de Alde
isch SA gwäa
der ander bei Rotfront
Reichsbanner der dritt
Moe isch des
a Indianderles gwäa
wemmer s heit ôguggt
ond d Verschossane vergißt
wemmer des kô

Jedz sengat se sälbdritt
»Ens Wiisadaal gang i jedz naa«
ond d Weiber dremoliirat
em Diskant
bis de Jonge kommat
ond bis d Sonn gôht

Derhoemt wardat se scho
dia zwoeschläfrige Särg
nôch am Fäschber
nôch der Tagesschau
ond nôch am
Hans Rosenthal

Joachim Ringelnatz

Stuttgarts Wein- und Bäckerstübchen

Vor dem heißen Ofen balgen
Katzen sich. Wie dumme Jungen.
Auf dem Tisch an kleinem Galgen
Hängen Brezel, schön geschwungen.

Würdebärte schlürfen kräftig
Wichtig diskutierte Weine. –
Links im Laden bückt die kleine
Bäckerstochter sich geschäftig.

Zinn blitzt von der Holz-Fassade.
Zeichnungen an allen Wänden,
(Stumm, mit mehlbestaubten Händen
Rückt der Wirt die schiefen gerade.)

Setzte mich so ganz bescheiden hin
Und vergaß auch nicht, sehr laut zu grüßen.
Dennoch ließen Blicke mich leicht büßen,
Dass ich kein Stuttgarter bin.

Rudolf Mulot

Cleebronner Wein

Aus meiner Kinderzeit in Cleebronn haben sich meinem Gedächtnis einige Ereignisse so tief eingeprägt, dass sie vor mir stehen, als wären sie erst gestern gewesen. (…)

Jeder junge Weingärtner hatte damals eine Pistole, die bei Hochzeiten, am Silvesterabend und bei der Herbstfeier fleißig benützt wurde. Der Herbst war für uns Kinder eine schöne Zeit. Ganz besonders interessant war es, dem Treiben in der Kelter zuzusehen. Die alten Pressen bestanden aus einem runden freistehenden Gerüst mit einigen Balken, die, von den Männern vorwärts getrieben, das Pressen der Trauben bewerkstelligten. Wenn eine Presse so weit war, dass sie aufgemacht werden konnte, durften wir Buben uns auf die Balken setzen, und wenn wir uns fest angeklammert hatten, wurde der Sperrriegel beseitigt, und ging's im Karussellgang los, zuerst langsam, dann immer schneller, so dass man sich wundern musste, dass dabei nichts passierte. Aber auf eine andere Art hätte es um mich geschehen sein können. Wir Buben nahmen in die Kelter lange Strohhalme mit, mit denen wir aus den Bütten den süßen Wein schlürften; das war ein altes Recht und niemand wehrte es uns. Einmal nun musste ich mich in eine Bütte, die nur halb voll war, tief hineinneigen, bekam das Übergewicht und stürzte hinein. Ich wäre unfehlbar im Wein ertrunken, wenn nicht ein Winzer meine Stiefel gesehen und mich herausgezogen hätte.

Der Wein spielte in diesem rebenumkränzten Dorf die Hauptrolle. Bei dem Beginn der Lese wurde auf einem Hügel inmitten der Weinberge ein großes Fest abgehalten, bei dem der Vorstand der Winzergenossenschaft eine Rede halten musste und Gesangverein und Schüler ihre Lieder erschallen ließen. Dann wurde ein Feuerwerk abgebrannt und allenthalben krachten Schüsse aus den Pistolen der ledigen Burschen.

Ich hatte die Angst (…) nach ein paar Jahren glücklich verloren, ja durfte da und dort die Hahnen der Pistolen abdrücken.

Die Weinlese war aber auch für das Pfarrhaus ein Gewinn. Es war damals Sitte, dass jeder begüterte Weingärtner von dem Vordruck der Presse einen Kübel voll ins Haus brachte, und ich stand um diese Zeit auf der Lauer und begleitete jeden in unseren Keller, wo für Rot- und Weißwein je ein großes Fass mit einem mächtigen Trichter aufgestellt war. Dieser edle Saft ging bei uns das ganze Jahr nicht aus. Die vielen Besuche, die von nah und fern das Jahr über zu uns kamen, durften sich nach Belieben daran laben. Nebenbei sei erwähnt, dass im Jahr 1865, in dem ich geboren bin, seit vielen Jahrzehnten der beste Wein gewachsen ist. Noch lange Zeit, als mein Vater in Schnaitheim angestellt war, erhielten wir jedes Jahr aus diesem Dorf Körbe voll edelster Trauben.

Ottilie Wildermuth

Das Dörtchen von Rebenbach

Es war der 10. Oktober des Jahres 1780 ein gar schöner sonniger Herbsttag, so ein Tag, an dem alte Herzen wieder jung werden und junge überfließen möchten von Lebenslust. Die Sonne schien so voll und warm, als wollte sie noch einen recht herzlichen Abschied nehmen von der Erde, ehe sie sich in ihre Winterschleier hülle.

In dem anmutig gelegenen Dorfe Rebenbach war gerade die Weinlese in vollem Gange, ein fröhliches Leben und Treiben auf all den Höhen ringsumher. Am lustigsten ging's aber zu in dem Weinberge des Pfarrers; da wurde nicht gespart an Lohn und Kost der »Leser« (wie man in Schwaben die traubenschneidenden Winzer nennt), darum waren sie auch so guter

Dinge bei ihrer Arbeit und ließen noch vor dem Feierabend aus der alten Pistole des Husarenmartins, eines Veteranen, hie und da einen tüchtigen Schuss los, der knallend von all den Bergen und Hügeln umher widerhallte und von da und dorther erwidert wurde.

Die Mägde des Hauses samt einigen Weibern und Mädchen des Dorfes, die sich's zur Ehre rechneten, heute zu helfen, schnitten flink die Trauben in die Kübel, wobei der Martin die Aufsicht führte, ob auch die Stöcke pünktlich abgelesen und die abgefallenen Beeren gesammelt würden. Die vollen Kübel wurden in einen hohen Butten geleert, den ein junger Bursche den Berg hinabtrug. Unten wurden die Trauben in eine Kufe mit durchlöchertem Boden (Renner genannt) geschüttet, in der Jakoble, ein rotbackiger Bauernbube, lustig darauf herumtanzte, so dass ihr Saft in die darunter stehende weite Bütte floss als trübe Brühe, der man's nicht ansah, dass sie nachher den köstlichen süßen Most, den edlen klaren Wein gebe.

Oben in dem Weinberge, wo man das ganze weite Tal übersieht, stand eine große Laube mit langem Tisch; dort war Dörtchen, des Pfarrers Töchterlein, emsig beschäftigt, den Tisch zur Bewirtung der Herbstgäste zu rüsten, die heute aus der Stadt erwartet wurden. Die schönsten Trauben hatte sie zierlich zwischen Rebenlaub in die Körbe geordnet, den weißen Herbstkäse, mit Kümmel bestreut, in Porzellangeschirren aufgestellt, den roten Wein in helle Flaschen gefüllt; ja, die Mutter hatte ihr sogar anvertraut, den Schinken aufzuschneiden und auf den Teller zu legen. (…)

Es war Abend geworden und die Lese beendigt, da geht aber erst noch die rechte Herbstlust an. Drunten auf einer Kleewiese hatten sich die Leser gelagert und ließen sich's herrlich schmecken bei Käse, Wurst und Wein. Oben hatte man zur Würze des Festmahls noch im Freien Kartoffeln gesotten, die reißend Abgang fanden. Nun ging das Schießen rasch und unaufhörlich fort. Die jungen Herren erschreckten die Damen mit angezündeten Fröschen und ließen Schwärmer und prächtige Raketen steigen, denen die Leute unten stets ein jubelndes »Ah!« nachriefen. (…)

Inzwischen hatte man Fackeln angezündet und schickte sich zum Gehen an. Dörtchen half die Reste der Mahlzeit und das Gerät zusammenpacken und nahm einen Korb an den Arm. Nun brannten die Fackeln, und Winzer und Gäste schritten bei ihrem Glanze singend dem Dorfe zu, während dazwischen die letzten Schüsse fielen. Leise singend schlossen sich die Mädchen dem Zuge an, während sie aufschauten zum stillen Nachthimmel. Elise dachte an die schimmernde Rakete, Dörtchen an den lieblichen Stern – da fuhr eine helle Sternschnuppe über den Himmel und erlosch.

Christian Ludwig Neuffer

Die Weinlese

Eilt die schönere Zeit schon am gewendeten
Himmelsbogen hinweg? Kommen die Stürme schon,
Die den Äther umwölken,
Und entblättern den Eichenwald?

Nein, das fliehende Jahr hat noch die köstlichste
Segensgabe verspart; triefend von Nektar hängt
Noch die schwellende Traube
Auf den grünenden Freudenhöh'n.

Glanzvoll wandelt die Sonn' über das Hochgebirg,
Hebt aus nebelndem Dunst segnend ihr Strahlenhaupt;
Auf die jauchzenden Hügel
Steigt der rebenumkränzte Herbst.

Und schon ziehen geschart Winzer und Winzerin,
Und der gaukelnde Scherz mischt in die Reihen sich;
Tausendstimmig durchschmettert
Freudenjubel Gebirg und Tal.

Zahllos wimmelndes Volk sammelt mit emsiger
Hand der Mutter Natur letztes Geschenk, und schon
Triefen Kufen von Moste,
Und die pressende Kelter seufzt.

Heil dir, Geber der Lust! Evö Bassareus!
Der die Rebe zuerst pflanzt' und der Traube Blut
Zum begeisternden Tranke
In die schäumende Schale goss!

Heil dir, Bacchus! du gibst Zagenden Heldenmut,
Nimmst der blutenden Brust Fesseln des Kummers ab,
Heilest Wunden der Liebe,
Die ein strenges Verhängnis schlug!

Wenn am düsteren Pol jeglicher Stern erlischt,
Undurchdringliche Nacht sich um die Blicke zieht,
Bringst du freundlich die Hoffnung
Uns als schützenden Genius!

Ludwig Pfau

Die schlechte Welt

Hurra! der Wein, der Wein ist gut –
Wie schön ist doch das Leben!
Mit jedem Schlucke wächst mein Mut,
Und wächst mein edles Streben.
Auf Ehr'! ich bin fürs Menschenrecht,
Was Herren und was Knechte! –
O Gott, wie wär' die Welt so schlecht,
Wenn ich an morgen dächte.

Hei! leichtes Blut und froher Sinn! –
Wie schön ist doch das Leben!
Du allerschönste Kellnerin,
Lass einen Kuss dir geben!
Komm her, ich bin ein feiner Hecht
Und liebe dich nach Noten –
O Gott, wie ist die Welt so schlecht!
Das Lieben ist verboten.

Noch eine Flasche, edler Wirt! –
Wie schön ist doch das Leben!
Wer viel geliebet hat, dem wird
Ja vieles auch vergeben.
Nur frisch gesungen, frisch gezecht!
Und lasst den Alten sorgen –
O Gott! wie ist die Welt so schlecht!
Der Wirt will nicht mehr borgen.

Gutnacht, ihr Brüder, insgemein! –
Wie schön ist doch das Leben!
Zum Himmel hebt mich dieser Wein,

Ich darf, statt gehen, schweben.
Was sich das Häuservolk erfrecht!
Es tanzt ja wie besoffen –
O Gott! wie ist die Welt so schlecht!
Mein Haus ist nicht mehr offen.

He, holla, he! Mein Herz wird schwer –
Wie schön wär' doch das Leben,
Wenn nur kein Katzenjammer wär',
Ach! und kein Weib daneben!
Ich weiß nicht mehr, was link, was recht;
He! läut mir, lieber Wächter! –
O Gott! wie ist die Welt so schlecht!
Und täglich wird sie schlechter.

Friedrich Theodor Vischer

Trinklied

Lasst mich trinken, lasst mich trinken,
Lasst von diesem Feuerwein
Immer neue Fluten sinken
Mir in' s durst'ge Herz hinein!

Jedes Ende sei vergessen!
Wie's im Innern drängt und schafft!
Sagt, wer will mir jetzo messen
Grenz' und Schranke meiner Kraft!

Stellt mir schwere, weite, blanke
Becher ohne Ende her,
Füllet sie mit diesem Tranke,
Und ich trink' euch alle leer!

Bringt mir Mädchen, schöne, wilde,
Noch so spröd und noch so stolz,
Schickt die schreckliche Brunhilde,
Alle trifft der Liebesbolz!

Stellet mir die schwersten Fragen!
Wo das ew'ge Rätsel ruht?
Feuerhell und aufgeschlagen
Schwimmt es hier im roten Blut!

Gebt mir Staaten zu regieren!
Kinderspiel soll mir es sein!
Gebt mir Heere anzuführen,
Und die ganze Welt ist mein!

Burgen möcht' ich jauchzend stürmen,
Ihre Fahnen zittern schon,
Felsen, Felsen möcht' ich türmen
Und erobern Gottes Thron!

Friedrich von Matthisson

Skolie

Mädchen entsiegelten,
Brüder! die Flaschen.
Auf! die geflügelten
Freuden zu haschen,
Locken und Becher von Rosen umglüht,

Auf! eh die moosigen
Hügel uns winken,
Wonne von rosigen
Lippen zu trinken;
Huldigung allem, was jugendlich blüht.

Her Gotfrit von Nifen

Ez four ein büttenære

Ez four ein büttenære
vil verre in frömdiu lant,
der was sô minnebære,
swâ er die frouwen vant,
daz er dâ gerne bant.

Dô sprach der wirt mære
zuo zim, waz er kunde.
›ich bin ein büttenære.
swer mir des gunde,
sîn vaz ich im bunde.‹

Dô truoc er sîne reife
und sînen tribelslagen.
mit sînem umbesweife
kund er sich wol bejagen,
ein guot geschirre tragen.

Sînen tribelwegge
den nam sî in die hant
mit sîner slehten egge.
si sprach: ›heilant,
got hât iuch har gesant.‹

Dô si dô gebunden
dem wirte sîn vaz
neben und ouch unden,
si sprach: ›ir sint niht laz.
mir wart nie gebunden baz.‹

Christian Gottfried Elben

Die Ochsenbacher Weiberzeche

Vermöge einer uralten Gewohnheit kommen die BauerWeiber des Dorfs Ochsenbach, Güglinger Amts, alle Jahre an Fastnacht zusammen, um auf gemeinen Kosten zu zechen. Wenn dieser für sie wichtige Tag der BaurenFastnacht erschienen, so schickt das gesammte WeiberKorps des Dorfs Ochsenbach zwei Weiber als Deputirte zum Schultheiß des Orts, die im Namen der Weiber um die gewöhnliche Zeche bitten. Wenn der Schultheiß es erlaubt, so wird die Sache festgesezt und durch des Büttels Weib allen Weibern im Ort angesagt. Um 12 Uhr versammeln sich die Weiber, unter dem Vorsiz der Frau Pfarrerin, auf dem RathHause, wo schon ein Faß neuen Weins bereit steht, um die durstigen Kehlen der Weiber zu laben. Der Schultheiß und Bürgermeister machen die Kellner und theilen den Wein aus. Die Weiber sezen sich, mit Krügeln bewaffnet, um die Tische: die Frau Pfarrerin und die Weiber der RathsBauren sezen sich oben hin, und haben die Freiheit zu trinken, so viel sie wollen. Die gemeinen BauerWeiber erhalten jede eine halbe Maas und zwei Semmeln. Wenn diese nicht genug an ihrer Portion haben, so schenken sie sich aus den Gefässen der RathsBaurenWeiber ein, welche immer wieder aufgefüllt werden, bis das WeiberFest zu Ende ist. Wenn sie genug gezecht haben, oder der Vorrath alle ist, so gehen sie, wenn sie können, oder taumeln nach Hause. Das entsezliche Geschrei, welches bisher auf dem RathHause allein war, theilt sich nun durch die Strassen, und jedes Weib erhält noch eine halbe Maas Wein mit nach Hause, um ihre Männer, die von diesem WeiberFest ausgeschlossen sind, mit etwas zu erlaben. Die jungen Eheweiber, die in diesem Jahre geheurathet haben, müssen bei diesem SaufGelag den Einstand geben, der in Geld, Kuchen, Prezeln, ZukerPrezeln oder

Fleisch besteht. Die Becker bringen allerhand Meel-Bakwerk, Semmeln, Prezeln, ZukerPrezeln, Brod etc. auf das RathHaus, welche die Weiber begierig kaufen, und um dieses thun zu können, allerhand Dinge aus der Haushaltung verkaufen. Nach dem Schmaus kann man oft noch auf dem RathHause durch Geruch und Gesicht, auf dem Boden und im Zimmer, die Spuren dieser Weiberzeche und die Wirkungen des neuen Weins wahrnehmen. Die GemeindeKasse giebt die Unkosten her, und die Weiber lassen sich dieses Recht nicht nehmen, auf GemeindeKosten sich zu betrinken; nur wenn Mangel an Wein ist, wie 1790, wird es ihnen abgeschlagen.

Gustav Schwab

Heilbronner »Herbste«

Heilbronn hat, wie Esslingen, eine bedeutende Fabrik moussierender Weine, von seinen eigenen Weinbauern besorgt, welche mit dem Erzeugnisse ihrer alten Schwesterstadt wetteifert. Der Weinbau ist hier im höchsten Flore und die Heilbronner »Herbste«, (...) das Heiterste, was man in Schwaben sehen kann. Unter einem steten »Evoe Liber!« werden diese Weinfeste mit wahrhaft orgiastischem Jubel von den zahlreichen Gutsbesitzern auf ihren Weinbergen, auf den Wiesplätzen am Neckar mit Feuerwerk und in den Tanzsälen ihrer schmucken Gasthäuser begangen, und jeder Fremde, der des Wegs gezogen kommt, ist gastlich eingeladen und wird in den jauchzenden Kreis hineingezogen.

Carl Theodor Griesinger

Der Herbst und der Wartberg

Will einer den Herbst und das Herbstleben genießen, so gehe er an den Rhein! – das ist die gewöhnliche Antwort, die man Fremden gibt, welche gerne einmal das Vergnügen der Weinlese mitmachen möchten. Als ob in Württemberg nicht auch Trauben geschnitten und Wein gekeltert würde! Ich gestehe es zu, der Rheinwein ist besser als der Neckarwein und wenn man mir selbst die Wahl ließe zwischen Johannisberger und Schalksberger, ich wüsste wohl, nach welcher Flasche ich griffe. Allein nicht aller Rheinwein ist Johannisberger, und ich habe schon Männer gekannt, die ein bescheidenes Veilchen von einem Mädchen einer aufgeblühten Rose vorzogen. Die bescheidene, stille Anmut fesselt länger als die treffende, niederschmetternde Schönheit. Württemberger Wein ist wohlfeil, und man kann lange bei ihm aushalten, bis dass der Geist der Schwachheit über einen kommt, dass man nicht mehr weiß, ob man Wasser trinkt, das in Wein verwandelt ist, oder Wein, der in Wasser umgestaltet wurde. Und – wenn man starken Wein will –, haben wir nicht eine Weinverbesserungsanstalt, die die edelsten Rheinweintrauben bei uns eingeführt hat und dazu Burgunder- und Champagner-Reben von der edelsten Sorte? Und ist nicht der Wein bereits so verbessert und veredelt worden, dass Fremde oft glauben, echten Sillery Mousse zu trinken, während es nur Esslinger oder Heilbronner Fabrikat ist? Haben wir nicht Clevner und Traminer, an die kein Bordeaux und Deidisheimer hindarf? Wird nicht Württemberger Wein übers Meer verführt, ins ferne Amerika und die demokratischen Kaufleute daselbst trinken ihn lieber, als die französischen Weine, ob er gleich teurer kommt, als diese? Bei Gott! Württemberg ist ein Weinland, das sich mit jedem andern messen darf.

Aber, sagt ihr, wenn wir in den Herbst wollen, so sind wir nicht deswegen da, um Wein zu trinken, sondern um mit den Menschen fröhlich zu sein. – Als ob man in Württemberg nicht fröhlich sein könnte! Freilich sprechen wir Schwaben nicht so viel von uns, als die Herren und Frauenzimmer Ausländer; wir sagen nicht, wenn wir einen Witz gemacht haben, »da haben Sie einen Witz« und wenn wir einmal komisches Zeug gesprochen haben, so rufen wir nicht aus, »wir sind doch die humoristischsten Leute von der Welt!« Aber glauben Sie, deswegen sei Aufgewecktheit, Lustigkeit, Narrheit, Gemütlichkeit, Offenheit, Witz und Satire weniger bei uns zu Hause als an andern Orten, wo man Wein pflanzt und Wein trinkt? Der Mensch ist überall, wie der Boden, auf dem er steht, wie die Gewächse, die auf diesem Boden aufwachsen. (...) Nur nichts Konträres und Naturwidriges! Ein phantasieloses Weib, das einen Dichter heiratet, wird dadurch nicht zur Dichterin und ihr mögt noch so viel Hopfen pflanzen im württembergischen Unterlande, ihr mögt Bier brauen, dass man Ströme damit füllen könnte, Württemberg bleibt deswegen doch ein Weinland und seine Bewohner können den Charakter der Weintrinker nicht verleugnen.

Gott soll mich bewahren, etwas gegen die Biertrinker zu sagen, denn der liebe Gott lässt seine Sonne scheinen über Gute und Böse, über Gescheite und Dumme und das bairische Land gehört so gut zum deutschen Bunde als die Gegend vom Neckar, von der Mosel und vom Rhein. Allein wer von Jugend auf Bier getrunken, der bekommt einen dicken Bauch und schlaffe Gesichtszüge und schläfrige, etwas stiere Augen. Sein Puls verhält sich zu dem des Weintrinkers, wie 60 zu 100, und wenn einer einmal in einer Bierstube einen Witz gemacht hat, so wird er alsbald unter die »Sterne« versetzt. (...) – Ihr aber, die Ihr die Schwaben für dumm und schläfrig erachtet, kommt einmal zu uns zur Zeit des Herbstes, der Weinlese.

Es ist im Oktober. Der Himmel ist hell und klar, die Sonne hat den Nebel überwunden. Wir reisen nach Heilbronn, denn Heilbronn ist die Hauptstadt des Weinbaus im Lande Schwaben und der Wartberg der Gipfel davon. Ich weiß kein Land, wo die Fröhlichkeit der Weinlese also auf einen Punkt konzentriert wäre wie hier. Sonst will jedes Dorf, will jede Stadt die erste sein. Am Rhein genießt man überall den Herbst auf gleiche Weise und kein Ort ist als der zu benennen, in dem man nur gewesen sei darf, um Alles genossen zu haben. Wohl bietet auch in Württemberg jeder Weinort sein Vergnügen, und in jedem Landstädtchen, an dessen Hügeln Reben wachsen, werden Herbste gefeiert, wird getanzt und gejubelt, werden Feuerwerke losgelassen. Aber Heilbronn! – Im Herbste geht nichts über Heilbronn, und in Heilbronn nichts über den Wartberg!

Dorothea Braun-Ribbat

Herbstimpressionen

Herbst in Heilbronn – das ist für mich ein Stück Heimat, ein Ort in den ich hingehöre, ein Gefühl dazuzugehören. Ich bin nämlich ein Flüchtlingskind. Hitlers Krieg hat meine Familie aus dem Baltikum und aus Ostpreußen nach Flucht und Lagern nach Schleswig-Holstein verschlagen. Dort oben im Norden bin ich aufgewachsen. Alle sechs Jahre sind wir aber umgezogen und das bedeutete für uns Kinder, immer wieder Wechsel der Lebensumstände und Alltagsumgebung, neue Freunde und Nachbarn finden. Doch es bedeutete auch für uns, ständige Veränderungen des Alltagslebens wahrzunehmen; einen neuen Blick auf die Jahreszeiten und ihre charakteristischen Merkmale zu finden in jeweils ungewohnten Zusammenhängen.

Den Herbst habe ich ganz besonders aus meiner frühen Kindheit auf der Ostseeinsel Fehmarn in Erinnerung, wo wir im kleinen Ort Bannesdorf gleich neben der Kirche wohnten. Herbst war, wenn hochbeladene Leiterwagen mit Weizengarben über die staubige Dorfstraße schwankten, wenn hinten im Garten die runden Bergamotte-Birnen mit sattem Fallton auf die Grasbüschel plumpsten. Herbst war, wenn wir in der Waschküche im Kreis um die bohnengefüllte Zinkwanne hockten und den dicken gelben Wachsbohnen die Fäden abzogen, um sie anschließend zu schnippeln und einzuwecken.

Herbst, das war in meiner Kinderzeit, Fallobst sammeln und Weckgläser füllen. Herbst, das bedeutete aber auch: Herbst-Lieder und Herbst-Gedichte auswendig zu lernen in der einklassigen Volksschule gleich neben unserem Pastorat. Lieder, die von der Dorfjugend mehr gebrüllt als gesungen wurden, mehr rumgeleiert als deklamiert. Aber alle Lied- und Gedichttexte waren für mich voller farbiger Verheißungen. Es waren Farben, die jedoch von der blauweißen und gelbgrünen norddeutschen Jahreszeit auf der Ostseeinsel niemals eingelöst werden konnten: »Bunt sind schon die Wälder …« von wegen – Wälder, die gab es gar nicht auf Fehmarn in der Nähe unseres Dorfes mit den kahlen Stoppelflächen und endlos grünen Kohlfeldern.

»Dies ist ein Herbsttag, wie ich keinen sah! Die Luft ist still, als atmete man kaum« – das war kaum vorstellbar, so eine dichterische Impression, denn auf der Insel blies ständig ein kräftiger Wind. Und trotzdem, die vielen Herbstlieder und Gedichte meiner Volksschulzeit erzählten von reichhaltiger Ernte, von farbenfroher Natur und von der saftigen Üppigkeit der Früchte und ließen so ein wunderschönes Bild entstehen. Genau an dieser Stelle verbinden sich jedoch die frühen Bilder aus meiner Kinderzeit mit dem jetzigen Erwachsenenerleben des Herbstes in Heilbronn und mit der Zeit der Weinlese.

In dieser Stadt lebe ich nun mehr als ein Vierteljahrhundert und habe wie ein Rebstock Wurzeln geschlagen. Die stetige Wiederkehr von Saat und Ernte, Blüte und Frucht ist dank der gesegneten Unterländer Landschaft um mich herum, dank der Herbstarbeit der Wengerter und Obstbauern, der Stadtgärtner und der Landfrauen und vieler anderer zu einem festen Bestandteil meines städtischen Alltagslebens geworden. Hier umgibt mich der Herbst wie ein prächtiger Mantel und prangt in warmem Golde. Und alle Verheißungen der Herbstlieder und Gedichte aus meiner Kinderzeit, hier im Herbst in Heilbronn sind sie zum Greifen und zum Schmecken nahe: »Wie die volle Traube aus dem Rebenlaube purpurfarbig strahlt …«, wenn das keine Trollingertraube ist, kiloschwer und mit platzenddicken Beeren? Oder: »Am Geländer reifen Pfirsiche, mit Streifen rot und weiß bemalt …«, natürlich sind das Wengertpfirsiche mit ihren weißen Pelzchen auf der Haut, himmlisch duftend und saftig.

Der Heilbronner Herbst ist ein Stück Heimat für mich geworden, weil ich mich hier zugehörig fühlen kann. Ich habe eine gemeinsame Geschichte mit dem Herbst, auch deshalb, weil ich seit Jahrzehnten mitgehe ins Lesen und immer beim »Herbscht« mit dabei sein und mithelfen darf. Auch weil ich mich langsam auskenne mit den Menschen und den Sachen und den Abläufen und wie es so zugeht und was dazugehört, wenn es ›in den Herbst‹ geht.

So grüße ich auf dem Weg zur Arbeit aus dem Auto heraus den Wengerter-Nachbarn, der seinen Hanomag voller Rieslingtrauben gerade zur Genossenschaft führt. Und ich freue mich darüber, wenn es mir bei der Lese in der Vesperpause gelingt, die rote Wurst genauso kunstvoll zu schnitzen, wie es die anderen ›Leseweiber‹ machen. Und wenn ich es dann auch noch schaffe, die Rote am spitzen Haselstecken über dem Holzfeuer am Ende der Rebzeile mit knusprigen Kreuzgirlanden schön braun zu braten und nicht etwa zu verkohlen zu lassen, dann bin ich rundum zufrieden mit mir und der Heilbronner Herbstwelt. Mehr noch, es ist einfach ein Quäntchen Glück.

Vielleicht ist es das Üppige, das Verheißungsvolle der Weinlese, das mir den Herbst nahebringt, die Vorfreude auf einen guten Wein, die Lust am Genuss der Früchte. Vielleicht aber ist es eben auch etwas Anderes, das mich berührt, etwas, von dem der Philosoph Ernst Bloch am Schluss von *Das Prinzip Hoffnung* sagt, dass in der Welt etwas entstehen kann, »das allen in die Kindheit scheint und worin noch niemand war: Heimat.«

Christoph Martin Luz

Herbstsegen

Bald darauf strotzte dann auch von reifen Trauben der
Weinberg
Und hat der Herbst seine Schätze in reichlichem Maße
ergossen,
Dass er die Hoffnung weit übertraf des jubelnden Winzers
Und die Zahl der Gefäße nicht reicht für die Fülle des Segens.
Seltenen Jubel erregt so ergiebige Ernte den Bürgern.
Siehe, wie auf der sonnigen Halde die Stöcke beschwert sind
Mit den gekochten Trauben zur Augenweide des Winzers,
Der auf dem fetten Gelände die üppigen Früchte bewundert,
Die dem gekrümmten Messer der Reih nach fallen zum Opfer.
Hier prangt eine in dunkelem Rot, der purpurnen Fahne
Ähnlich, und dort hängt eine so dunkel wie Rabengefieder,
Während dagegen wie gelbliches Gold eine andre erglühet,
Eine duftet wie Veilchen, noch köstlicher aber ist jene,
Die von dem würzigen Dufte des Muskatellers den Namen
Trägt und entschieden des Preises würdig die anderen
aussticht.
Und nun füllt er damit die Körbe und Kübel und Gölten,
Trägt die gefüllten dann hin zum Pressen und heißet den
jungen
Burschen mit rascher Sohle sie quetschen, welcher geschäftig
Nimmt, was den Zuber füllt, und hurtig im Takte des Tanzes
Hebend und senkend den Fuß im hohlen Gefäße herumhüpft,
Dass aus den platzenden Trauben der wonneliebliche Saft
fließt. (…)
Voller Leben ist alles und jeder bemühet sich eifrig,
Dass ihm der herbe Schweiß in Tropfen rinnt von der Stirne,
Bis in der Masse von Fässern sich häuft der schäumende
Vorrat.

So nahm unsere Stadt schon 30.000 der Wagen,
Alle gefüllet mit neuem Most, entgegen und mehr noch.
Haben sodann die Fässer des Safts mit gierigem Schlunde
Soviel geschlürft, dass sie weiter nichts im geräumigen Bauche
Fassen, so wirft er Blasen mit dumpfem Brausen und Gären,
Und der zischende Lärm verkündet die Kraft, die ihm inwohnt,
Siedend wallet er auf und spritzt den Schaum in die Höhe.
Ähnlich wie von dem Herd, wenn brennende Scheite mit lautem
Knistern den Bauch des wassergefüllten Kessels erhitzen,
Qualmender Dampf aufsteigt und Nebel füllet die Lüfte,
Und mit Gewalt das siedende Wasser den Rand überflutet,
Also versetzt in Wallung den Most die brausende Gärung,
Und so zeigt er, was er vermag in der stürmischen Jugend,
Bis allmählich die Hefe sich setzt und die oberste Schichte
Niedersinkt und im Laufe der Zeit das Getränke sich läutert,
Dass es dem Gaumen gedeiht zur herzerquickenden Labe.
Siehe, o Mensch, wie aus so schmächtigem schwächlichem Holze,
Dass sich das dünne Geschoss kaum lässt mit dem Messer zerspalten,
Ein so herrlicher Zeuge wird von der göttlichen Allmacht!
Mögen auch andre Gewächse die Arme hoch in die Lüfte
Strecken und fest auf dem Boden stehen die massigen Stämme,
Neigen sie doch ihr buschiges Haupt der gebogenen Rebe,
Und wie Diener den Herrn, so ehren das schwanke Gewächs sie.
Ja, es gebühret der Preis vor sämtlichen Bäumen dem Weinstock,
Und seine Frucht ist der Stolz und die Zierde jedes Geländes.

Ludwig Seeger

Neuer Wein und neuer Geist

Es geht Alles in den Herbst,
Da stößt man's zusammen.
Altes Sprichwort

Neuer Wein und neuer Geist,
Sei willkommen, Sohn der Reben,
Sei willkommen, Geist voll Leben,
Der das letzte Band zerreißt!
Lange hast du still gegoren,
Bis du wardst aus Nacht geboren:
Steig' empor nun keck und dreist,
Neuer Wein und neuer Geist!

Neuer Geist und neuer Wein!
Drückend war des Sommers Schwüle,
Und die Nacht mit eis'ger Kühle
Schlich sich in den Rebenhain.
Maienfrost und Herbstesschauer
Ward zum Segen, lasst die Trauer!
Ja, du sollst und musst gedeihn,
Neuer Geist und neuer Wein!

Neuer Wein und neuer Geist!
Endlich brach das Eis im Norden,
Und der Süd ist wach geworden,
Und die Erde bebt und kreist,
Heiße Lüfte, heiße Herzen!
Steigen lasst die Flammenkerzen,
Dass es donnert, blitzt und gleißt!
Neuer Wein und neuer Geist!

Neuer Geist und neuer Wein!
In der Berge tiefsten Schlünden,
In der Herzen tiefsten Gründen
Kocht ein Feuer glühend rein.
Wie die Trauben glühn im Dunkeln,
Wie der Männer Augen funkeln,
Und der Himmel lacht herein!
Neuer Geist und neuer Wein!

Neuer Wein und neuer Geist!
Sollen die Gespenster spucken
Ewig und der Geist sich ducken?
Wisst ihr, was der Zeiger weist?
Macht euch eurer Fesseln ledig!
Kämpft! Der Himmel ist uns gnädig!
Ja, du hältst, was du verheißt,
Neuer Wein und neuer Geist!

Neuer Geist und neuer Wein!
Blaue Trauben lasst uns pflücken,
Rotes Blut in Schalen drücken,
Liebchen, komm' und schenk' mir ein!
Sieh' da, rot wie deine Lippen!
Welch' ein feurig süßes Nippen!
Ha, das fährt durch Mark und Bein!
Neuer Geist und neuer Wein!

Neuer Wein und neuer Geist!
Wein des Lebens, Geist des Lebens,
Du durchglühst uns nicht vergebens:
Länger stehn wir nicht verwaist!
Und wenn einst beim letzten Tropfen
Dieses Weins die Herzen klopfen,
Weiß die Welt, was Freiheit heißt,
Neues Leben, neuer Geist.

Friedrich Haug

Herbstlied für Zecher

Bleiche Wassertrinker, schweigt!
Kritikaster, stille!
Vater Bacchus Traube zeugt
Seligkeit die Fülle!

Sagt, wie könnt ihr um und um,
Diese Wundergauen,
Dieses Weinelysium
Fühllos überschauen?

Ha! des weiten Lustgeschreis!
Soll es euch Rebellen
Nicht zur Fahne Bassareus
Zauberisch gesellen?

Soll euch denn von Zecherglut
Wärmen nicht ein Funke!
Auf zur Dithyramben-Wut!
Auf zum Reihentrunke!

Lechzen nach Unsterblichkeit
Durstig eure Seelen?
Bacchus kann despotisch heut'
Euch sie herbefehlen!

Denn in jedem Rebenstock
Schlummern Rednerchrien,
Steckt ein Tändeleienschock
Für Anthologien!

Immer stirbt (ich, Libers Sohn,
Singe keine Märchen)
Ein Gedankenembryon
Im zertret'nen Beerchen!

Wein, ihr Wasserschlürfer, Wein
Fördert Riesenplane!
Schenkt den Proselyten ein,
Liebe Herbstkumpane!

Schwingt die Mädchen in die Höh,
Statt der Thyrsusstäbe!
Ruft bacchantisch: Evoe!
Bruder Zecher lebe!

Cäsar Flaischlen

Beim Wein

Ich sitze beim Wein …
ich sitze allein
und trink meinen Wein
in mich hinein …
und denke an dies,
und denke an das,
vor und zurück …
an Leben, Liebe,
an Glauben, an Glück …

das eine wird Stein,
das andere Staub! …

und ein Windstoß wirbelt
über den Garten
draußen
das erste welke Laub!

Georg Herwegh

Champagnerlied

Épernay, Herbst 1841

Wir griffen jüngst, den Weltbrand anzufachen,
Ihr Brüder, nach dem Schwert;
Doch diese Welt, so lasst uns drüber lachen!
Ist unsres Ernsts nicht wert.
Juchhe, die Narrenschelle!
Die Jugend ist ein Glas Champagnerwein:
Drum will sie schnelle, schnelle,
Gleich frisch an ihrer Quelle,
Getrunken sein.
Schenkt ein! Schenkt ein!

Was kümmern uns die Kronen und die Fürsten?
Gott segne unsern Herrn!
Wir wollen was zu trinken, wenn wir dürsten,
Wir zechen all so gern.
Lasst uns die Hände reichen
Zu trautem, frischem, fröhlichem Verein!
Die Reben, nicht die Eichen,
Die sollen unser Zeichen,
Ja, Zeichen sein.
Schenkt ein! Schenkt ein!

Die Sündflut drohte einstens zu verwaschen
Des Herren liebsten Sohn:
Da barg er flugs den Witz in einer Flaschen,
Der grausen Flut zum Hohn.
Wir haben sie gefangen!
Heraus den Witz, die Weisheit heut hinein!
Der Witz soll heute prangen,

Die Weisheit soll gefangen,
Gefangen sein.
Schenkt ein! Schenkt ein!

Lasst den Philister mit dem Leben sparen –
Er ist ein armer Mann.
Soll ich zu Wasser in den Himmel fahren,
Wenn ich's im Feuer kann?
Juhe, die Narrenschelle!
Die Jugend ist ein Glas Champagnerwein –
Drum will sie schnelle, schnelle,
Gleich frisch an ihrer Quelle,
Getrunken sein.
Schenkt ein! Schenkt ein!

Gotthold Friedrich Stäudlin

Neckarweinlied

Am Neckarstrand, da wachsen Evans Gaben;
Wuchs dieser edle Wein.
Drum sitzt nun in die Runde, biedre Schwaben,
Um seiner euch zu freun!

Ihn pflanzt' auf Uhlbachs segensreichen Hügeln
Ein deutscher Biedermann.
Sein Schatten freut sich, da wir ihn entsiegeln;
Drum Brüder, stoßet an!

Und lasst des edeln Trankes uns genießen!
Trinkt seine stille Glut!
Er ist wie sie, die ihn zum Erb' uns ließen –
Wie unsre Väter, gut.

Einst saßen sie, wie wir, in ihrer Hütte,
Und tranken frohen Mut;
Ihr Wein war unverfälscht, gleich ihrer Sitte;
Gesund, gleich ihrem Blut.

Ihr Name stirbt nicht mehr in unsrer Mitte.
Nicht dieser Trank allein –
Auch ihr gesundes Blut und deutsche Sitte
Blieb uns mit ihrem Wein.

Drum stoßet wieder an und trinket wieder,
Solang die Flasche rinnt;
Ja! trinkt auf aller Schwaben Wohl, die bieder
Wie unsre Väter sind!

Die so, wie sie, den Bruder herzlich lieben
Und frommer Einfalt treu,
Eh'r arm und klein in freien Hütten blieben
Als groß in Sklaverei.

Ja deutsche Einfalt, deutsche Freiheit ehren,
Dies Brüder! sei allein
Das Losungswort bei jubelvollen Chören
Und echtem Neckarwein.

Es ferne sich, wo unsre Becher kreisen,
Wer sie nicht kennt und ehrt!
Er ist nicht wert ein Schwabensohn zu heißen,
Ist dieses Weins nicht wert!

Verzeichnis der Autoren

Able, Hermann: geboren 1930 in Heilbronn, dort gestorben 2013. Der aus einer alten Weingärtnerfamilie stammende Weinpoet hat mehrere Lyrikbände veröffentlicht, u.a. »Poesie der Rebe und des Weins« (1984) und die Lebenserinnerungen »Poesie zwischen den Rebzeilen« (2011). Able veranstaltete auch Weinkollegs, die Literaturlesung und Weinprobe verbanden. »Schillerwein« und »Die Macht des Weines« © Familie Able, Heilbronn.

Adelmann, Raban Graf von Adelmannsfelden: geboren 1912 in Düsseldorf, gestorben 1992 auf Burg Schaubeck in Steinheim-Kleinbottwar, entstammte einem der ältesten schwäbischen Adelsgeschlechter, studierte Rechtswissenschaft und ging zunächst in den Diplomatischen Dienst. 1945 übernahm er das familieneigene Weingut auf Burg Schaubeck bei Ludwigsburg, von 1975 bis 1985 war er Gründungsvorsitzender des Verbands der Prädikatsweingüter Württemberg. Unter seinen Veröffentlichungen finden sich »Das Lied vom Wein« (1968) und »Württemberg/Vinothek der deutschen Weinberg-Lagen« (1981). »Der Schwabe und sein Wein.« In: Otto Heuschele (Hg.): Schwaben unter sich und über sich. Wilhelm Goldmann Verlag, München 1979, S. 12–14. © Graf Adelmann Erben, Steinheim-Kleinbottwar.

Alexis, Willibald (Pseudonym von Georg Wilhelm Heinrich Häring): geboren 1798 in Breslau, gestorben 1871 in Arnstadt. Alexis stammte aus einer bretonischen Flüchtlingsfamilie, war Kriegsfreiwilliger gegen Napoleon und nach Jurastudium und Referendarzeit als Publizist tätig. Angeregt durch Walter Scott schrieb er vorwiegend »vaterländische« Romane wie »Der falsche Woldemar« oder »Der Werwolf« (1848), aber auch Lustspiele und Reisebilder, die wegen ihrer liberalen Tendenz teilweise verboten wurden. Seine feuilletonistischen »Schattenrisse aus Süddeutschland« erschienen 1834.

Arnim, Achim von/Brentano, Clemens: Unter dem Titel »Des Knaben Wunderhorn« veröffentlichten die »Heidelberger Romantiker« von Arnim (1781–1831) und Brentano (1778–1842) zwischen 1805 und 1808 »Alte deutsche Lieder« in drei Bänden. Zeitgenössische Kritiker nannten die Volksliedsammlung einen »Mischmasch von allerlei schmuzigen und nichtsnuzigen Gassenhauern«, Goethe dagegen empfahl das mit Nationalgefühl gestimmte Gesangswerk »mit Dank anzunehmen«. Gustav Mahler vertonte daraus 12 Lieder. Zu der Sammlung von Liebes-, Kinder-, Wander- und Soldatenliedern vom Mittelalter bis ins 18. Jahrhundert gehört auch das »Trinklied«.

Bausinger, Hermann: geboren 1926 in Aalen, in Reutlingen lebender emeritierter Professor der Universität Tübingen, wo er von 1960 bis 1992 das Ludwig-Uhland-Institut für Empirische Kulturwissenschaft leitete. Zahlreiche Publikationen zur Alltagskultur, Kulturgeschichte, Landeskunde und Landesliteratur. Bei Klöpfer & Meyer ist er Mitherausgeber der »Kleinen Landesbibliothek«, daneben erschienen von ihm u. a. »Der Herbe Charme des Landes. Gedanken über Baden-Württemberg« (2006), »Berühmte und Obskure. Schwäbisch-alemannische Profile« (2007) und »Seelsorger und Leibsorger. Essays über Hebel, Hauff, Mörike, Vischer, Auerbach und Hansjakob« (2011). »Zweierlei Lust« ist ein Originalbeitrag für diesen Band. © Hermann Bausinger.

***Blau, Sebastian** (Pseudonym von Josef Eberle):* geboren 1901 in Rottenburg am Neckar, gestorben 1986 in Samedan/Graubünden. Gelernter Buchhändler, ab 1924 erste Gedichte, Glossen, Satiren in Erich Schairers »Sonntags-Zeitung«. Von 1927 an Leiter der Vortragsabteilung des Süddeutschen Rundfunks, lehnte er die Übertragung einer Hitler-Rede ab, wurde 1933 aus politischen Gründen entlassen und mit Schreib- und Veröffentlichungsverbot belegt. Nach dem Krieg war er Gründer und Herausgeber der »Stuttgarter Zeitung« und schrieb Mundartgedichte unter dem Pseudonym Sebastian Blau. »E' guater Johrgang« und »Dr Wengerter« in: Ders.: Die Gedichte. Klöpfer & Meyer 2010, S. 483; S. 57. © Stadt Rottenburg/Klöpfer & Meyer Verlag.

Böhmer, Otto A.: geboren 1949 in Rothenburg ob der Tauber, lebt als Schriftsteller in Wöllstadt (Wetterau). Promovierte mit einer Arbeit über Fichte. Er arbeitet für Film und Funk, als Essayist und Literaturkritiker, 2001 erhielt er den Erich-Fried-Preis. Klöpfer & Meyer verlegte den Roman »Nächster Halt Himmelreich« (2013) und die Erzählung »Hegel & Hegel oder der Geist des Weines« (2011), aus dem die hier abgedruckte Passage stammt. © Klöpfer & Meyer Verlag.

Braun-Ribbat, Dorothea: geboren 1946 in Kaliningrad. Nach Flucht, Studium und Wanderschaft geriet sie als 27-Jährige unter die Schwaben und wurde in Heilbronn im Unterland, Deutschlands größtem Rotweinanbaugebiet, sesshaft. Leitete 30 Jahre lang die Heilbronner Volkshochschule und kämpft heute mit der Frauengruppe »Trollinger

Evas« um die Befreiung dieser vielfach unterschätzten Rebsorte aus der Alt-Herren-Schlotzerecke. Ihre 2006 geschriebenen »Herbstimpressionen« werden hier erstmals als Originalbeitrag veröffentlicht. © Dorothea Braun-Ribbat.

Breuer, Thomas C.: geboren 1952 in Eisenach, lebt als Schriftsteller und Kabarettist in Rottweil, der (k)ältesten Stadt Baden-Württembergs. 2014 wurde er mit dem Kleinkunstpreis »Salzburger Stier« ausgezeichnet. »Abgang« In: Ders.: Kabarett Sauvignon. Lindemanns Bibliothek, Band 197. Karlsruhe 2013, S. 116–119. © Info Verlag GmbH, Bretten/Karlsruhe.

Bronner, Johann Philipp: geboren 1792 in Neckargemünd, gestorben 1864 in Wiesloch. Der Apotheker und Naturwissenschaftler kaufte 100 Morgen Land, eignete sich Fachwissen bei Winzern und auf Reisen an, pflanzte 400 Rebsorten und kultivierte 100.000 Weinstöcke. Für seine Verdienste erhielt er den Titel eines Ökonomierats. Der vielseitige Weinpionier, der eine Spindelpresse und den »Blockschnitt« zur Rebenerziehung entwickelte, schrieb über ein Dutzend Bücher, darunter »Die Verbesserung des Weinbaus« (1830) und »Der Weinbau im Königreich Württemberg« (1837), aus dem das einfühlsame Portrait des württembergischen Weingärtners entnommen ist.

Conz, Carl Philipp: geboren 1762 in Lorch, gestorben 1827 in Tübingen. Der Jugendfreund Schillers war Repetent am Tübinger Stift, Prediger an der Stuttgarter Hohen Karlsschule und Diakon in Vaihingen an der Enz. Von 1804 an lehrte als Professor für Klassische Literatur an der Universität, wo auch Uhland zu seinen Schülern gehörte. Neben philologischen, philosophischen, historischen und ästhetischen Schriften verfasste Conz gefühlvolle Gedichte und prosaische Schriften, übersetzte Aischylos und Aristophanes. Sein patriotisch gestimmtes »Neckarweinlied« fand Aufnahme in die 1811 in Wien erschienene Sammlung »Tisch- und Trinklieder der Deutschen«.

Dornfeld, Immanuel: geboren 1796 in Neckarweihingen bei Ludwigsburg, gestorben 1869 in Weinsberg. Amtsschreiber und Kameralverwalter in württembergischen Gemeinden, zuletzt im Oberamt Weinsberg. Er war Mitglied in der 1825 gegründeten »Gesellschaft für die Weinverbesserung in Württemberg«, Vorläufer des heutigen Weinbauverbands, praktizierender Weingärtner und schrieb über die »Die Geschichte des Weinbaues in Schwaben« (1868), aus dem der hier wiedergegebene pessimistisch gestimmte Abschnitt entnommen ist. Auf Dornfeld geht die Gründung der 1868 eröffneten Weinbauschule in Weinsberg zurück, heute »Staatliche Lehr- und Versuchsanstalt für Wein- und Obstbau« mit renommiertem Staatsweingut.

Nach ihm wurde die Weinsberger Neuzüchtung Dornfelder benannt, eine Kreuzung der Sorten Helfensteiner und Heroldrebe.

Elben, Christian Gottfried: geboren 1754 in Zuffenhausen, gestorben 1829 in Stuttgart. Diente zeitweilig in der Armee Friedrichs des Großen, studierte in Tübingen mit einem Abschluss in Geschichte, wurde Professor für Geographie an der Stuttgarter Hohen Karlsschule. Elben gab die Zeitungen »Schwäbischer Merkur« und »Schwäbische Chronik« heraus, veröffentlichte u. a. die »Geschichte des Deutschen Ordens« (1784). Sein Bericht »Die Ochsenbacher Weiberzeche« erschien in der »Schwäbischen Chronik« vom 6. August 1790.

Fabri, Felix: geboren um 1438/39 in Zürich, gestorben 1502 in Ulm. Der Dominikanermönch wurde vor allem durch sein »Evagatorium« berühmt, den farbigen Bericht seiner Pilgerreisen ins Heilige Land. 1468 sandte ihn der Predigerkonvent Basel nach Ulm, wo er bis zu seinem Tod als Lesemeister, Prediger und Seelsorger wirkte. Ulm war damals ein bedeutender Weinmarkt. Hier arbeitete Fabri mit dem Buchdrucker Johann Zainer zusammen, hier entstand seine lateinische Beschreibung Schwabens »Descriptio Sueviae« (1489), in der auch »Das Verdienst der schwäbischen Winzer« gewürdigt wird.

Flach, Hans: geboren 1845 in Pillau bei Königsberg, gestorben 1895 in Hamburg. Wurde 1877 zum Außerplanmäßigen Professor für Klassische Philologie an der Universität Tübingen ernannt. Als seine Bemühungen um eine ordentliche Professur fehlschlugen, veröffentlichte er 1886 die Streitschrift »Die akademische Carrière der Gegenwart« und verließ Tübingen. Auch die im selben Jahr anonym in Leipzig erschienenen »Culturbilder aus Württemberg von einem Norddeutschen«, denen das Gôgen-Zerrbild »Mitteldinq zwischen Europäer und Waldmensch« entnommen ist, erregten kleingeistige Gemüter. Flach arbeitete danach in Rudolstadt an der »Deutschen Encyklopädie« und lebte zuletzt als Autor in Hamburg.

Flaischlen, Cäsar: geboren 1864 in Stuttgart, gestorben 1920 im Sanatorium Horneck ob Gundelsheim. Nach einer Buchhandelslehre studierte er Germanistik und Philosophie, promovierte, war in Berlin Redakteur der Kunst- und Literaturzeitschrift »Pan« und Mitherausgeber der Monatsschrift »Kunst und Künstler«. Der damals erfolgreiche, heute nahezu vergessene Autor schrieb naturalistisch beeinflusste Dramen wie »Toni Stürmer« (1891), Prosa wie »Professor Hardtmut« (1897), später impressionistisch angehauchte Lyrik, auch in schwäbischer Mundart wie »Vom Haselnußroi', e Zopfete Bloeme-n ond Nüß« (1892). »Beim Wein« ist aus dem ersten Band des Brief- und Tagebuchromans »Jost Seyfried« (1905) entnommen.

Frischlin, Nikodemus: geboren 1547 in Erzingen bei Balingen, gestorben 1590 auf Hohenurach. Wurde 1568 in Tübingen Außerordentlicher Professor für Poesie und Geschichte, verfasste Hymnen und Epigramme, Dramen und Komödien. 1576 krönte ihn Kaiser Rudolf II. zum »Poeta laureatus«. Dann aber fiel das Lästermaul wegen seiner Kritik am württembergischen Landadel in Ungnade, erhielt Publikationsverbot, stand unter Hausarrest. Frischlin floh, schrieb 1590 eine Streitschrift gegen den württembergischen Hof, wurde in Mainz gefangengenommen, an Württemberg ausgeliefert und schließlich auf der Festung Hohenurach eingekerkert. Beim Fluchtversuch mit einem Bettlaken stürzte er in den Tod. »Die württembergisch-badische Hochzeit« schrieb er 1575 zur Hochzeit seines Zechbruders Herzog Ludwig mit Dorothea Ursula von Baden-Durlach; ins Deutsche übertragen wurden seine Verse durch den Öhringer Schulrektor Carl Christoph Beyer.

Gräter, Carlheinz: geboren 1937 in Bad Mergentheim, dort auch lebend. Der promovierte Historiker und Weinexperte arbeitete zunächst als Zeitungsredakteur, seit 1972 ist er freier Schriftsteller und hat annähernd 100 Bücher veröffentlicht, darunter das bis heute grundlegende Werk »Württemberger Wein« (1993). Der Polyhistor und Homme de lettres wurde für sein Gesamtwerk 1997 mit dem Kulturpreis des Frankenbundes ausgezeichnet. Im Klöpfer & Meyer Verlag gab er mit Wolfgang Alber und Andreas Vogt »Geschichten aus Hohenlohe und Tauberfranken« (2010) heraus. Eine kleine, feine Auslese aus dem Œuvre des Lyrikers Gräter: »Weinbergmäuerle«, »Im Remstal« und »Trollinger« © Carlheinz Gräter.

Griesinger, Carl Theodor: geboren 1809 in Kirnbach bei Wolfach, gestorben 1884 in Stuttgart. Zunächst Geistlicher, dann Schriftsteller, Redakteur der Zeitschrift »Der schwäbische Humorist« und des demokratischen Blattes »Die Volkswehr«. War wegen seiner Beteiligung an der Revolution von 1848 zwei Jahre auf dem Hohenasperg eingesperrt, wanderte in die USA aus, kehrte 1857 nach Württemberg zurück und blieb seiner Konfliktlinie treu. Zwei ausgewählte Preziosen: »Der Wingerter, zu Deutsch: Weingärtner« aus: »Silhouetten aus Schwaben« (1838), »Heilbronn und der Wartberg« aus: »Humoristische Bilder aus Schwaben« (1837).

Haasis, Kathrin: 1971 geboren, studierte Politikwissenschaft, Deutsche Literaturgeschichte und Spanisch in Marburg, Texas, Freiburg und Barcelona. Als als freie Mitarbeiterin der »Badischen Zeitung« wurde sie ahnungslos zu einer Weinprobe geschickt – und sah sich mit lauter altklugen Herren konfrontiert. Nach dem Motto »Probieren geht über Studieren« widmet sie sich seither intensiv dem Wein, seit 2004 bei der »Stuttgarter Zeitung«, wo sie Mitglied der wöchentlichen »Lesestoff«-Runde ist. »Aufstand der Wengerter« In: Dies.: Württemberger Weinlese. Konrad Theiss Verlag. Stuttgart 2012, S. 24. © WBG, Darmstadt.

Härtling, Peter: geboren 1933 in Chemnitz, aufgewachsen am Fuße der »Blauen Mauer« der Schwäbischen Alb in Nürtingen, arbeitete Peter Härtling als Redakteur bei Zeitungen und Zeitschriften, wurde 1967 Cheflektor des S. Fischer Verlags in Frankfurt am Main und war dort von 1968 bis 1973 Sprecher der Geschäftsführung. Seit 1974 erfolgreicher Schriftsteller (»Hölderlin«) und Lyriker, wurde Peter Härtling mit zahlreichen Preisen ausgezeichnet, zuletzt mit dem Hessischen Kulturpreis 2014 und dem Elisabeth-Langgässer-Preis 2015. »Auf eine Weinbergschnecke« In: Gesammelte Werke Band 8. Gedichte. Herausgegeben von Klaus Siblewski. © 1997, Verlag Kiepenheuer & Witsch GmbH & Co. KG, Köln.

Hauff, Wilhelm: geboren 1802 in Stuttgart, dort gestorben 1827. Absolvierte das Tübinger Stift, promovierte, war Hauslehrer, dann Redakteur des Cotta'schen »Morgenblatts für gebildete Stände«. Einer der ersten Berufsschriftsteller des Landes, starb noch nicht einmal 25-jährig an einem Nervenfieber und hinterließ ein riesiges Werk mit Erzählungen, Satiren und Romanen. Am bekanntesten sind seine Märchen wie »Zwerg Nase«, »Kalif Storch« oder »Das kalte Herz«. Sein »Trinklied« ist der von Gustav Schwab edierten Werkausgabe entnommen. Die vom Weingeist inspirierten »Phantasien im Bremer Ratskeller«, von Hauff nach einem Besuch der Hansestadt als »Herbstgeschenk für Freunde des Weines« erdacht, erschienen 1827.

Haug, Johann Christoph Friedrich: geboren 1761 in Niederstotzingen, gestorben 1829 in Stuttgart. Der Sohn von Balthasar Haug, dem Lehrer Schillers an der Stuttgarter Hohen Karlsschule, besuchte ebenfalls diese Anstalt zum Rechtsstudium. Er wurde Sekretär, dann Hofrat und Bibliothekar in herzoglichen Diensten. Schrieb Gedichte, Epigramme, Fabeln, Balladen, Erzählungen, gab mit Friedrich Christoph Weisser eine »Epigrammatische Anthologie« heraus und war 1811–1817 Redakteur des »Morgenblatts für gebildete Stände«. Von seinem Witz zeugen die »Zweihundert Hyperbeln auf Herrn Wahl's ungeheure Nase« (1804) und zahlreiche weinbeschwingte Gedichte.

Heine, Heinrich (eigentlich Harry Heine): geboren 1797 in Düsseldorf, gestorben 1856 in Paris. Der aus einem aufgeklärten jüdischen Elternhaus kommende, christlich getaufte Lyriker, Essayist, Reiseschriftsteller und Journalist wird gern als der »letzte Dichter der Romantik«

bezeichnet. Er selber nannte sich einen »entlaufenen Romantiker«, der schwärmerische Stilmittel ironisch brach und gesellschaftskritisch überwand. Ein höchst ambivalentes Verhältnis pflegte er zur »schwäbischen Dichterschule« um Ludwig Uhland, kritisierte deren biedermeierliche Verhocktheit und kleingeistige Provinzialität. Im »Schwabenspiegel« (1838) spottet er, dass sie »hübsch patriotisch und gemütlich zu Hause bleiben bei den Gelbveiglein und Metzelsuppen des teuren Schwabenlandes«. Und er bleibt bei der frugalen Akzentuierung, wenn er Gustav Schwab einen »Hering« nennt, während Schiller poetisch gesehen einem »großen Walfisch« gleiche. Im Versepos »Atta Troll« (1843) schließlich wird ein Schwabendichter in einen Mops verwandelt, der an einem Hexenkessel zu verschmachten droht.

Heinrich, Gustav Adolf: geboren 1926 in Heilbronn, dort 2013 gestorben. Der mit mehreren Deutschen Rotweinpreisen ausgezeichnete Weingärtner war auch ein legendärer Besenwirt. Er war kommunalpolitisch aktiv, auf seine Initiative hin entstand der Weinpanorama- und Skulpturenweg mit Baumkelter und Weinbaumuseum am Wartberg. 2010 veröffentlichte er das Buch »Meine Reben, meine Heimat, mein Leben« als Liebeserklärung an den Wein und seinen Berufsstand. Diesem Band ist die hier abgedruckte Beschreibung »Die Hape« entnommen. © G. A. Heinrich Nachfahren, Heilbronn.

Herburger, Günter: geboren 1932 in Isny im Allgäu, lebt in München. Nach Abbruch eines Studiums ging er auf Reisen, 1964 nahm er an der Tagung der »Gruppe 47« im schwedischen Sigtuna teil. Vielfach preisgekrönt, schrieb er neben Romanen wie der Trilogie »Thuja« auch Kinderbücher wie die Abenteuergeschichten »Birne«. Der immer etwas asketisch wirkende Herburger ist ein passionierter Marathonläufer, diese Erfahrung hielt er ebenfalls in Büchern fest. »Stuttgarter Festschrift« in: Irene Ferchl (Hg.): Geschichten aus Stuttgart. Klöpfer & Meyer 2011. © Günter Herburger, Berlin.

Herwegh, Georg: geboren 1817 in Stuttgart, gestorben 1875 in Lichtental bei Baden-Baden. Vom Tübinger Stift verwiesen, wagte er 1836 den Sprung in die Existenz des freien Schriftstellers. Wegen Beleidigung eines königlich-württembergischen Offiziers musste er in die Schweiz fliehen. Später lernte er in Paris Heinrich Heine kennen, der ihn ironisch als »eiserne Lerche« besang. Herwegh arbeitete für die von Karl Marx redigierte »Rheinische Zeitung«. 1848 zog er mit seiner Frau Emma und der »Deutschen Demokratischen Legion« in die Badische Revolution, nach der Niederlage floh er erneut in die Schweiz. 1866 kehrte er als Streiter für die Arbeiterklasse nach Deutschland zurück, zur Gründung des »Allgemeinen Deutschen

Arbeitervereins« 1863 schrieb er »Das Bundeslied« mit den Versen: »Mann der Arbeit, aufgewacht!/ Und erkenne deine Macht!/ Alle Räder stehen still,/ Wenn dein starker Arm es will.« Das »Champagnerlied« schrieb er, umgeben von Reben, 1843 in Épernay.

Hesse, Hermann: geboren 1877 in Calw, gestorben 1962 in Montagnola/Tessin. Machte traumatische Erfahrungen im evangelisch-theologischen Seminar Maulbronn, die er später in der Erzählung »Unterm Rad« (1906) abarbeitete. Nach der mit einem Suizidversuch verbundenen Adoleszenzkrise machte er eine Buchhandelslehre im Tübinger Antiquariat Heckenhauer. Lebte als Schriftsteller mit seinen jeweiligen Frauen am Bodensee, in Bern und im Tessin. 1946 erhielt er den Nobelpreis für Literatur, sein erfolgreichster Roman »Steppenwolf« (1927) wurde zum Kultbuch der US-Subkultur, denn Hesse wusste um die bewusstseinserweiternde Wirkung von vielerlei Drogen. »Zu Johannes dem Täufer sprach Hermann der Säufer:« Aus: Hermann Hesse, Texte und Entwürfe zum »Steppenwolf«, in: Ders.: Sämtliche Werke in 20 Bänden, Herausgegeben von Volker Michels. Band 4, S. 219. © Suhrkamp Verlag Frankfurt am Main 2001. Alle Rechte bei und vorbehalten durch Suhrkamp Verlag Berlin.

Heuss, Theodor: geboren 1884 in Brackenheim, gestorben 1963 in Stuttgart. Promovierte 1905 in München über »Weinbau und Weingärtnerstand in Heilbronn am Neckar«. Als Bundespräsident blieb er seinem Lieblingswein Brackenheimer Zweifelberg treu, »zwei, auch mal drei Viertele Lemberger mussten es für den Schwaben schon sein«, so Peter Merseburger. Heuss schrieb historisch-politische und biografische Studien sowie kenntnisreiche Skizzen über Land und Leute. »Schwäbischer Wein«. In: Ders.: Schwaben. Farben zu einem Portrait. Rainer Wunderlich Verlag Hermann Leins, Tübingen 1967, S. 96–100. © 1967, Deutsche Verlags-Anstalt, München, in der Verlagsgruppe Random House GmbH. »Frohe Weinfahrt«. In: Ders.: Von Ort zu Ort. Wanderungen mit Stift und Feder. Rainer Wunderlich Verlag Tübingen 1959, S. 37–41. © 2002, Deutsche Verlags-Anstalt, München, in der Verlagsgruppe Random House GmbH.

Hölderlin, Friedrich: geboren 1770 in der Weinstadt Lauffen am Neckar mit der berühmten Lage »Katzenbeißer«, gestorben 1843 in Tübingen, wo damals noch alle Hügel mit Reben bestockt waren. Im Tübinger Stift war er während des Theologiestudiums mit Hegel und Schelling befreundet. Später arbeitete er Hauslehrer u. a. in Frankfurt am Main, wo er sich in Susette Gontard verliebte, seine Diotima. Über weitere Stationen als Hauslehrer in der Schweiz und in Bordeaux (dort beim

Weinhändler Meyer) sowie als Hofbibliothekar in Homburg kehrte er krank nach Tübingen zurück. Nach einem Klinikaufenthalt lebte er noch 36 Jahre lang in einem Turmzimmer über dem Neckar, liebevoll gepflegt von der Familie des Schreinermeisters Ernst Zimmer. Art und Grad seiner Verwirrung sind umstritten, aber auch noch in dieser Phase schrieb er unter den Pseudonymen »Buonarotti« und »Scardanelli« bedeutende Gedichte. »Der Neckar«, »Die Herbstfeier« (später »Stuttgart«) und zwei »Hymnische Entwürfe« zeugen von der Bedeutung des Weins in seinem Leben und für sein Werk.

Holder, Fritz: geboren 1932 in Tübingen, gestorben 1996 in Rottenburg am Neckar. Aufgewachsen in der Tübinger Unterstadt, die auch sein literarisches Schaffen prägte, war der gelernte Schriftsetzer jahrzehntelang Redakteur beim »Schwäbischen Tagblatt«. Er schrieb Gedichte (»Raupeviertel – Räse Verse aus der Tübinger Altstadt«), Geschichten (»Das kurze Jahr. Monatsgeschichten«), jugendbewegte Chansons (»Am Feuer und in Stuben«). Seine drei Kalendergedichte finden sich in »Gôgemusik – Neue räse Verse aus Alt-Tübingen samt dem Diebenger Raupekalender« (1992, mit Federzeichnungen seines Sohnes Christian). Mai; August; Oktober (Diebenger Raupekalender). In: Ders.: Gôgemusik. Verlag Schwäbisches Tagblatt 1992, S. 67ff. © Verlag Schwäbisches Tagblatt, Tübingen.

Hummel, Horst: geboren 1960 in Reutlingen, lebt als Rechtsanwalt in Berlin und als Winzer in Villány/Ungarn, wo es keinen Trollinger gibt. Seine Rotweine werden auf ihren natürlichen Hefen im Maischegärungsverfahren vergoren und im Holzfass ausgebaut: www.weingut-hummel.com. Stuart Pigott prophezeit, Horst Hummels hier in Auszügen wiedergegebene önologische und kulinarische Schwaben-Kritik (»Die Sprache, der Wein, die Küche und die Sprache«) werde »die Wände im Schwabenland ins Wanken bringen«, ja sogar »die Schwaben auf die Barrikaden treiben«. »Die Sprache, der Wein«. Auszug aus: Ders.: Wein und Sinn. Essays. © Schweikert-Bonn-Verlag, Stuttgart 2015.

Jünger, Ernst: geboren 1895 in Heidelberg, gestorben 1998 in Riedlingen. Der Offizier, Schriftsteller und Käferkundler war umstritten aufgrund seines nationalistischen, antidemokratischen und elitären Frühwerks, insbesondere der Kriegstagebücher »In Stahlgewittern« (1920). In der Bundesrepublik wurde er mit Orden ausgezeichnet, sein Werk wurde insbesondere in Frankreich rezipiert. Er hatte reichlich Drogenerfahrung mit Opium, Mescalin, Kokain und LSD (mit dessen Erfinder Albert Hofmann führte er einen langjährigen Briefwechsel), die er in Büchern wie »Strahlungen« (1949) verarbeitete. Bei seinem »Dalmatinischen Aufenthalt« (1934) sorgte der Genuss von Meeresfischen und feurigem Wein aus der Region auf einer rebenumrankten Terrasse für Wohlbefinden.

Kerner, Justinus: geboren 1786 in Ludwigsburg, gestorben 1862 in Weinsberg. Studierte Medizin in Tübingen, praktizierte als Arzt, von 1819 an in Weinsberg. Dort behandelte er auch psychisch Kranke und unternahm etwa mit der somnambulen »Seherin von Prevorst«, Friederike Hauffe, Versuche zur Wirkung des Weins auf Körper und Geist (»Einige Worte über die Wirkungen des Rieslings auf das Nervensystem«). Sein Haus am Fuße der Weinberge an der Burg Weibertreu war Treffpunkt von Dichtern und Künstlern wie Uhland, Schwab und Lenau (»Auf das Trinkglas eines verstorbenen Freundes«), die das bekannte Gemälde von Heinrich von Rustige in weinseliger Runde zeigt (»Trinklied im Juni«, »Ein Lied nach dem Herbst«, »Trinklied zum neuen Weine«). Kerner schrieb Bücher und Aufsätze zu okkultistischen Themen, kleine Dramen und zahlreiche Gedichte.

Kerner, Theobald: geboren ab 1817 in Gaildorf, gestorben 1907 in Weinsberg. Der Sohn Justinus Kerners studierte wie der Vater Medizin und übernahm später dessen Weinsberger Praxis. Als politischer Akteur in der Märzrevolution 1848 entzog er sich der Verhaftung durch die Flucht nach Frankreich, 1849 kehrte er zurück und kam zunächst gegen Kaution auf freien Fuß. 1850 wurde er wegen Aufrufs zum Hochverrat zu zehn Monaten Festungshaft verurteilt, von denen er sechs auf dem berüchtigten »Demokratenbuckel« Hohenasperg absaß. In seinem 1894 erschienen Büchlein »Das Kernerhaus und seine Gäste« berichtet er auch vom exorbitanten Weingenuss des Vaters.

Klett, Michael: geboren 1938 in Stuttgart. Ältester Sohn des Verlegers Ernst Klett, dessen Schulbuchverlag er nach Verlagslehre und Schauspielausbildung 1973 als Geschäftsführender Gesellschafter übernahm, mit Gründung der Verlagsgemeinschaft Klett-Cotta wurde die Belletristik gestärkt. 2009 wechselte Michael Klett vom Vorsitz des Vorstands in den Aufsichtsrat. Im Verlag erschien auch »Cotta's kulinarischer Almanach«. »Rote Beeren und Bohnerwachs«. In: Cotta's kulinarischer Almanach 1996/97. Hrsg. von Vincent Klink und Stephan Opitz. S. 94–100. © Klett-Cotta, Stuttgart 1995.

Klink, Vincent: geboren 1949 in Gießen, betreibt in Stuttgart das Sterne-Restaurant »Wielandshöhe«, dessen Name ein Gruß aus der Küche an den aufklärerischen Dichter Christoph Martin Wieland ist. Klink ist Fernsehkoch, Gastrosoph, Autor, Verleger, Musiker, Kalligraph. Er hat zahlreiche Bücher geschrieben, ist Herausgeber von Zeitschriften wie

»Cotta's Kulinarischer Almanach«, »Häuptling eigener Herd« oder »Journal Culinaire« (u.a. zum Thema »Wein-Kultur«). »Doller Dolde« ist eine für dieses Buch von Vincent Klink überarbeitete Passage aus dem 2008 bei DuMont erschienenen Buch »Wein« von Wiglaf Droste, Nikolaus Heidelbach und Vincent Klink. © Vincent Klink.

Knödler, Stefan: geboren 1974 in Reutlingen, wo er auch lebt. Ausbildung zum Sortimentsbuchhändler, Studium der Germanistik und Anglistik an der Universität Stuttgart. Nach der Promotion seit 2008 Wissenschaftlicher Angestellter am Deutschen Seminar der Universität Tübingen mit den Forschungsschwerpunkten August Wilhelm Schlegel, Literatur in Württemberg, Buch- und Verlagswesen, Literatur um 1800, Deutsch-französische Literaturbeziehungen im 18./19. Jahrhundert, Rudolf Borchardt. Der Beitrag »Wein und Leben« ist Teil eines Vortrags, den Knödler im Sommersemester 2015 beim »Studium Generale« der Universität Tübingen (»Wein in Württemberg – Zur Geschichte und Kultur des Weinbaus von der Antike bis in die Gegenwart«) gehalten hat. © Stefan Knödler.

Knubben, Thomas: geboren 1960 in Rottweil, lebt in Ravensburg und lehrt in Ludwigsburg. Studierte in Tübingen und Bordeaux Geschichte, Germanistik, Empirische Kulturwissenschaft. Danach war er Kulturreferent in Fellbach und Ravensburg, seit 2003 ist er Professor für Kulturwissenschaft und Kulturmanagement an der Pädagogischen Hochschule Ludwigsburg. Im Klöpfer & Meyer Verlag sind von ihm erschienen: »Mesmer oder Die Erkundung der dunklen Seite des Mondes« (2015), »Hölderlin. Eine Winterreise« (2011). »Schiller und Kerner, Hölder und Hegel. Eine kleine Landesvinothek« ist der als CD dokumentierten Festschrift »Hubert Klöpfer zum 60sten«, Tübingen 2011, S. 81–83, entnommen. © Thomas Knubben.

Kölle, Christoph Friedrich Karl (von): geboren 1781 in Stuttgart, dort gestorben 1848. Der studierte Jurist stand in diplomatischen Diensten des Königreichs Württemberg, u.a. im benachbarten Baden, wo er sich mit Johann Peter Hebel anfreundete und Geschichten zu dessen Volkskalendern beisteuerte. Mit Hermann Hauff gab er in Stuttgart die »Deutsche Viertel-Jahrs Schrift« heraus, was ihm Kritik von Heine als einem »eingefleischten Raçcenmäkler« eintrug. Erste literarische Arbeiten schrieb er für »Das Sonntagsblatt für gebildete Stände«, die nur in acht Folgen handschriftlich erschienene Zeitschrift der Tübinger Romantiker im »Neuen Bau« um Kerner und Uhland. Daneben verfasste Kölle Bücher zur Geschichte und Diplomatie. Sein Portrait der »Kneipen in Rom« erschien 1834 in dem Reisebericht »Rom im Jahre 1833«.

Konold, Werner: geboren 1950 in Heidenheim. Der studierte Agraringenieur ist Professor für Landespflege an der Fakultät für Forst- und Umweltwissenschaft der Universität Freiburg. Zu seinen Forschungsschwerpunkten gehören u.a. Geschichte und Ökologie der Kulturlandschaften. Er leitete das Projekt »Historische Terrassenweinberge«, das Baugeschichte, Wahrnehmung und Erhaltung dieser Kulturdenkmäler dokumentiert. »Schönheit und Eigenart der Weinbaulandschaft« ist ein Auszug aus Konolds Beitrag »Die Schönheit und Eigenart der Weinbaulandschaft: der Hohenasperg als Vorbild oder als Sündenfall?« In: »Schwäbische Heimat« 2007/3, S. 276–283. © Werner Konold/Schwäbische Heimat.

Krämer, Christine: geboren 1969 in Kirchheim/Teck, lebt in Stuttgart. 1995 erwarb sie ein Weinmarketing-Diplom an der französischen Université du Vin in Suze-la-Rousse (Dép. Drôme) und war für einen Weinimporteur in der französischen Schweiz tätig. Dann studierte sie Geschichte mit Schwerpunkt Geschichtliche Landeskunde an der Universität Tübingen und promovierte 2006 zum Thema »Rebsorten in Württemberg. Herkunft, Einführung, Verbreitung und die Qualität der Weine vom Spätmittelalter bis ins 19. Jahrhundert«. Zahlreiche Veröffentlichungen zur Geschichte des Weinbaus in Württemberg. Der gemischte Satz (Auszug). In: Rettet die Reben. Edition Randgruppe Stuttgart 2013, S. 71f. © Christine Krämer.

Kreis, Bernd: geboren 1963 in Lettgenbrunn im Spessart, lebt als Sommelier, Weinhändler und Weingärtner in Stuttgart. Ausbildung als Hotelfachmann, danach Sommelier im Restaurant Bareiss in Baiersbronn und im Restaurant Wielandshöhe in Stuttgart. 1992 zum besten Sommelier Deutschlands und Europas, 1993 zum Sommelier des Jahres gekürt. 1996 Eröffnung einer eigenen Weinhandlung, daneben betreibt Bernd Kreis einen Steillagenweinberg am Degerlocher Scharrenberg. Zahlreiche Veröffentlichungen etwa in Zeitschriften wie »Cotta's kulinarischer Almanach« oder »Häuptling eigener Herd«, (Co-)Autor von Büchern wie »Essen und Wein« (2012) oder »Weinmacher in Württemberg« (2004). Wein und Technik. In: Cotta's kulinarischer Almanach, 1997/98. Hrsg. von Vincent Klink und Stephan Opitz. S. 46–48. © Bernd Kreis, Stuttgart.

Kurz, Hermann: geboren 1813 in Reutlingen, gestorben 1873 in Tübingen. Studierte im Tübinger Stift und legte das theologische Examen ab, arbeitete dann aber als Schriftsteller und Übersetzer in Stuttgart, lernte Mörike, Kerner und Schwab kennen. Seine Tätigkeit als Redakteur des regierungskritischen »Beobachters« und als Autor politischer Streitschriften wie das »Das freye Wort« (1845) brachten ihn 1851 auf den Hohenasperg. Danach zog er sich aus dem öffentlichen Leben zurück, nach Stationen in Oberesslingen und Kirchheim/Teck ging er mit seiner unkonventionellen Familie nach Tübingen, wo er als Unterbibliothekar der Universität arbeitete. Bei der Einweihung des Uhland-Denkmals erlitt er einen Sonnenstich, an dessen Folgen er starb. Seine Romane »Schillers Heimatjahre« (1843) und »Der Sonnenwirt« (1856) sind sozialkritisch akzentuiert, auch in zahlreichen Erzählungen zeichnet er realistische Szenen aus dem bürgerlichen und bäuerlichen Leben. Das in Friedrich Silchers Vertonung bekannt gewordene »Trinklied im Frühling« erschien wie »Im Weinberg« in den »Gedichten« (1836).

La Roche, Sophie von: geboren 1730 in Kaufbeuren, gestorben 1807 in Offenbach am Main. Zunächst mit ihrem Vetter Christoph Martin Wieland verlobt, dann verheiratet mit dem kurmainzischen Hofrat Georg Michael Frank La Roche. Sophie von La Roche war zunächst Gesellschafterin und Hofdame bei Friedrich Graf von Stadion auf Schloss Warthausen nahe Biberach/Riss. Hier schrieb sie im Stil der Empfindsamkeit den zweibändigen Roman »Geschichte des Fräuleins von Sternheim«, der 1771 zunächst anonym von Wieland herausgegeben wurde. Sie wurde zur ersten Berufsschriftstellerin ihrer Zeit, gab außerdem die erste Frauenzeitschrift Deutschland »Pomona für die Töchter Teutschlands« heraus und war berühmt für ihre literarischen Salons, etwa auf Schloss Ehrenbreitstein bei Koblenz. Der Auszug aus der 1783 erschienenen »moralischen Erzählung« »Die glückliche Reise« enthält auch das später unter dem Titel »Wein und Winzer« veröffentlichte Gedicht.

Lenau, Nikolaus (eigentlich Nikolaus Franz Niembsch Edler von Strehlenau): geboren 1802 in Csatád/Rumänien, gestorben 1850 in Oberdöbling bei Wien. Zu Melancholie und Einsamkeit neigender Lyriker, führte ein unstetes Leben zwischen Wien und Württemberg. Gast des schwäbischen Dichterkreises um Kerner, dem er auch das legendäre Kristallglas schenkte, aus dem dieser nach Angaben des Sohnes Theobald täglich zweieinhalb Liter Wein trank. Lenau verdämmerte nach einem Schlaganfall in Nervenheilanstalten. »Auf ein Fass zu Öhringen« (1832) spielt auf das 22.000 Liter fassende Weinfass im Öhringer Schlosskeller aus dem Jahr 1702 an.

Linck, Otto: geboren 1892 in Ulm, gestorben 1985 in Güglingen. War im Hauptberuf Förster, daneben aber vielfältig tätig als Naturschützer und Landschaftspfleger, Geologe und Paläontologe. Er besang in seinen Büchern »Das Weinland am Neckar« (1960), warnte aber in »Der Weinberg als Lebensraum« (1954) schon früh vor dem Verschwinden der alten Weinberge und der Entstehung einer »Rebensteppe« durch die Rebflurbereinigung. Neben Veröffentlichungen zum Naturschutz und zur Landschaftspflege, zur Kunst- und Kulturgeschichte schrieb Linck Gedichte und Erzählungen. »Das Weinland« In: Ders.: Weinland am Neckar. Konstanz/Lindau/Stuttgart: Jan Thorbecke Verlag 1960, S. 29f. © Ursula Sternberg, München.

Linsenmaier, Otto: geboren 1918 in Stetten im Remstal, gestorben 2009 in Fellbach. Der Spross einer alten Wengerterfamilie studierte Landwirtschaft, promovierte, war Weinbaureferent im Regierungspräsidium Nordwürttemberg, schließlich Referatsleiter im Landwirtschaftsministerium Baden-Württemberg. Er lehrte an der Universität Hohenheim Weinbau und Weinbaurecht. Aufgrund seiner zahlreichen Veröffentlichungen, darunter »Der Trollinger und seine Verwandten« (1989), »Weinberg, Kelter und Keller« (1955) oder zuletzt »Chronik der Fellbacher Weingärtner« (2007) galt Linsenmaier als der »Weinpapst« Württembergs. »Des Landes größtes Vermögen« In: Weinland Württemberg. Südwestdeutsche Verlagsgesellschaft Mannheim 1976, S. 18–25. © Christa Linsenmaier-Wolf, Fellbach.

List, Claudia: geboren 1965 in Balingen, hat Journalismus und Betriebswirtschaft studiert. Schreibt als freie Journalistin in Zeitungen, Magazinen und Büchern und als Chefredakteurin von »Alblust« vor allem über die erlebnis- und genussreichen Seiten Baden-Württembergs. Dazu gehört natürlich auch der Wein, der ihr besonders gut schmeckt, wenn sie die Landschaft drum herum und das Weingut mit eigenen Augen gesehen hat. Für das Buch »Rettet die Reben« hat sie den Remstal-Winzer Jochen Beurer begleitet und war von seinen Weinen ebenso beeindruckt wie von der tiefen Überzeugung, mit der er nach biologischen Grundsätzen im Weinberg und im Keller wirtschaftet. »Eine Frage der Reibung«. In: Rettet die Reben. Edition Randgruppe Stuttgart 2013, S. 98–102. © Claudia List.

Luz, Christoph Martin: geboren 1596 in Göppingen, gestorben 1639 in Calw. Der Lehrer und weinselige »Poeta laureatus« studierte an der Universität Tübingen, wurde 1621 Präzeptor in Brackenheim, 1622 Konrektor des Stuttgarter Pädagogiums und war von 1627 bis 1634 Rektor des Heilbronner Gymnasiums. Der »gekrönte Dichter« beherrschte zwar neun Sprachen, war aber auch dem Heilbronner Wein über die Maßen zugetan, was ihn in Misskredit bei der nüchternsittenstrengen Obrigkeit brachte. Seine Entlassung konnte auch ein lateinisches Erntedankgedicht (»Ubertas vindemiae«), in dem er zugleich eindringlich vor den Gefahren unmäßigen Weingenusses warnte, nicht abwenden. Verbittert amtierte er zuletzt als Präzeptor in Calw. Ins Deutsche übertragen wurde sein hymnischer »Herbstsegen« vom Heilbronner Gymnasialprofessor Wilhelm Rösch, der auch Theodor Heuss unterrichtete.

Matthisson, Friedrich von: geboren 1761 in Hohendodeleben bei Magdeburg, gestorben 1831 in Wörlitz bei Dessau. Studierte Theologie, Philologie und Literatur, war Lehrer am Philanthropin in Dessau, danach ging er auf Reisen, arbeitete als Erzieher, Vorleser und Reisebegleiter. 1793 besuchte er Hölderlin im Tübinger Stift, beide begründeten einen Freundschaftsbund. König Friedrich I. von Württemberg berief Matthisson 1812 nach Stuttgart, wo er als Hofdichter, Theaterintendant und Oberbibliothekar Karriere machte. Wieland hörte in Matthissons erstmals 1787 erschienen Gedichten »wahre poetische Musik«, Beethoven und Schubert vertonten sie, letzterer die »Skolie«.

Megerle, Johann Ulrich alias Abraham a Sancta Clara: geboren 1644 in Kreenheinstetten bei Meßkirch, gestorben 1709 in Wien. Das jüngste von acht Kindern des Kreenheinstetter Trauben-Wirts besuchte die Lateinschule in Meßkirch und das Jesuitengymnasium in Ingolstadt. 1662 trat er in Wien in den Orden der Augustiner-Barfüßer ein. Nach Studienjahren in Prag und Ferrara wurde er 1666 zum Priester geweiht. 1672 wurde er von Kaiser Leopold I. zum Hofprediger ernannt. Seine temperamentvollen Predigten fanden massenhaften Zulauf aus allen Schichten; zahlreiche Einzeldrucke der weltweisen, volksnahen Kanzelreden kursierten als Flugschriften.

Mörike, Eduard: geboren 1804 in Ludwigsburg, gestorben 1875 in Stuttgart. Studierte Theologie, die »Vikariatsknechtschaft« führte ihn in elf Orte, bevor er Pfarrer in der Weinbaugemeinde Cleversulzbach wurde, wo es heute ein Mörike-Museum und einen Mörike-Pfad gibt. Aus gesundheitlichen Gründen, aber auch aufgrund einer Distanz zum theologischen Auftrag ließ er sich mit 39 Jahren pensionieren, um fortan als Schriftsteller zu leben. In seiner Dichtung nimmt die Lyrik den höchsten Rang ein, sie wurde zahlreich vertont. Populär geworden sind das Märchen »Das Stuttgarter Hutzelmännlein« (1853) und die Novelle »Mozart auf der Reise nach Prag« (1855). Wie sein Freund Justinus Kerner schrieb er zahlreiche Wein-Gedichte, so das »Trinklied«, »Wechsellied beim Weine«, »Des Schlossküpers Geister zu Tübingen« und »Die Herbstfeier«.

***Mulot, Rudolf** (gesehen von seiner Enkelin, der Schriftstellerin Sibylle Mulot):* »Rudolf Mulot, geboren 1865 in Frommern bei Balingen, gestorben 1949 in Reutlingen. Er war 35 Jahre lang Pfarrer in Wallhausen bei Crailsheim. Er wäre als junger Mann lieber Offizier geworden, aber das ging nicht, wegen des Geldes, und wegen der Tradition. So studierte auch Rudolf in Gottes Namen Theologie in Tübingen und wurde der fünfte ›Pfarrer Mulot‹ in der fünften Generation ohne Unterbrechung. Sein Urahn, ein reformierter Landwirt namens Jean Mulot, war im Jahr 1699 mit seiner Familie aus Frankreich ausgewandert. – Rudolf beschreibt in seinen unpublizierten Lebenserinnerungen, wie er schon als Kind kreuz und quer durch Württemberg gezogen war, weil sich sein Vater auf immer bessere Pfarrstellen im Lande bewarb, und die Familie in immer neuen Pfarrhäusern heimisch werden musste. Ganz besonders hatte es dem kleinen Rudolf das liebliche Cleebronn angetan, auch wenn er dort um ein Haar im großen Weinbottich ein frühes (und vor allem auch für seine Nachkommen) katastrophales Ende gefunden hätte.« »Cleebronner Wein« © Sibylle Mulot, Reutlingen.

Nefflen, Johannes: geboren 1789 in Oberstenfeld, gestorben 1858 in Cumberland/Maryland (USA). Der Sohn des Oberstenfelder Stiftsküfers absolvierte nach dem frühen Tod seines Vaters eine Ausbildung als Schreiber. 1821 setzte ihn die Regierung als Schultheiß in Pleidelsheim ein. 1836 gab Nefflen das Schultheißenamt auf und erwarb ein Gasthaus in Hessental. Von 1833 bis 1836 war er Delegierter in der württembergischen Abgeordnetenkammer. Wegen seiner Kritik an den politischen Zuständen wurde der erfolgreiche Volksschriftsteller 1837 zur Festungshaft auf dem Hohenasperg verurteilt, wo er bis 1840 insgesamt 20 Monate absaß. Als Gründer und Leiter des Demokratischen Vereins in Heilbronn wurde Nefflen erneut verfolgt und floh 1848 nach Straßburg. Von dort aus emigrierte er in die Vereinigten Staaten zu seinem Sohn. Mit Friedrich Theodor Vischer zählt Nefflen zu den bedeutendsten württembergischen Satirikern. Die an Johann Peter Hebel erinnernde Episode »Glücklicher Einfall in der Not« ist aus seinem 1837 erschienenen Volksbuch »Der Vetter aus Schwaben. Schwabenbräuch und Schwabenstreich« entnommen.

Neifen, Gottfried von: geboren vermutlich zwischen 1212 und 1215 auf Burg Hohenneuffen, gestorben wohl um 1270 auf Burg Blankenhorn bei Güglingen im Zabergäu. Urkundlich bezeugt ist der mittelalterliche Minnesänger aus einem Hochadelsgeschlecht ca. 1234 bis 1255. Zum Ritter ausgebildet, gehörte er zum Dichterkreis um König Heinrich VII. Unter dem Namen »Her Gotfrit von Nifen« überliefert die große Heidelberger »Manessische Liederhandschrift« (dort ist er auch als anmutiger Frauenverehrer abgebildet) von ihm 109 Strophen für 51 Lieder, wobei die Zuweisung nicht unumstritten ist. Die Lieder zeichnen sich durch große Sprach- und Reimvirtuosität, elegante Form- und Stilmittel aus. Das »Büttnerlied« (vom Tübinger Mediävisten Burghart Wachinger ins Hochdeutsche übertragen: »Es zog ein

Büttner/ weit herum in fremden Landen,/ der war so minnetüchtig,/ dass er gern da, wo Frauen waren,/ ein Fässchen band ...«), ist frivol und ironisch zugleich, es erweitert den staufischen Minnesang um französische Anklänge. Heute sind Weine in der Gegend um Neuffen nach ihm benannt, die Etiketten mit seinem Konterfei verziert.

Neuffer, Christian Ludwig: geboren 1769 in Stuttgart, gestorben 1839 in Ulm. Studierte Theologie am Tübinger Stift, wo er mit Friedrich Hölderlin (»An Neuffer«) und Rudolf Friedrich Heinrich Magenau befreundet war. Neben seiner Tätigkeit als Pfarrer, u.a. am Ulmer Münster, schrieb er Lyrik, kleine epische Dichtungen und Idyllen. Er gab das »Taschenbuch für Frauenzimmer« (1799–1802) und das »Taschenbuch von der Donau« (1814, 1825) heraus. Sein »Trinklied« erschien in »Vermischte Gedichte« (1805).

Pauli, Johannes: geboren um 1455 in Pfeddersheim im Elsass, gestorben zwischen 1530 und 1533 in Thann im Elsass. Der Franziskanermönch war Prediger, Guardian, Lesemeister und Kustos in verschiedenen Klöstern und schrieb Schwänke, Fabeln, Anekdoten, Gleichnisse und Predigtmärlein. 1522 erschien sein Hauptwerk »Schimpf und Ernst«, das mit 700 Erzählungen zu 90 Themen wie Laster oder Tugenden die nachfolgende Schwankliteratur beeinflusste. Aus dem Kapitel »Von der Trunckenheit« ist die vielfach nacherzählte Episode »Einer het nie kein Wein truncken« entnommen.

Petersen, Johann Wilhelm: geboren 1758 in Bergzabern, gestorben 1815 in Stuttgart. Studierte an der Stuttgarter Hohen Karlsschule Rechtswissenschaft, war Bibliothekar an der herzoglich-öffentlichen Bibliothek in Stuttgart und Professor für Diplomatik, Numismatik und Heraldik an der Karlsschule. Galt als »starker Trinker«, veröffentlichte anonym eine »Geschichte der deutschen National-Neigung zum Trunke« (1782), der der Passus »Ein neuer Teufel, um den Saufteufel auszutreiben« entnommen ist, sowie kulturhistorische Schriften in dem von Schiller herausgegebenen »Wirtembergischen Repertorium der Litteratur«.

Pfau, Karl Ludwig: geboren 1821 in Heilbronn, gestorben 1894 in Stuttgart. Arbeitete zunächst als Gärtner. Friedrich Theodor Vischer machte ihn mit den Ideen Hegels vertraut, Hermann Kurz brachte ihn in Kontakt mit der Opposition. Pfau gründete 1847 den »Eulenspiegel« als Organ der Märzrevolution, seine Mitgliedschaft im Vorstand des »Württembergischen Landesausschusses« brachte ihm eine Anklage wegen Hochverrats ein, er flüchtete nach Baden und nach dem Scheitern des Aufstands in die Schweiz, wo er »Sonette für das deutsche Volk auf das Jahr 1850« verfasste. In Abwesenheit zu 21 Jahren Kerker verurteilt, lebte er von 1852 an als Übersetzer und Kunstkritiker in Paris. Er wurde von Marx und Engels geschätzt, Giacomo Meyerbeer vertonte 1859 sein »Schillerlied«. Nach der Amnestie kehrte er 1863 nach Württemberg zurück, gehörte zu den Gründern der »Volkspartei« und schrieb für deren liberal-demokratisches Organ »Beobachter«. Seine politische Haltung brachte ihm weitere Haftstrafen ein. Zu seinen bekanntesten Gedichten gehören »Herr Biedermeier«, »Die deutschen Flüchtlinge« und »Badisches Wiegenlied«. »Weinlied im Winter« und »Die schlechte Welt« aus »Gedichte« (1889).

Piontek, Heinz: geboren 1925 in Kreuzburg/Oberschlesien, gestorben 2003 in Rotthalmünster bei Passau. Arbeitete nach Krieg und Gefangenschaft zunächst in einem Steinbruch, bevor er nach kurzfristigem Studium zu schreiben begann. Neben Romanen, Erzählungen und Essays wurde er vor allem durch Lyrik bekannt, seine Natur- und Zeitgedichte sind bisweilen religiös und meditativ gestimmt. Für sein vielfach übersetztes Werk wurde er u.a. 1976 mit dem Georg-Büchner-Preis ausgezeichnet. »Eßlingen, alte Reichsstadt«. Aus: Ders.: Eh der Wind umsprang. Mit drei Zeichnungen von Adrian Frutiger. Hrsg. von Roswitha Th. Hlawatsch und Horst G. Heiderhoff, Waldbrunn, 1985, S. 35. © Anton Hirner, Lauingen.

Rahn, Fritz: geboren 1891 in Tettnang, gestorben 1964 in Schorndorf. Beeinflusst von der reformpädagogischen Jugendbewegung, studierte Rahn Klassische Philologie in Tübingen und Berlin, war Gymnasiallehrer, u.a. am Stuttgarter Eberhard-Ludwigs-Gymnasium, und forschte über Mundart. Er schrieb zahlreiche Bücher über Spracherziehung, Ästhetik, Philosophie und Geschichte. 1941 trat er für eine generelle Kleinschreibung ein, nach dem Krieg war er maßgeblich an der Debatte um eine Rechtschreibreform beteiligt und schaffte es so Ende Januar 1956 sogar auf den Titel des »Spiegel«. »Vom schwäbischen Weinbau«. In: Ders. (Hg.): Hutzelbrot. Ein schwäbisches Lesebuch. Verlag J. F. Steinkopf, Stuttgart 1982, S. 78f.

Ringelnatz, Joachim (Pseudonym von Hans Gustav Böttcher): geboren 1883 in Wurzen bei Leipzig, gestorben 1934 in Berlin. Er fuhr schon während der Schulzeit zur See, wurde dann Kaufmann und kam 1909 zum Kabarett des Münchner »Simpl«. Dort verkehrte er mit Erich Mühsam, Frank Wedekind, Ludwig Thoma und Max Reinhardt, schrieb Gedichte für die satirische Zeitschrift »Simplicissimus«, ging zur Kriegsmarine, widmete sich der Malerei. Dann zog es ihn nach Berlin, wo Kurt Tucholsky zu seinem Bekanntenkreis gehörte. Die Nazis belegten Ringelnatz mit Auftrittsverbot, er verarmte und erkrankte an Tuberkulose, an der er just in dem Jahr starb, als er einen Pass für die Schweiz erhalten hatte. Seine Gedichte wie die um »Kuttel Daddeldu« (ab 1920) sind grotesk bis schlüpfrig, daneben gibt es melancholische Verse, Romane in Montagetechnik, selbstironische Autobiografien. »Stuttgarts Wein- und Bäckerstübchen« aus »Gedichte, Gedichte. Von einstmals und heute« (1934).

***Rostin, Ernst** (Pseudonym von Ernst Rosenstein):* geboren 1893 in Heilbronn, gestorben 1972 in Buenos Aires. Rostin stammte aus der ältesten jüdischen Familie Heilbronns, sein Vater Louis Rosenstein war ein engagierter Demokrat und befreundet mit dem friedensbewegten Landtagsabgeordneten Carl Betz. Er textete und komponierte Lieder wie »Heilbronner Mädel beim Heilbronner Wein« und »Wo ein grüner Besen winkt«, die auch bei bunten Abenden am Heilbronner Theater gesungen wurden. 1932 nahm Willy Reichert das Besenlied für die Deutsche Grammophon auf, 1999 wurde es erneut auf CD veröffentlicht. Rostin emigrierte 1934 nach Argentinien, wo seit 1919 sein Bruder lebte. Seine Schwester Franziska wurde 1944 in Auschwitz, sein Schwager Berthold Heilbronner 1942 in Theresienstadt ermordet; an beide erinnern Stolpersteine in der Heilbronner Schillerstraße. Rostin nannte sich in einem Fragebogen für Holocaust-Überlebende selber »schwäbischer Heimatdichter und Komponist«. 1971 reiste er zu den Heilbronner Heimattagen nach Deutschland, danach wollte er für immer zurückkehren, starb aber kurz zuvor an den Folgen einer Operation.

Rupp, Dietmar: geboren 1959 in Heilbronn, aufgewachsen in einem landwirtschaftlichen Betrieb mit Weinbau. Studium der Agrarbiologie, Vertiefung der Kenntnisse zu Boden und Rebe im Rahmen der Promotion. Bei der Staatlichen Lehr- und Versuchsanstalt für Wein- und Obstbau in Weinsberg zuständig für Bodenschutz, Bodenpflege und Düngungsfragen. Arbeitsschwerpunkte: Bodenfruchtbarkeit, Bewässerung, Terroir, Folgen des Klimawandels, fachliche und weinhistorische Veröffentlichungen sowie themenbezogene Weinproben. Sein für diesen Band überarbeiteter Text »Stein und Wein« beschäftigt sich mit der vieldiskutierten Frage, welchen Einfluss der Boden auf den Weincharakter hat. © Dietmar Rupp.

***Sailer, Sebastian** (eigentlich: Johann Valentin Sailer):* geboren 1714 in Weißenhorn, gestorben 1777 in Obermarchtal. Nach der Ausbildung in der Prämonstratenser-Reichsabtei Obermarchtal wurde Sailer dort Ordensbruder und wirkte in verschiedenen Pfarreien der Diözese Konstanz, etwa von 1757 bis 1773 in Dieterskirch bei Munderkingen. Von 1761 bis 1764 gehörte er zu den Gästen Friedrichs von Stadion auf Schloss Warthausen, wo er Christoph Martin Wieland und Sophie von La Roche begegnete. Als Kanzelredner und Festprediger wurde Sailer so bekannt, dass er 1767 in Wien von Kaiserin Maria Theresia empfangen und als ein »Cicero Suevicus« geehrt wurde. Fromme Kritiker warfen ihm die Verwendung des Dialekts für religiöse Themen vor; beim Konstanzer Erzbischof wurde er, vergeblich, wegen »Verballhornung der Bibel« angeklagt. Zu den Bewunderern des Begründers der schwäbischen Dialektdichtung gehörten Goethe und Mörike. In der Komödie »Der Fall Luzifers« muss dieser zur Strafe ein Glas Seewein trinken. Heute dagegen besitzen die Kreszenzen vom württembergischen Teil des Bodensees, etwa von der Kressbronner Berghalde, einen ausgezeichneten Ruf.

Sayer, Walle: geboren 1960 in Bierlingen, lebt als Lyriker und Erzähler in Dettingen bei Horb. Arbeitete nach Banklehre und Zivildienst in Sozialberufen und kellnerte, was sich bisweilen in seinen Gedichten niederschlägt. Seit 1992 ist er freier Autor, wurde mit dem Thaddäus-Troll-Preis, dem Hölderlin-Preis der Stadt Bad Homburg, dem Berthold-Auerbach-Preis und dem Ludwig-Uhland-Förderpreis ausgezeichnet. Im Klöpfer & Meyer Verlag sind von ihm Gedicht- und Erzählbände erschienen: »Strohhalm, Stützbalken«(2013), »Zusammenkunft« (2011), Kerngehäuse« (2009), »Den Tag zu den Tagen« (2006), »Von der Beschaffenheit des Staunens« (2002), »Kohlrabenweißes« (2001), »Irrläufer« (2000). »Die leeren Weinflaschen« und »Degustation« erscheinen als Originalbeiträge in diesem Band © Walle Sayer.

Scharfe, Martin: geboren 1936 in Waiblingen im weinseligen Remstal, lebt als Kulturwissenschaftler/Volkskundler in Marburg an der Lahn. Schon in seiner Promotion über »Evangelische Andachtsbilder« findet sich ein Kapitel über die »Verweltlichung des hl. Urban«, den Kult um den Weinheiligen übernahmen auch die Protestanten. Von 1985 bis 2001 lehrte er als Professor für Europäische Ethnologie an der Universität Marburg, zahlreiche Veröffentlichungen u.a. zur Volksreligion, zum Alpinismus und Alltagskultur, zuletzt »Signaturen der Kultur« (2011). »Der Wein im Volksleben« In: Weinland Württemberg. Südwestdeutsche Verlagsgesellschaft Mannheim 1976, S. 72–78. © Martin Scharfe.

Scheffel, Joseph Victor von: geboren 1826 in Karlsruhe, dort gestorben 1886. Der studierte Jurist, der auch an der Rheinbegradigung unter Tulla mitwirkte, war einer der beliebtesten und auflagenstärksten Dichter seiner Zeit. Historische Romane wie »Der Trompeter von Säckingen« (1853) und »Ekkehard« (1855) oder seine Studentenlieder wie »Alt-Heidelberg, du feine« korrespondierten mit dem aufkommenden wilhelminischen Nationalgefühl. »Die Maulbronner Fuge« ist eines seiner zahlreichen weinseligen Gedichte.

Scherr, Johannes: geboren 1817 in Rechberg bei Schwäbisch Gmünd, gestorben 1886 in Zürich. Der Kulturhistoriker und Schriftsteller Schriftsteller brach die Priesterausbildung alsbald ab. Von 1837 bis 1840 studierte er Deutsche Philologie und Geschichte in Tübingen, von 1840 bis 1843 war er Lehrer an der Privatschule seines Bruders Ignaz Thomas Scherr in Winterthur, danach ließ er sich als Schriftsteller in Stuttgart nieder. 1848/49 Abgeordneter der Zweiten Kammer des württembergischen Landtags für Geislingen, musste er nach der gescheiterten Revolution in die Schweiz fliehen, wo er sich habilitieren konnte und 1860 zum Ordinarius für Geschichte am Polytechnikum Zürich aufstieg. Neben einer Vielzahl kulturhistorischer Veröffentlichungen schrieb er auch Romane und Erzählungen. »Die wütendste Bierfeindschaft« ist seiner »Deutschen Kultur- und Sittengeschichte« (1852/53) entnommen.

Schiller, Friedrich: geboren 1759 in Marbach am Neckar, gestorben 1805 in Weimar. Von Jugend auf mit Wein vertraut, da die Mutter Weinberge in die Ehe einbrachte und der Vater über Weinbau schrieb. Schiller galt während seines Medizinstudiums an der Stuttgarter Hohen Karlsschule als ziemlicher Trunkenbold. Herzogliche Repressalien nach der Uraufführung seines Sturm- und Drang-Dramas »Die Räuber« 1782 im liberalen Mannheim trieben ihn aus dem absolutistischen Ländle. Als Teil des Weimarer Klassikgestirns Goethe, Herder, Wieland trank er auch andere Weine, blieb aber dem Württemberger als »Naturwein« treu. Goethe mokierte sich zwar über Schillers Alkoholkonsum, becherte aber selber kräftig mit. Vater Johann Caspar sah den Zusammenhang zwischen alkoholbefeuertem Schreiben und sehn-süchtiger Seele: »Da untergräbt ein innerer Gram alle Fugen der Gesundheit, lähmt den Geist und macht zu allem mißmuthik.« Schillers Trinklied, griechisch »Dithyrambe«, dagegen ist euphorisch-beschwingt.

Schlesier, Gustav: geboren 1810, gestorben nach 1854. Den gebürtigen Sachsen und studierten Theologen verschlug es 1836 nach Stuttgart, wo er sich mit Friedrich Hölderlin und Wilhelm von Humboldt beschäftigte und nur schlecht von seinen publizistischen Arbeiten lebte. Schlesier war Mitarbeiter und zeitweise Heinrich Laubes Stellvertreter an dessen »Zeitung für die elegante Welt«. Zum hiesigen Wein unterhielt er, wie seinen ethnografischen »Deutschen Studien« (1836) zu entnehmen ist, ein eher zwiespältiges Verhältnis.

Schubart, Christian Friedrich Daniel: geboren 1739 in Obersontheim bei Schwäbisch Hall, gestorben 1791 in Stuttgart. War Hauslehrer beim »Krupp von Königsbronn«, Johann Georg Blezinger, Lehrer in Geislingen an der Steige, Organist am württembergischen Hof, von dem ihn Herzog Carl Eugen wegen lockeren Lebenswandels und scharfzüngiger Kritik an Adel und Klerus verbannte. In Augsburg gab er von 1774 an die »Teutsche Chronik« heraus, als der Magistrat die Zeitschrift verbot, ließ er seine polemisch-sozialkritischen Artikel in Ulm drucken. Daneben war er sensibler Lyriker und poetisches Sprachrohr des Volkes, etwa mit dem Gedicht »Die Fürstengruft« (1783). Carl Eugen ließ ihn 1777 nach Blaubeuren auf württembergisches Territorium locken und sperrte ihn auf dem Hohenasperg ein. Seine Kerkererfahrung verarbeitete Schubart in dem von Schubert vertonten Gedicht »Die Forelle«. 1787 wurde er auf Drängen Preußens freigelassen, zum Musik- und Theaterdirektor am Stuttgarter Hof ernannt. Er führte seine Zeitschrift als »Vaterlandschronik« fort und überstand alle absolutistischen Umerziehungsversuche.

Schwab, Gustav: geboren 1792 in Stuttgart, dort gestorben 1850. War Pfarrer in Gomaringen, Professor am Stuttgarter Obergymnasium, Stadtpfarrer und Dekan in der Landeshauptstadt. Der umtriebige Literaturmanager, Verlagsberater, Herausgeber, Redakteur und Übersetzer betreute von 1828 an als Nachfolger Hauffs den poetischen Teil von Cottas »Morgenblatt für gebildete Stände«. Er gab die Werke Hölderlin und Hauff heraus, förderte Waiblinger, Mörike, Kurz und Lenau. Aus seinem Schaffen überdauerten einige Gedichte, so »Der Reiter und der Bodensee« (1826), der Reiseführer »Die Neckarseite der Schwäbischen Alb« (1823), die »Wanderungen durch Schwaben« (1837), insbesondere aber seine Bearbeitung der »Sagen des klassischen Altertums« (1838ff.). »Midas«, »Heilbronner Herbste«, »Die Naturforscher«.

Seeger, Ludwig: geboren 1810 in Wildbad, gestorben 1864 in Stuttgart. Studierte Theologie in Tübingen und besuchte Uhlands »Stylisticum«, eine Art Creative-Writing-Workshop jener Zeit. War in der Schweiz als Lehrer und Dozent tätig, kehrte 1848 nach Württemberg zurück und wurde als Mitglied der liberalen »Fortschrittspartei« Landtagsabgeordneter. Er gab die demokratische Zeitschrift »Eulenspiegel« heraus, der das »Stuttgarter Literarische Wochenblatt« beilag. Zudem war er Editor des »Deutschen Dichterbuchs aus Schwaben« (1864) und übersetzte Werke von Victor Hugo. Für seine satirischen und politischen Gedichte wie »Der Sohn der Zeit« (1843/1847), denen »Neuer Wein und neuer Geist« entnommen ist, wurde er bisweilen als der »schwäbische Heine« gerühmt.

Spohn, Michael: geboren 1942 in Stuttgart, gestorben 1985 durch Suizid in Konstanz. Zunächst Redakteur an verschiedenen Tageszeitungen, dann als Schriftsteller vor allem mit Mundartgedichten hervorgetreten, zudem zeichnerisch tätig. Veröffentlichte u.a. die Bücher »Schwäbische Comics« (1977), »Wenns leidet mach e nemme auf« (1978). Für seine Gedichte mit leicht melancholischem Unterton erhielt er 1983 den Thaddäus-Troll-Preis. »Besawirtschaft« in: Ders.: Wenn s schällt – s isch offa. Gedichte und Geschichten. Stuttgart 1985, S. 8f. © Verlag Peter Schlack, Stuttgart.

Stäudlin, Gotthold Friedrich: geboren 1758 in Stuttgart, gestorben 1796 durch Suizid bei Straßburg. Schon im Gymnasium erhielt er den Dichterlorbeer, Schubart schwärmte über das »beste dichterische Genie im Württembergischen«. Neben dem ungeliebten Jurastudium widmete er sich der Dichtung, pflegte die Freundschaft mit jungen Dichtern im Tübinger Stift und auf der Stuttgarter Hohen Karlsschule. 1781 erschien sein »Schwäbischer Musenalmanach«. Hier versammelt er die neue Generation mit neuem Ton, etwa Hölderlin. Auch Schiller war darunter, der ihm aber 1782 in einer anonymen Rezension »mittlere Phantasie« vorhielt. Stäudlin schlug gegen die »Krittlerzunft« zurück, nannte sich ein »Kraftgenie«, feierte die französische Revolution, setzte nach Schubarts Tod die »Vaterländische Chronik« bis zu deren Verbot fort. Er übernahm sich, vieles misslang, er verschuldete sich, ging außer Landes. An Depressionen leidend, schrieb er einen Abschiedsbrief und ertränkte sich in der Ill. »Neckarweinlied«.

Stiefel, Susanne: geboren 1957 in Stuttgart, lebt und arbeitet dort als Journalistin und Autorin. Nach dem Anglistik- und Sportstudium in Tübingen ging sie in den Journalismus, war u.a. Chefreporterin von »Sonntag aktuell« und gehörte 2010 zu den Gründungsmitgliedern von »KONTEXT:Wochenzeitung« in Stuttgart. Unterrichtet am Institut zur Förderung des publizistischen Nachwuchses in München. Veröffentlichte »Lebenskünstlerinnen unter sich« (1999), bei Klöpfer & Meyer ist sie Mitautorin des Buchs »Die Taschenspieler. Verraten und verkauft in Deutschland« (2010). »Im Weinberg der Macht« erschien am 13.4.2011 in »KONTEXT:Wochenzeitung« und wird hier mit freundlicher Genehmigung der Autorin auszugsweise abgedruckt. © Susanne Stiefel.

Strauß, David Friedrich: geboren 1808 in Ludwigsburg, dort gestorben 1874. Studierte Theologie am Tübinger Stift, wo er 1832 Repetent wurde und philosophische Vorlesungen hielt. Seine Schrift »Das Leben Jesu, kritisch betrachtet« (1835/36), in der er das Verhältnis von historischem Jesus und geglaubtem Christus thematisiert und die Jungfrauengeburt ins Reich der mythisch-poetischen Legende verweist, sorgte für einen ungeheuren Skandal und publizistischen Wirbel. Das machte den Linkshegelianer mit einem Schlag zum bekanntesten Theologen seiner Zeit und trug ihm ein kirchlich-staatliches Berufsverbot ein. Eine Berufung an die Universität Zürich scheiterte aufgrund öffentlicher Erregung, die Strauß zugesprochene Pension sorgte sogar für den Sturz der Zürcher Stadtregierung.

Troll, Thaddäus (Pseudonym von Hans Bayer): geboren 1914 in Bad Cannstatt, 1980 gestorben durch Suizid in Stuttgart. Studium der Germanistik und Kunstgeschichte, Promotion 1938, Kriegsberichter der Wehrmachtspropaganda. Nach dem Krieg freier Autor: Essays, Feuilletons, Glossen, Reise- und Städtebücher, Kinderbücher (»Wo kommet denn dia kloine Kender her?«), Romane, Satiren, Sketche, Mundart-Gedichte (»O Heimatland«), Hör- und Fernsehspiele, Theaterstücke (»Der Entaklemmer«). Troll war Funktionär in Schriftstellerverbänden und SPD-Wahlkämpfer. Mit »Deutschland deine Schwaben« (1967) und »Preisend mit viel schönen Reden« (1972) landete er bundesweite Bestseller. Der melancholische Aufklärer und gebrochene Verklärer schwäbischen Wesens notierte auch seinen »Kraftstoffverbrauch« beim Schreiben: ein Viertele pro Seite. »Kenner trinken Württemberger«. In: Ders.: »O Heimatland«. 2. Auflage der Neuausgabe, 2006, S. 13f. © Silberburg-Verlag, Tübingen und Karlsruhe.

Tschofen, Bernhard: geboren 1966 in Bregenz, war nach dem kultur- und kunstgeschichtlichen Studium im Museums- und Ausstellungswesen tätig. Von 2004 an Professor mit dem Schwerpunkt Regionale Ethnografie am Ludwig-Uhland-Institut für Empirische Kulturwissenschaft der Universität Tübingen. 2013 folgte er dem Ruf ans Institut für Populäre Kulturen der Universität Zürich, wo er mit dem Schwerpunkt Kulturwissenschaftliche Raumforschung lehrt und forscht. »Europäische Weinkultur im Südwesten« ist ein Auszug aus Tschofens Vortrag »Europa im Extrakt? Die gemeinsame Weinkultur und der Geschmack der Regionen« beim Symposium »Die europäische Weinkultur im Zeitalter der Globalisierung« des Artvinum-Forums für europäische Weinkultur 2007 in Stuttgart. © Bernhard Tschofen.

Twain, Mark (Pseudonym von Samuel Langhorne Clemens): geboren 1835 in Florida/Missouri (USA), gestorben 1910 in Redding/Connecticut (USA). Nach dem Tod des Vaters musste Twain die Schule abbrechen und begann eine Lehre als Schriftsetzer. Mit 17 Jahren ging er nach

New York. Der Schöpfer von Tom Sawyer und Huckleberry Finn war Lotse auf dem Mississippi, nahm am Sezessionskrieg auf der Seite der Konföderierten teil, war Silbersucher in Nevada, Reporter auf Hawaii und Reisender in Europa und Palästina. Auf seinem »Bummel durch Europa« (1880) fuhr der Abenteuerlustige auf einem Floß von Heilbronn nach Heidelberg und bewunderte Burg Hornberg mit ihren Weinbergterrassen: »Von der Burg bis hinunter an den Rand des Wassers ist der steile Berghang terrassiert und dicht mit Weinstöcken besetzt. Das sieht aus, als würde man ein Mansardendach bebauen. Diesen Teil des Flusses entlang sind alle Steilhänge, soweit sie die geeignete Lage aufweisen, der Weinrebe vorbehalten.« Von den hier erzeugten Weinen war er dagegen nicht sehr angetan: »Diese Gegend ist ein bedeutender Rheinweinproduzent. Die Deutschen mögen Rheinwein außerordentlich gern; man füllt ihn in hohe, schlanke Flaschen und hält ihn für ein angenehmes Getränk. Vom Essig unterscheidet man ihn durch das Etikett.« Heute wäre das vermutlich ganz anders, denn der Burgherr, Baron von Gemmingen-Hornberg, ist Diplom-Önologe.

Uhland, Ludwig: geboren 1787 in Tübingen, dort gestorben 1862. Nach dem Studium der Rechtswissenschaft war er zunächst juristisch tätig, 1829 wurde er Professor für Deutsche Sprache und Literatur an der Universität Tübingen. Zu diesem Zeitpunkt war er bereits ein gefeierter Schriftsteller, dessen Zeitgedichte, Lieder und Balladen europaweit bekannt waren. Uhland saß als Abgeordneter im Stuttgarter Landtag und im Frankfurter Paulskirchenparlament, nach 1850 arbeitete er als Privatgelehrter an germanistischen und altertumskundlichen Studien. Hinter seinem Haus in der Tübinger Gartenstraße lag ein kleiner Weinberg, wo er sich bei der Lese betätigte. In seinen Trinkliedern schwingt sich der eher trockene Uhland in durchaus vollmundige Höhen, wobei er aber selbst beim Zechen auf das altwürttembergische »gute Recht« pocht.

Ulrich, Fritz: geboren 1888 in Schwaikheim, gestorben 1969 in Stuttgart. Der gelernte Schriftsetzer und Buchdrucker trat als 18-Jähriger der SPD bei, war Redakteur der Reutlinger »Freien Presse« und Chefredakteur beim Heilbronner »Neckar-Echo«, der Konkurrenz zur liberalen »Neckar-Zeitung« unter Theodor Heuss. 1919 wurde er jüngster Abgeordneter im Landtag, zudem saß er drei Jahre lang im Reichstag. 1933 sperrten ihn die Nazis ins KZ Heuberg, nach der Entlassung verdiente er seinen Lebensunterhalt auch als Weingärtner und Besenwirt. In Ulrichs Heilbronner Weinberghütte und Besenwirtschaft trafen sich Mitglieder der SPD, die so im Untergrund weiterbestand. 1944 wurde Ulrich erneut verhaftet und ins KZ

Dachau deportiert. Nach Kriegsende war er zunächst Innenminister von Württemberg-Baden, von 1952 bis 1956 dann Innenminister von Baden-Württemberg, dem Landtag gehörte er als Alterspräsident bis 1968 an. Der Mann mit dem markanten Spitzbart, der das Buch »Wengerter und Minister« (1968) schrieb, war mit der Reutlingerin Berta Winter verheiratet. Die habe, so erzählte er gerne beim Viertele, neben einer »ausgezeichneten Textilaussteuer« auch ein Fässchen Reutlinger Wein mit in die Ehe eingebracht: »Seit ich den probiert habe, weiß ich, woher das Wort Mitgift kommt.«

Vischer, Friedrich Theodor: geboren 1807 in Ludwigsburg, gestorben 1887 in Gmunden/Traunsee. Studierte Theologie, wandte sich aber der Philosophie und Ästhetik zu. Er war, unterbrochen durch ein ministerielles Lehrverbot und die Zeit als linksdemokratischer Abgeordneter der Weinstadt Reutlingen in der Frankfurter Nationalversammlung, nahezu zwei Jahrzehnte Professor in Tübingen. Rümpfte schon mal die Nase über die hygienischen Zustände in der Weingärtner-Unterstadt und schimpfte auf den Neckarwein. 1855 Wechsel ans Polytechnikum im feinen Zürich, 1866 Rückkehr nach Württemberg, erst nach Tübingen, dann nach Stuttgart. Vischer schrieb neben wissenschaftlichen Abhandlungen Gedichte, Schauspiele und den Roman »Auch Einer« (1879), in dem die sprichwörtliche »Tücke des Objekts« auftaucht.

Waiblinger, Wilhelm: geboren 1804 in Heilbronn, gestorben 1830 in Rom. Schrieb schon als Jüngling Gedichte, während des Studiums am Tübinger Stift gehörte er zum Freundeskreis um Mörike, besuchte und betreute Hölderlin. Er sorgte mit seinem Verhältnis zu einer fünf Jahre älteren Frau und seinem lotterhaften Leben für Skandale in der kleinkarierten Unistadt. Nach Veröffentlichung der Gedichtbände »Lieder der Verirrung« und »Drei Tage in der Unterwelt« wurde er vom Studium ausgeschlossen. 1826 reiste er nach Italien, wo er die Biographie »Friedrich Hölderlin's Leben, Dichtung und Wahnsinn« (1827/28) vollendete und »Blüten der Muße aus Rom« (1829) schrieb. Von einer Reise nach Sizilien kehrte er geschwächt nach Rom zurück, wo er gerade einmal 25-jährig an einer Lungenentzündung starb und wie die gleichfalls frühvollendeten John Keats und Percy Bysshe Shelley auf dem Cimitero acattolico begraben wurde.

Weigle, Gottfried: geboren 1816 in Zell am Neckar, gestorben 1855 in Mangalore, Westindien. Der Pfarrerssohn studierte am Tübinger Stift Theologie, wo er zum Freundeskreis um Hermann Kurz zählte. Sein Gedicht »Drunten im Unterland« wurde in Friedrich Silchers Vertonung zum schwäbischen Allgemeingut. 1838 schloss Weigle sich der Basler Mission an und war von 1840 im Südwesten Indiens, auf dem Gebiet des heutigen Bundesstaats Karnataka, tätig. Zusammen mit seinem aus Mössingen stammenden Vetter Hermann Mögling (1811–1881), der seine Witwe Pauline heiratete, hat Weigle sich um die Erforschung der zur dravidischen Sprachfamilie zählenden Sprache Kannada (Kanaresisch) und ihrer Literatur Verdienste erworben.

Weisser, Friedrich Christoph: geboren 1761 in Stuttgart, dort gestorben 1836. Schreiber, Konsulent, zuletzt Oberfinanzrat im Stuttgarter Steuerkollegium. Der Kreis um den Bildhauer Johann Heinrich Dannecker mit den Freunden Conz und Haug regte ihn zur Schriftstellerei an. Erste Epigramme erschienen in Stäudlins »Schwäbischem Musenalmanach«, es folgten Prosaschriften in der Tübinger Zeitschrift »Flora«, Bücher mit Gedichten (»Sinngedichte«, 1805), Epigrammen, Erzählungen, Anekdoten, Märchen, Satiren, Essays. Eine Gesamtausgabe des Prosawerks erschien 1810 bis 1820. Der ungemein produktive Schreiber und Editor veröffentlichte mit Haug eine zehnbändige »Epigrammatische Anthologie«, erzählte in sechs Bänden »Tausendundeine Nacht, Märchen der Scheherezade« nach und bearbeitete Grimmelshausens »Simplicissimus«.

Wildermuth, Ottilie: geboren 1817 in Rottenburg am Neckar, gestorben 1877 in Tübingen. Die zu ihrer Zeit ungemein populäre Dichterin war befreundet mit dem Kreis um Uhland, Kerner, Schwab und Karl Mayer, war sozial engagiert und forderte Bildung für alle Stände. Gedichte von ihr wurden früh in Cottas »Morgenblatt für gebildete Stände« aufgenommen, später schrieb sie Erzählungen, Novellen, Lebensbilder, Familien- und Jugendgeschichten u. a. für die »Gartenlaube«. Zu ihren bekanntesten Büchern gehören »Bilder und Geschichten aus dem schwäbischen Leben« (1852), darin die Skizzen »Schwäbische Pfarrhäuser«. »Das Dörtchen von Rebenbach« ist Band 1 der »Ausgewählten Werke« (1924) entnommen.

Bildnachweise

Vorsatz: »Feierabend im Herbst 1865 in Reutlingen«. Ölgemälde von Christian Votteler, 1913. © Heimatmuseum Reutlingen
Nachsatz: »Im Garten bei Justinus Kerner«. Stahlstich (Ausschnitt) von August Neumann nach dem Ölbild von Heinrich von Rustige, »Die Gartenlaube« 1866/Heft 1. Von links nach rechts: Theobald Kerner, Nikolaus Lenau, Gustav Schwab, Alexander von Württemberg, Carl Mayer, Justinus Kerner, Friederike Kerner, Ludwig Uhland, Karl August Varnhagen von Ense.

Die in dieser Anthologie versammelten Texte und Textpassagen entsprechen im Allgemeinen den Originalvorlagen, einige wurden aber der besseren Lesbarkeit wegen auch gekürzt und sind also nur auszugsweise wiedergegeben. Die Schreibweise und auch die Interpunktion folgen einer moderaten neuen deutschen Rechtschreibung. Bei wenigen Texten wurde die originale Schreibung beibehalten.
Herausgeber und Verlag danken allen Rechte-Inhabern für die erteilten Abdruckgenehmigungen. Sollten Rechte Dritter irrtümlich übersehen worden sein, so ist der Verlag selbstverständlich bereit, rechtmäßige Ansprüche nach Anforderung abzugelten.

ISBN 978-3-86351-418-1

Umschlaggestaltung: Christiane Hemmerich
Konzeption und Gestaltung, Tübingen.
Herstellung: Horst Schmid, Mössingen.
Satz: Alexander Frank, Ammerbuch.
Korrektorat: Veit Schäfer, Karlsruhe.
Druck und Einband: Pustet, Regensburg.

Mehr über das Verlagsprogramm von Klöpfer & Meyer
finden Sie unter: *www.kloepfer-meyer.de*